A Michel

Au plaisir de te rencontrer

Bonne lecture

Robert Lebrun

LA MENACE

R<small>R</small>

Éditions

Rebis

LA MENACE

Toutes les marques citées dans cet ouvrage sont des marques de commerce déposées et ne sont citées qu'à titre d'exemple. Ni l'éditeur, ni l'auteur n'offrent de garantie, expresse ou tacite, concernant l'ouvrage ou les procédures qui y sont décrites.

©J.C.i . inc.
9, Félix-Leclerc, Ste-Agathe (Québec)
J8C 2Z7 Canada
Tél.:1(819) 323-3043

Données de catalogage avant publication (Canada) :

DUBOIS, Robert

LA MENACE

Roman

ISBN 2-921972-08-5

I. Titre.

PS8557.U238M46 2002   C843'.6   C2002-941039-8

PS9557.U238M46 2002   PQ3919.2.D82M46 2002

Dépôt légal - Bibliothèque Nationale du Canada, 2002

Diffusion au Canada et aux Etats-Unis :

QUÉBEC-LIVRES

2185 autoroute des Laurentides

Laval (Québec) H7S 1Z6

Tél. :1(514) 687-1210 Fax :1(514) 687-1331

2

LA MENACE

CHAPITRE 1

BRUXELLES, 2040,

Siège des Nation Unies

Dans le nouvel édifice des Nations unies, maintenant situé à Bruxelles, l'immense salle était emplie à pleine capacité. Les représentants de tous les pays du monde étaient à leur place, et attendaient en silence le résultat du vote. Le droit de veto avait été aboli en 2035 devant les pressions exercées par l'Union européenne. Plus aucun pays, n'avait le pouvoir seul, de bloquer les décisions prises lors des séances et les résolutions étaient adoptées à la majorité.

Le moment était crucial pour les habitants de tous les pays du monde, le vote de ce jour résultait des efforts entrepris par les dirigeants de toutes les nations.

LA MENACE

LONDRES

Juin 2005.

> — Monsieur le Premier ministre, permettez-moi de vous
> dire que si nous n'agissons pas au plus tôt, le
> gouvernement de Sa Majesté se retrouvera devant un
> problème extrêmement délicat.

Sir William Hampton, Premier ministre de Grande Bretagne
était un homme d'un calme exemplaire. Jamais il élevait la voix,
jamais il ne s'emportait. Tous admiraient sa franchise et sa
légendaire gentillesse. Petit et trapu, il avait perdu ses cheveux peu
après avoir atteint les trente ans. Sa figure était ronde sous un crâne
dénudé et ses yeux étaient presque noirs. D'épais sourcils lui
donnaient l'allure d'une petite bête gentille. Lorsqu'il était assis à
son bureau, sa petite taille donnait l'impression que son fauteuil
était trop bas ou son bureau trop haut.

Sir William commençait à trouver John Ainsley son principal
conseiller, un peu trop insistant. Depuis plusieurs mois, l'homme
qui le conseillait généralement, d'une façon assez astucieuse, le
harcelait. Oui, le mot était juste, cela ressemblait à du harcèlement.

> — Il n'y a aucune raison de vous affoler John, la livre
> sterling est forte et je ne vois pas comment l'euro
> pourrait nuire à nos transactions internationales ou à
> nos institutions. Si certains pays d'Europe ont adopté
> cette devise, ils devront en assumer les conséquences.
> De plus, il n'est pas dans les habitudes de notre grande
> nation de se faire dicter quelque sorte de conduite que
> ce soit par des voisins qui voient en cette devise, le
> moyen bien éphémère, de se sortir des graves
> problèmes financiers qu'ils se sont eux mêmes créés.

> — Mais monsieur le Ministre...

> — Assez John, nous avons d'autres chats à fouetter.

LA MENACE

— Comme vous le voudrez monsieur, mais je crois qu'il était de mon devoir de vous en avertir.

— Je vous répète John, notre chère livre sterling n'est nullement en danger. Les autres pays vont aussi se battre pour conserver leur devise et pendant ce temps, l'europhobie va s'atténuer et ils vont tous découvrir leur erreur. Les Allemands vont certainement reprendre leur Deutsch mark ainsi que les Français leur franc. Cessez de paniquer, il n'y a aucun danger. L'avenir vous prouvera que notre pays a pris la bonne décision, de ne pas se joindre à eux.

John Ainsley pris son air de petit fonctionnaire, tourna les talons et quitta Sir William après l'avoir salué. Il retourna à son petit bureau dont il ferma la porte de chêne et alla s'asseoir dans son fauteuil préféré, un love seat confortable, où il aimait s'installer pour ses moments de réflexions. Contrairement à Sir William, Ainsley était plutôt grand et maigre, et portait toujours des vêtements sombres, trop petits pour lui, qui le faisaient paraître encore plus maigre. Il avait maintenant près de cinquante ans et se plaisait à dire qu'il avait trente ans de service au gouvernement de Sa Majesté.

Les cheveux coupés courts, de fines lunettes à monture d'argent et une mince petite moustache qui avait l'air d'une tache sous son nez. Ses yeux étaient inexpressifs, d'un brun très pâle. Il ne s'était jamais marié, les femmes lui faisaient peur, en face d'elles, il était gêné et les mots ne parvenaient pas à sortir de sa bouche.

Avec les hommes, tout était très différent, il était tenace dans ses idées et ne lâchait pas si facilement. Le refus de Sir William de se rendre compte du danger éminent, ni même d'écouter ce qu'il avait à dire, le rendait furieux intérieurement. Bien sûr, il ne pouvait rien prouver de ce qu'il avançait mais, il était certain que son intuition ne le trompait pas.

L'idée lui vint tout à coup, de prendre des notes et de mettre sur papier, sa théorie concernant l'arrivée de l'euro dans le marché des monnaies. Bien sur, il lui faudrait apporter non des preuves car il savait très bien qu'il en serait incapable pour le moment mais, si sa théorie était bien expliquée et acheminée vers la bonne personne, ils seraient tous bien obligés de prendre certains faits en considération.

Il alla à son bureau, regarda les piles de dossiers sur lesquels il avait à travailler et décida que pour l'instant, il prendrait quelques notes et rédigerait son rapport à son domicile, plus tard dans la soirée.

Rassemblant toutes les notes ainsi que les copies de fax qu'il avait reçus depuis quelques mois, il plaça le tout dans sa mallette qu'il laissa sur un coin de son bureau afin de ne pas la quitter des yeux pendant qu'il travaillait sur ses autres dossiers.

Il essayait de se concentrer sur son travail mais n'y parvenait pas alors, il appela sa secrétaire et lui dit de prendre tous les messages, il devait partir plus tôt ce jour là. Il prit sa voiture au stationnement puis roula vers la banlieue. Arrivé au bout de la sortie de l'autoroute, il vit le bar où quelques fois il s'arrêtait pour un verre avant le dîner, «pourquoi pas» se dit-il, un cognac serait le bienvenu.

Dix-sept heures à sa montre, Ainsley alla au bar puis commanda un cognac. Quelques personnes qu'il avait déjà entrevues s'y trouvaient déjà et d'autres continuaient à arriver. Tout en buvant à petites gorgées, les yeux dans le vague, il réfléchissait intensément. Le pressentiment ne le quittait pas, il était persuadé qu'il ne se trompait pas, les indices étaient là.

TOKYO, JAPON.

Septembre 2005.

Neuf hommes étaient installés autour d'une grande table de conférence, et discutaient des affaires courantes de l'administration gouvernementale du pays. Au bout de cette grande table, dans un fauteuil plus imposant que les autres, était assis le Premier ministre japonais.

LA MENACE

Saomi Akimoto, était un homme dans la soixantaine, mince et de taille moyenne. Son épaisse chevelure coupée en brosse était blanche et bien fournie, au point que même ses tempes en étaient recouvertes. Sous d'épais sourcils, ses yeux bruns étaient à moitié cachés par des lunettes de lecture à monture d'or, ce qui lui donnait un air sévère. Il était à la tête du gouvernement depuis déjà quatre années et était fier d'avoir fait passer le Japon au travers de la crise asiatique sans trop de dégâts. Le Japon était toujours la deuxième puissance économique du globe après les États-Unis, son principal partenaire commercial.

Les huit autres hommes à la table, étaient ses ministres et conseillers. Tous eux aussi, étaient d'âge avancé et de petites tailles sauf un, qui n'avait pas encore ses cinquante ans. Sokiato Mitashi était depuis peu ministre des finances et se sentait jeune parmi ces têtes blanches, mais cet homme diplômé de l'université de Tokyo, possédait un doctorat en économie et finance et ses avis étaient toujours très écoutés par ses confrères et en particulier par le Premier ministre Akimoto.

La réunion quotidienne tirait à sa fin, tous les sujets à l'ordre du jour avaient été discutés. Comme à l'habitude, à la fin de ces réunions, le Premier ministre remercia ses ministres et demanda avant de clore, s'il y avait d'autres sujets qui pourraient être importants de discuter. Mitashi se leva et demanda à prendre la parole après avoir courbé le buste en direction de Akimoto.

Le chef du gouvernement le regarda avec un léger sourire. Il aimait bien son ministre des finances car celui-ci lui rappelait un peu ce que lui était à son âge, fonceur et toujours décidé à défendre ces idées.

— Vous avez quelque chose à ajouter monsieur Mitashi ?

— Monsieur le Premier ministre, permettez-moi d'apporter un sujet qui me préoccupe depuis quelques temps. Notre yen est encore très fort pour le moment mais comme vous le savez tous, l'euro est depuis peu la monnaie européenne et je pense que je me dois d'attirer votre attention sur certains faits.

LA MENACE

— Que voulez vous dire par le yen est fort pour le moment ? dit Akimoto.

Mitashi attacha le deuxième bouton de son veston et ouvrit le dossier qu'il avait placé devant lui et toujours très droit, il posa les mains sur la table.

— Messieurs, vous n'ignorez pas que depuis la fin de la deuxième guerre mondiale, le marché américain a toujours été notre principale cible. Ceci étant dit, vous avez sans doute aussi remarqué que depuis près de deux ans maintenant, les européens achètent de plus en plus nos produits mais, à quelques reprises depuis l'arrivée de l'euro en janvier 1999, certaines entreprises japonaises, ont attiré mon attention sur le fait que des acheteurs français ont tenté de payer leurs produits en euro, ce qui évidemment leur a été refusé. Les paiements ont donc été effectués en dollars américains comme à l'habitude.

Lorsque Mitashi avait pris la parole, plusieurs ministres avaient déjà commencé à placer leurs dossiers dans leur attaché-case et se préparaient à quitter la pièce. Après avoir entendu les dernières paroles du ministre des finances, tous tournèrent la tête en sa direction et devinrent plus attentifs quand Mitashi reprit la parole.

— Il va sans dire que nous achetons aussi certains produits en Europe et j'ai le pressentiment, que un jour qui n'est pas tellement éloigné, ceux-ci voudront être payés en euro. Je pense qu'il faut s'arrêter à réfléchir à ce qui pourrait se produire si ma théorie se confirmait. Je dis bien si, car je ne peux rien prouver de ce que j'avance. Cette théorie est pour le moment très hypothétique mais je vous demande aujourd'hui, de voir plus loin et d'imaginer ce qui pourrait arriver. Supposons que les européens se donnent le mot et décident d'exiger d'être payés en euro, il nous faudrait à ce moment, vendre des yens et acheter des euro pour effectuer les paiements. A court terme, ce problème ne peut vraiment nous affecter mais à long terme, notre yen pourrait perdre de sa valeur.

À ce moment, tous les regards se tournèrent vers le Premier ministre. Celui-ci fixait Mitashi mais ses yeux ne le regardait pas vraiment, les pensées d'Akimoto étaient ailleurs.

WASHINGTON D.C..

Décembre 2005.

Sur la 15th street, non loin de Constitution avenue, il y avait le petit restaurant Mylene's, dont la propriétaire était une Iranienne immigrée aux U.S.A. avec ses parents à son plus jeune âge. Curieusement, la spécialité de l'établissement était la haute cuisine française, incluant les meilleurs vins importés de France. La clientèle était surtout constituée de hauts fonctionnaires de l'administration américaine, qui se plaisaient à vouloir donner l'image de personnages cultivés et grands amateurs de cuisine à l'européenne.

Au fond de la salle, deux hommes étaient installés à une petite table laquelle était placée de façon où ils pouvaient apercevoir les autres clients qui entraient. L'un d'eux était Bob Dickens, Président de la bourse de New York, et l'autre George Bolan, Secrétaire d'état aux finances du gouvernement américain. Tous deux étaient de grands amis depuis leurs années au collège. Lors de sa nomination aux finances, Bolan avait du quitter New York et s'installer à Washington, non loin de la Maison Blanche. Les deux amis se voyaient plus rarement et lorsque Bob Dickens venait dans la Capitale pour affaires, il ne manquait jamais d'appeler son copain d'enfance pour un déjeuner en tête-à-tête. Cette fois-ci, Bolan avait reçu un appel de New York, Dickens voulait le voir dès que possible, les raisons étaient suffisamment importantes pour faire un voyage spécial à Washington.

Ils étaient attablés depuis près de quinze minutes, le garçon de table avait apporté une bouteille de Muscadet et était reparti avec la commande du repas. La conversation avait porté jusqu'alors sur des généralités telles la famille et le travail mais, Bolan observait son ami depuis son arrivée au restaurant et il le sentait nerveux et tendu, ce qui était contraire à son tempérament, d'habitude calme et posé.

— Dis-moi Bob, tu ne m'as pas appelé pour bavarder de la famille. Au téléphone, tu m'as dit que c'était important. Allez, qu'est-ce qui ne va pas, tu as un problème avec ta charmante épouse ?

— Non George, tout va bien avec ma femme rassure-toi. Ce qui m'a amené à t'appeler, c'est ce qui se passe en Europe.

— Qu'est-ce qui se passe en Europe qui peut t'inquiéter toi, le Président de la bourse de New York ?

— Ce que j'ai à te dire, va peut-être faire sourire le Secrétaire d'état aux finances des États-Unis, mais je suis inquiet et je sens le besoin d'en discuter avec le haut fonctionnaire qui de plus est mon ami.

George Bolan ne quittait pas son ami des yeux, et était prêt à l'écouter jusqu'au bout. Ils avaient toujours eut d'excellentes relations et une grande confiance s'était installée en eux depuis la petite école. Bob Dickens regardait ses mains, tout comme s'il cherchait les bons mots pour commencer son exposé.

— Je dois dire que c'est la première fois que je te vois hésiter avant de me faire une confidence, vas-y, laisse toi aller, même si cela peut me sembler embrouillé au début, je promet de ne pas t'interrompre à moins, d'avoir des questions précises.

Bob leva la tête et regarda Bolan dans les yeux. Il savait que son ami l'écouterait puis, les mots lui vinrent plus facilement.

— Je te répète encore une fois que cela va te sembler curieux mais, j'ignore à qui d'autre en parler. Tu sais que depuis deux ans, mis à part la Grande Bretagne qui devrait en principe suivre bientôt, les pays d'Europe ont adopté l'euro comme monnaie commune. Pour nous l'Europe est loin de nos marchés et l'euro ne se compare nullement au dollars U.S., en tant qu'outil économique du moins pour le moment. Dans ma profession, il est nécessaire pour tous les joueurs d'être en contact permanent car les fluctuations et mouvements d'actions se font soudainement et souvent, notre temps de réaction n'est pas assez rapide et nous nous retrouvons quelques fois devant des faits accomplis.

Bob Dickens s'assura que son vis-à-vis était toujours attentif, prit une grande respiration car il savait qu'il devait y aller lentement, pesant bien ses paroles afin qu'elles soient cohérentes et continua.

— Depuis, disons mai 2003, certains pays de la C.E.E. ont tenté de payer leurs importations en euro. Au début, les pays exportateurs refusaient d'autres monnaies que le dollar américain mais, devant ces refus, les européens ont laissé entendre qu'ils pourraient, à moyens termes, changer de fournisseurs et de négocier seulement avec les pays qui accepteraient l'euro en paiement. Plusieurs pays africains sont d'anciennes colonies européennes et ont d'énormes dettes extérieures envers leurs anciens dirigeants. Je me suis laissé dire récemment que les Africains ont été les premiers sollicités, et qu'avec regrets du moins pour le moment car certains n'ont pas le choix, et seraient sur le point d'accepter les conditions de paiements des européens et voilà, l'infiltration de l'euro vient de commencer. Je crois qu'ils ont un plan bien arrêté pour tenter de faire fluctuer à la baisse la devise américaine.

— Avec quelles personnes autres que moi as-tu discuté de ce sujet avant aujourd'hui ?

— En Amérique, je n'en ai discuté avec personne d'autre que toi, mais je ne suis pas le président de toutes les bourses, toutes les grandes villes ont leur bourse propre. Je serais porté à penser que le sujet est abordé à mot couvert pour le moment. Mes adjoints, incluant les personnes travaillant dans mon entourage, ne sont pas au courant de mes inquiétudes cela ne les empêchent nullement d'en discuter à voix basse, entres eux. Jusqu'à ce jour, personne ne m'en a parlé et je peux me tromper mais je crois qu'on est à l'étape des rumeurs. Mes confrères de bourses européennes m'en ont glissé très discrètement quelques mots, sans oublier qu'à Tokyo, je sais de bonne source que ça se discute aussi. Si quelqu'un d'autre que moi t'avais abordé avec ce sujet, tu l'aurais cru sur paroles ?

— Bien entendu que non. Toutefois, venant de toi, je dois m'y arrêter. Contrairement à ce que tu penses, je ne crois pas que tout cela fait partie d'une stratégie bien arrêtée. Ils ont peut-être une monnaie commune, mais ils ne s'entendent pas encore sur certains points, et sur d'autres, ils ne s'entendront jamais. Tu connais autant que moi l'histoire de Europe, ce sont d'anciennes tribus qui se font la guerre depuis plus de mille ans, soit pour la religion, soit pour leur territoire et aussi à d'autres reprises pour leurs langues, quand ce n'était pas tout simplement pour se voler les richesses. Regarde seulement les pays arabes, ils ont pourtant la même religion l'Islam, mais depuis deux mille ans, ils sont toujours en guerre et jamais ils ne s'entendront. Un fait à remarquer aussi, ils n'ont pas de monnaie commune et je ne crois pas qu'ils y soient prêts.

— Je connais bien l'histoire de l'Europe et de l'Orient George, tu oublies que j'ai toujours été premier en histoire au collège, et qui plus est, cela te mettait en rogne tu te souviens ?

— Oui je sais dit George avec un petit sourire. Pour ce qui est de tes notes en histoire, c'est une époque de notre merveilleuse vie de collège dont je préfère ne pas me rappeler. Tu étais le meilleur j'en conviens. Je te rappelle qu'en Amérique, en Asie, même en Afrique et dans les pays de l'Est, c'est toujours et ce sera toujours le dollar U.S. qui domine et dominera pour les cents prochaines années.

— Je ne suis pas venu à Washington pour sonner l'alarme George, j'y suis venu seulement pour te faire part de mes inquiétudes et naturellement aussi, afin d'avoir l'opinion du Secrétaire d'état aux finances. Tu as raison sur certains points, en particulier sur la force de notre dollar dans le monde. Je m'inquiète peut-être pour rien, mais cela me fait toujours un grand plaisir de te voir.

Ils finirent le dîner en parlant de choses et d'autres puis se quittèrent en se serrant la main. Dans le taxi qui le menait sur le chemin de l'aéroport, Bob Dickens se remit à penser à sa théorie, l'avait-il bien expliquée à George ou bien se trompait-il ?

Arrivé à New York, il s'installa à son bureau et sortit un dossier de son tiroir qui était toujours fermé à clef. Il se devait de repasser toutes ses notes, vérifier chaques détails, chacunes des informations reçues à ce jour. Ses correspondants étrangers étaient des gens sérieux, compétents dans leur travail, des professionnels de la finance internationale, ils ne pouvaient tous faire erreur. Ces gens connaissaient les indices de changements, les mouvements des investisseurs étaient toujours pris au sérieux.

Sur son bureau, il y avait un ordinateur. Il alluma l'écran et poussa la touche «power» puis, il pianota les touches avec dextérité. Ses pensées commencèrent à s'inscrirent sur l'écran où se résumaient des faits et aussi des questions. Le texte terminé, il tapa sur le clavier, les adresses Internet de ses correspondants et pressa la touche « envoyer » . En quelques secondes, tous reçurent le même message sur leur ordinateur personnel.

Ce qu'il venait de faire, était un peu contraire aux habitudes et principes des dirigeants de bourses internationales il le savait mais, plus il y avait réfléchi, plus il croyait que son imagination n'y était pour rien, quelque chose se préparait, et c'était quelque chose de gros, qui à première vue paraissait incroyable, mais en y regardant de près, semblait logique et potentiellement possible. Il ferma son ordinateur et s'adossant à son fauteuil, il se dit : Cette fois-ci Bob, j'espère que tu n'es pas allé trop loin autrement, tu en sentiras sur tes épaules, un poids énorme. Si toute l'histoire venait à être divulguée et que cette menace était en réalité le fruit de son imagination, il serait la risée du monde financier américain.

LA MENACE

CHAPITRE 2

PARIS.

Mars 2005.

La salle attenante au bureau du Président de la république était assez vaste et décorée de façon plutôt traditionnelle. Sur les murs blancs, il y avait quelques toiles de maîtres, comme certains touristes pouvaient en admirer la beauté au Musée du Louvre. Dans les coins et près des deux fenêtres donnant sur l'Avenue de Martigny et d'où on pouvait apercevoir au loin l'Arc de Triomphe, il y avait des petites tables avec des pots de fleurs fraîchement coupées.

Au centre, il y avait une grande table rectangulaire fabriquée de bois d'acajou africain. Elle était d'un beau rosé moiré dont les reflets s'agitaient sous la lumière du jour qui perçait par les fenêtres. Des fauteuils confortables de style Louis X1V ceinturaient ce chef-d'œuvre d'ébénisterie.

Tous les recoins de la pièce avaient été repassés aux détecteurs de métaux ainsi qu'aux détecteurs d'ondes. Rien de suspect n'avait été découvert et maintenant, les spécialistes en matière de détection de micros de toutes sortes, commençaient à quitter la salle de réunions des ministres du gouvernement français, la réunion allait bientôt débuter.

Les ministres n'étaient pas tous là, pour cette réunion qui était de loin la plus importante, le Président de la République avait seulement convoqué ses plus proches collaborateurs c'est-à-dire, le Premier Ministre Jacques Maurais et les seules autres personnes qui devaient pour le moment, être au courant des décisions qui allaient être prises ce jour là. Étant toujours le dernier, cinq minutes plus tard, arrivait le Président de la République Française.

Personnage fier et toujours très sur de lui, Charles De Grandpré en était maintenant à mi-chemin de son premier mandat de cinq ans à la tête des français. Plutôt grand, il était toutefois un peu bedonnant comme tous les amateurs de bonnes chairs et de vins français. Ses cheveux étaient sel et poivre et coupés très court à la militaire, souvenir de ses nombreuses années passées dans l'armée française d'où il en était sorti avec le grade de général de brigade.

Profitant de la popularité acquise lors de la participation de la France à la guerre du Golf, il se lança en politique ce qui lui réussi. Quelques années plus tard, ses amis politiciens, bien conscients de son charisme, le poussèrent vers la présidence, qu'il atteignit à l'âge de cinquante six ans.

Charles De Grandpré passa la porte et s'avança d'un pas saccadé vers le fauteuil du bout, d'où il pouvait voir toutes les figures de ses collaborateurs et s'y installa à la façon d'un grand seigneur. Tous attendaient en silence, que Monsieur le Président de sa voix grasse, ouvre la réunion.

— Messieurs bonjour. Merci d'être venu à cette réunion extraordinaire. Vous avez remarqué qu'il y a des absents, cela a été voulu car ce meeting est des plus confidentiel et c'est pourquoi, tout ce qui sera discuté ici aujourd'hui, devra rester entre nous.

LA MENACE

Les ministres se regardèrent les uns les autres en se demandant bien de quel sujet important il pouvait s'agir pour que les autres ministres ne soient pas présents et aussi pourquoi, rien ne devait transpirer de cette réunion. De Grandpré comprit rapidement qu'ils pouvaient tous se poser des questions et sans autres préambules, il ouvrit le dossier qu'il avait posé devant lui et poursuivit.

— Messieurs, depuis près d'un siècle, lorsqu'il est question de commerce extérieur avec les U.S.A., l'Asie et les autres pays qui ne font pas partie du marché commun européen, toutes les transactions ont toujours été effectuées en dollars américains. Le dollar a toujours été une monnaie très forte et les américains en profitent sur tous les fronts. Sauf l'Angleterre, tous les pays de la C.E.E., ont depuis 1999, adoptés l'euro. Au début, cela à été difficile pour tous car chacun avait sa devise et voulait la conserver. Les allemands ont été très réticents au début car leur monnaie était forte elle aussi et ils voyaient dans l'euro un certain risque mais, ils se sont très vite joints aux autres. Nous savons tous, que l'Angleterre hésite encore à se joindre à nous. Il faut dire, que quoiqu'il ait été difficile dans les premiers mois de 1999 de conjuguer avec l'euro, on peut dire qu'aujourd'hui, il en est tout autrement. Nous commerçons avec nos voisins en euro et depuis peu, avec le Japon et aussi quelques pays d'Afrique avec lesquels nous avons des affinités.

Comme dans toutes les réunions, les ministres prenaient des notes. Le Président les regardait qui écrivaient et ne s'en préoccupa pas pour le moment, il serait toujours temps d'arranger cela et il continua.

— La semaine dernière, j'étais à Bruxelles, où eu lieu une réunion secrète avec les autres dirigeants de L'Union européenne. Nous avons convenu d'une stratégie que je pourrais qualifier de commune, dans le but de prévenir toute influence du dollar sur l'eu.

LA MENACE

Le Premier Ministre leva une main timide et s'adressa au Président. Il connaissait le Président, et savait qu'il était risqué d'interrompre le chef de l'état. Contrairement aux autres pays où régnait une certaine forme de démocratie, la hiérarchie en France était sacrée et jamais un simple ministre n'aurait osé poser une question sans y être directement invité mais, le premier Ministre lui, avait certains droits et De Grandpré le laissa parler.

— Monsieur le Président, permettez-moi de poser une question. L'euro est encore jeune si je puis m'exprimer ainsi, comment pourrions-nous nous protéger contre le dollar si puissant ?

De Grandpré, dans toute sa candeur, retint quand même la question puis sans regarder le Premier Ministre, il répondit :

— J'y venais justement messieurs. Plusieurs pays d'Europe ont eus par le passé, des colonies un peu partout dans le monde, et pour la France ces ex-colonies appelées comme vous le savez aujourd'hui, les départements d'outre-mer, dépendent économiquement de nous. Nous leur achetons leurs fruits, bois, et autres matières premières, pour leur vendre certains produits finis, indispensables à leur consommation. À Bruxelles, nous sommes tombés d'accord, pour si je puis dire, leur forcer un peu la main. Il fut convenu que d'ici quelques mois, les paiements pour les échanges commerciaux seront graduellement effectués en euros. Toutes ces transactions futures se feront graduellement et avec la plus grande discrétion. Les américains ne doivent pas se douter de ce que nous voulons tenter, leur réaction alors, pourrait être très rapide. Ils retireraient leurs investissements ou même, rappelleraient les prêts accordés à certains de nos amis, ce qui les placeraient dans une position délicate.

LA MENACE

De Grandpré fit une pause, ce qui permit à ses ministres d'échanger quelques mots entre eux. Ils se sentaient un peu privilégiés d'être parmi le petit nombre mis dans la confidence.

De Grandpré toussa un peu dans le but de les ramener à l'ordre et continua.

> — Tous les ministères ne sont pas ici représentés, je l'ai voulu ainsi afin que le plus petit nombre de personnes soit au courant de nos intentions. Vous êtes ici aujourd'hui, parce que vous représentez les affaires étrangères, les finances, le commerce extérieur, et tous les autres ministères qui dans leurs prérogatives, doivent régulièrement communiquer avec les pays étrangers. Eventuellement, nous aurons à informer le cabinet dans son entier mais avant, nous devons préparer le terrain. Le Premier Ministre Maurais vous tiendra au courant des développements. Par mesure de prudence, je vous demanderais de laisser sur la table, toutes les notes que vous avez prises.

ZURICH.

Mai 2003.

Au centre-ville de Zurich, les tramways se croisaient sur Parade Platz, face au Crédit Suisse, une des plus importante banque helvétique de Suisse. Un vieil édifice de quatre étages qui datait de la fin du X1Xième siècle, occupait toute une partie de la place, entre Talacker et Bahnofstrasse. La façade était de pierre avec de grandes fenêtres sans rideaux. De chaque côtés de l'entrée principale, il y avait trois statues sculptées dans la pierre et représentant des femmes de l'époque romaine.

Il était dix heures du matin le vendredi, et la banque venait tout juste d'ouvrir ses portes. Près de l'entrée, se tenant bien droit, il y avait un garde de sécurité de faction, qui examinait discrètement les figures des clients qui entraient. Il connaissait les visages, et pouvait rapidement déceler les étrangers ou les clients qui y venaient une ou deux fois par année, et qui n'étaient pas des habitués de la banque.

Ce matin là, un client qu'il ne voyait que très rarement, arriva dès la première heure. C'était un européen aux cheveux plutôt grisonnants, vêtu d'un complet marine, d'une chemise blanche au col bien amidonné et d'une cravate d'un gris discret. L'agent le salua d'un petit signe de tête puis détacha son regard vers les autres clients qui entraient.

L'homme dans la cinquantaine, s'approcha de la réceptionniste, une jeune fille d'une grande beauté, à qui l'homme donnait environ vingt-cinq ans, installée à un petit bureau près de la porte, et demanda à voir le directeur.

— Monsieur le Directeur n'est pas encore arrivé mais si monsieur est pressé, monsieur le sous-directeur pourrait s'occuper de lui.

— Je suis assez pressé mademoiselle, va pour le sous-directeur.

— Très bien monsieur, si vous voulez vous asseoir et elle lui désigna un fauteuil situé près d'une fenêtre qui donnait sur le côté de l'édifice, je vais prévenir monsieur le sous-directeur, qui dois-je annoncer ?

— Dites-lui que c'est Monsieur Legeay de Paris.

— Bien monsieur Legeay.

Puis, elle se leva et se dirigea vers un bureau fermé entouré de glaces au verre teinté dont la porte de verre elle aussi, portait une inscription, Karl Trommer, Directeur-Adjoint

.Legeay attendait dans son fauteuil et affichait un air détendu et calme d'homme d'affaires qui venait à la banque pour une transaction quelconque. La décoration intérieure de la banque était plutôt du style conservateur. Au centre, un grand tapis aux motifs et couleurs modernes et un comptoir en quatre sections ainsi que quatre fauteuils, surtout utilisé par les clients pour préparer les formulaires de dépôts ou retraits. Tout autour, des baies vitrées avec quelques ouvertures qui servaient de guichets.

Il attendait depuis cinq minutes lorsque la porte du petit bureau vitré, s'ouvrit. Karl Trummer referma la porte de son bureau et se dirigea vers Legeay d'un pas assuré. C'était un homme grand et mince, plutôt jeune pour ce poste. Il portait des lunettes à grosse monture brune et une épaisse moustache qui lui donnait un air sérieux.

— Monsieur Legeay, je suis Karl Trummer directeur-adjoint. Si vous voulez me suivre. Il tourna les talons et alla directement vers son bureau, suivi par monsieur Legeay. Entrez dit-il et prenez un siège. Que puis-je faire pour vous Monsieur Legeay ?

— Vous êtes depuis peu ici, demanda Legeay.

— Depuis un an monsieur, auparavant je travaillais à l'une de nos succursales située sur Bahnhof Strasse. C'est la première fois que j'ai le plaisir de vous rencontrer Monsieur Legeay, vous désirer ouvrir un compte au Crédit Suisse ?

— Je possède un compte ici depuis près de dix ans mais, il est compréhensible de ne pas avoir été présenté, je viens à Zurich une fois l'an à cette époque de l'année.

— Permettez-moi de téléphoner à ma secrétaire, je vais faire venir votre dossier. Il prit l'appareil, parla rapidement en allemand et raccrocha. Cela prendra deux minutes, pendant ce temps, peut-être pourriez-vous me dire quel genre de transaction vous souhaiteriez faire ?

— Ni retrait ni dépôt monsieur Trommer, je désirerais seulement convertir mes avoirs en euros.

La secrétaire apporta le dossier puis referma la porte. Trummer ouvrit le dossier, puis ses yeux s'agrandirent en voyant les chiffres.

LA MENACE

— Je vois que votre compte est en dollars américains, vous désirez convertir combien de dollars en euro ?

— La totalité monsieur Trommer.

— Mais… Vous voulez vraiment convertir la totalité ?

— Oui monsieur.

— Vous savez qu'il s'agit de 8,5 millions de dollars ?

— Je sais, et c'est ce que je souhaite.

— Puis-je vous faire une suggestion monsieur Legeay ?

— Allez-y, dit Legeay.

— L'arrivée de l'euro est encore toute récente et sa valeur fluctue beaucoup, si j'étais vous, j'en convertirais environ 10% par mesure de prudence.

Trummer s'appuya au dossier de son siège, l'air satisfait d'avoir pu donner un conseil à Legeay. Il était selon lui, irréaliste et très risqué de vendre des dollars pour acheter des euros, surtout pour la somme de cinq millions de dollars.

Jean-Richard Legeay se redressa et regardant son vis-à-vis dans les yeux, se leva et mit les mains sur le bureau de Trommer.

— Je vous remercie pour le conseil monsieur, mais ma décision est prise et j'insiste pour que la conversion se fasse aujourd'hui même,

Le directeur-adjoint dut se rendre à l'évidence, le client semblait plutôt décidé. Il appela sa secrétaire, lui remit le dossier et lui dit en français.

— Monsieur Legeay possède un compte avec notre banque et désire convertir ses dollars U.S. en euros. Faite le nécessaire et donnez à monsieur Legeay, les reçus requis.

La secrétaire ouvrit le dossier et regarda les chiffre afin d'être bien certaine qu'il n'y aurait pas d'erreurs et ajouta :

LA MENACE

— Quelle somme dois-je convertir monsieur Trummer, je vois qu'il y a plus de 8,5 millions au solde du compte de monsieur Legeay ?

— La totalité mademoiselle.

— Bien monsieur, dit-elle avec un air incertain. Cela sera fait dans les minutes qui viennent. Elle pivota, puis sans se retourner, referma la porte

— Je vous remercie monsieur Trummer, dit Legeay en lui serrant la main. Sur ces mots, il quitta la pièce et retourna à son fauteuil pour attendre les documents confirmant la transaction. Il regarda machinalement sa montre, elle indiquait 10:45hr. Il réalisa que depuis son entrée à la banque jusqu'au moment où il passa la porte principale, il s'était écoulé moins d'une demi-heure.

Quinze minutes plus tard, un autre client que le garde de sécurité semblait vaguement reconnaître, entra à la banque. Il s'approcha lui aussi de la jeune fille à l'entrée et demanda lui aussi, à voir le directeur.

Le directeur était arrivé pendant que Legeay et Trummer discutaient dans le petit bureau du directeur-adjoint. Lorsque la réceptionniste le prévint qu'un certain monsieur Schoeters de Bruxelles désirait le voir, il lui demanda d'apporter le dossier de ce monsieur, avant de le recevoir.

Le dossier arriva. Ludwig Zimmermann était directeur au siège social du Crédit Suisse depuis plus de dix ans. Il possédait une vaste expérience des transactions internationales et avait dans son cercle d'amis, les directeurs des plus grandes banques du monde, incluant celles des pays d'Asie. Il lut les grandes lignes du dossier du belge et s'arrêta au solde qui s'élevait à près de 12 millions de dollars U.S..

C'était un client sans histoire, et les transferts en provenance de plusieurs pays étaient fréquents. Décidément, ce monsieur devait beaucoup voyager pour ses affaires, se dit-il. A la ligne profession, il était mentionné «industriel». Il appuya sur le bouton de l'interphone.

— Mademoiselle, dite à monsieur Schoeters d'entrer.

Jan Schoeters fut introduit chez le directeur et celui-ci le pria de s'asseoir. Schoeters était plutôt grand et Zimmermann l'évalua à au moins 1,90m. Cheveux blancs, peignés sur le côté, il portait des lunettes à monture carrée, avec de gros verres épais à doubles foyers et le directeur cru apercevoir de petits yeux bleus. Des plis prononcés de chaques côtés d'une bouche aux lèvres minces, donnaient l'impression qu'il souriait constamment.

— Bienvenue à Zurich Monsieur Schoeters, que pouvons-nous faire pour vous ?

— Je désirerais acheter des euros.

— Eh ! bien, je n'y vois pas d'inconvénients monsieur, quel serait le montant de la transaction que vous souhaiteriez effectuer ?

— Si je ne me trompe, le solde à mon compte est de plus de 20 millions de dollars U.S. ?

— Vous avez raison, le montant est exact, plus quelques poussières.

— Je veux convertir le tout en euros monsieur Zimmermann.

Le directeur fut naturellement surpris de l'ampleur de cette transaction et croyait qu'en tant que directeur de l'une des plus grande banque de Zurich, il était de son devoir de banquier, de mettre son client en garde contre cette démarche soudaine, qui selon lui, était vraiment déraisonnable pour le moment. D'ici quatre ou cinq ans peut-être, la stabilité de l'euro serait plus facile à évaluer et son client, serait plus en mesure d'analyser le marché, avant d'acheter des euros.

— Vous croyez que de vendre tous ces dollars pour acheter des euros est justifié compte tenu de sa relative jeunesse. Vous savez sans nul doute, que la Suisse et même l'Angleterre ont voté contre l'arrivée de l'euro et que nous conservons le franc suisse bien que je crois que tôt ou tard, les dirigeants de ce pays n'auront pas le choix dans quelques années... Il laissa perdre les autres mots dans ses pensées. Permettez-moi de vous suggérer d'y aller à petites doses. Par prudence, vous devriez acheter des volumes moindres.

Le belge avait laissé le directeur du Crédit Suisse exprimer sa pensée et maintenant, c'était à son tour.

— Je vous remercie pour vos bons conseils monsieur Zimmermann toutefois, je maintiens mon désir d'acheter des euros pour la totalité du solde de mon compte. Veuillez s'il vous plaît faire préparer les papiers nécessaires, j'attendrai dans le fauteuil que j'occupais à mon arrivée. Il salua le directeur, lui serra la main, ouvrit lui-même la porte du bureau et regagna le fauteuil. La transaction était conclue.

Jan Schoeters sortit de la banque quelques minutes plus tard. Arrivé au coin de la rue, il mit la main dans la poche intérieure de son veston, oui, les reçus étaient bien là, il ne voulait surtout pas les placer dans sa mallette, il pouvait la perdre ou bien se la faire dérober, on ne sait jamais se dit-il. Levant le bras, il héla un taxi et prit le chemin de l'aéroport, il était midi et le vol pour Paris était à 14:00hrs.

A l'aéroport de Zurich, les passagers en transit ou en partance, étaient moins nombreux à cette heure de la journée et les formalités aux comptoirs étaient rapides. Legeay s'enregistra, puis regardant sa montre, il réalisa qu'il avait encore une heure à attendre avant l'embarquement, il dirigea vers le bar.

Personne aux tables, seulement trois clients. Il choisit un tabouret, s'y installa et commanda une bière. Le garçon lui apporta sa bière et lui remettant le menu du bar, demanda :

— Vous voulez manger quelque chose ?

— Non merci, je n'ai pas vraiment faim, la bière suffira.

LA MENACE

— Comme vous voudrez monsieur. Le garçon prit le menu et le présenta à l'autre client assis8 deux tabourets plus loin.

— Vous désirez manger monsieur ? Le client avait entendu la réponse de Legeay et répondit avec les mêmes mots.

— Je n'ai pas faim moi non plus. Sur ces paroles, il dirigea son regard vers Legeay.

— Voyage d'affaires ?

— Aller retour dans la même journée et vous ?

— Moi aussi, j'ai quitté Bruxelles ce matin et j'y retourne cet après-midi.

Les deux hommes ne se connaissaient pas et ils parlèrent de choses et d'autres jusqu'à l'appel du vol de Bruxelles. Jan Schoeters se leva, paya ses consommations et après avoir souhaité bon voyage à Legeay, prit le chemin de la porte B-18 pour l'embarquement. Quelques minutes plus tard, ce fut le tour de Legeay de payer sa consommation et d'aller prendre le vol pour Paris. Les deux hommes ignoraient qu'ils avaient eu la même mission, mais pour le compte de pays différents. Ce jour là, de nombreuses banques de Zurich, reçurent la visite de clients qui vendirent des dollars pour acheter des euros.

Au Crédit Suisse, il était dix-sept heures. Tous les soirs à la fermeture, Trommer allait saluer son directeur et ils bavardaient quelques minutes avant de quitter la banque. Tout était routine comme dans les autres banques sauf que ce jour là, Trommer qui trop occupé dans la journée, n'avait pas eu le temps de parler avec son directeur, profita du moment.

— J'ai eu un drôle de client parisien aujourd'hui monsieur le Directeur.

— Qu'avait-il de drôle ce client Trummer ?

— C'est un certain monsieur Legeay qui possède un compte avec nous depuis plusieurs années.

LA MENACE

— Je connais ce monsieur, il vient à la banque une ou deux fois par année. Un monsieur très gentil, sans problèmes et qui la plupart du temps effectue ses dépôts par transferts bancaires. Qu'est-ce qu'il voulait cette fois-ci, faire un dépôt en personne ou bien un retrait ?

— Ni l'un ni l'autre monsieur Zimmermann, il a vendu tous ses dollars pour...

— Des euros dit le directeur, sans lui laisser finir sa phrase.

— Comment le savez-vous monsieur, on ne s'est pas parlé de la journée, est-ce par hasard ma secrétaire qui vous en aurait glissé un mot ?

— Non, Trummer, j'ai reçu moi aussi un client mais lui venait de Bruxelles, qui échangé tous ses dollars pour des euros. Quel est le montant de la transaction de monsieur Legeay ?

— Le solde de son compte monsieur, 8,5 millions de dollars.

— Curieux, vraiment curieux ça, monsieur Schoeters de Bruxelles a aussi converti son solde en euros et pour la somme de 20 millions. Deux dans la même journée, c'est vraiment curieux.

— Vous croyez monsieur qu'il peut y avoir un lien entre les deux transactions ?

— Ces gens avaient-ils l'air de se connaître Trummer ?

— Je ne crois pas monsieur, mon client était la seule personne à attendre lorsque je l'ai reçu, il était un peu plus de 10 :00hrs ce matin, et il n'est resté que peu de temps.

— De mon côté dit le directeur, Schoeters est arrivé peu après onze heures probablement que Legeay était déjà parti à ce moment là. Quelques fois, certains clients agissent de façon bizarre, sur un coup de tête ou bien sur la recommandation d'amis plus ou moins connaissants en finance. Je pencherais plutôt pour cette hypothèse, ce sont deux faits isolés, un pur hasard toutefois, s'il se produisait d'autres demandes pour de semblables transactions, vous voudrez bien m'en aviser au plus tôt.

— J'y verrai monsieur. Vous désirez que je ferme ce soir ?

— Rentrez chez vous Trommer, je fermerai, j'ai du travail a compléter.

— À demain monsieur.

— À demain Trummer.

Zimmermann s'appuya au siège de son fauteuil, croisa les mains et regarda le plafond. C'est vraiment curieux se dit-il encore une fois.

BRUXELLES.

Siège du Conseil de la Communauté Economique européenne, Juin 2010

Quinze états membres, disposaient d'une représentation permanente et formaient le Conseil de l'Union européenne. Les représentants des membres étaient habilités à engager leurs gouvernements et étaient donc responsables devant leurs parlements nationaux et devant l'opinion publique. La composition du Conseil variait selon les sujets abordés. Les ministres des Affaires étrangères siégeaient dans la formation du Conseil dite "affaires générales", alors que les ministres chargés des questions économiques et financières, se réunissaient au sein de la formation dite "économie-finances."

Le Conseil avait son siège au bâtiment "Justus Lipius" à Bruxelles. En avril, en juin et en octobre, les sessions du Conseil avaient lieu au Centre européen du Kirchberg au Luxembourg. La fréquence des sessions du Conseil variait selon l'urgence des sujets à traiter. Le Conseil était présidé à tour de rôle par les chefs de chaque État membre pour une période de six mois, selon un ordre spécifiquement préétabli.

Dans le cadre de l'Alliance atlantique, une alliance stratégique et politique, entre les États-Unis et plusieurs pays de l'Union européenne, avait contribué à la révision des conflits commerciaux existants, qui portaient sur l'aéronautique, les produits agricoles et l'acier. Les autorités américaines et le président de la Commission se consultaient régulièrement

Les relations de l'Union avec le Japon, étaient d'une importance capitale. L'Union souhaitait obtenir une plus grande ouverture du marché japonais afin d'atténuer la percée des produits japonais sur le marché de l'Europe.

Pour les pays en développement, autant dans les pays arabes qu'en Afrique Noire, l'Europe était vue comme le plus vaste marché de consommation au monde. Ceux-ci pouvaient sans complications y exporter de leurs produits industriels ou agricoles. De nombreux accords commerciaux et de coopération, avaient été signés aussi avec plusieurs pays d'Amérique Latine dont le Brésil, l'Argentine, l'Uruguay et le Mexique, ainsi qu'avec les pays du Pacte Andin (Bolivie, Equateur, Venezuela, Pérou, Colombie), avec comme objectif, le soutien à l'économie régionale.

Les pays de l'Est et les états de l'ancienne Union Soviétique ainsi que plusieurs pays de l'Europe Centrale et Orientale, avaient aussi signé des ententes concernant les coopérations économiques et financières, de liberté des échanges et de la circulation des biens, incluant, sans l'oublier, la coopération culturelle.

Le 20 novembre 1990, les États-Unis et les états membres de la Communauté européenne, avaient signé la déclaration transatlantique qui consacrait l'assentiment politique que les États-Unis apportaient au développement d'un partenaire européen et stable.

Depuis cette date, les Européens, avaient remarqué que malgré ces belles paroles et les signatures de traités, les américains augmentaient partout dans le monde, leurs efforts pour accroître leur influence dans les domaines économiques et financiers et, les européens n'allaient pas laisser les choses se passer ainsi. Les américains étaient loin de se douter que la création d'une Union européenne accompagnée d'une monnaie commune allait générer tant de remous.

Ce matin-là, les chefs de gouvernements des 15 pays membres étaient réunis sous la présidence du Chancelier allemand Paul Wilkes à qui c'était le tour de présider le Conseil, selon les procédures préétablies. Il s'agissait d'une réunion à huit clos et seuls les 15 dirigeants de l'Europe étaient présents. Paul Wilkes prit la parole.

> — Bonjour messieurs et merci d'avoir accepté d'être présents ici aujourd'hui. C'est la neuvième fois que nous nous réunissons en privé depuis janvier 2001, et il s'agit en ce jour, de faire le point sur les résultats obtenus jusqu'à maintenant et de planifier les actions futures. Vous avez devant vous, les rapports de toutes les transactions effectuées en euros depuis que nous avons décidé de faire pression sur le dollar américain. Comme vous pouvez le constater, le total dépasse largement les 100 milliards. Bien sur, cela représente des poussières comparativement aux transaction faites en dollars mais c'est un début.

Ils savaient tous pourquoi ils étaient là. Les détails leur avaient été communiqués sous plis confidentiels il s'agissait maintenant d'établir un consensus sur les prochaines actions à entreprendre. Paul Wilkes continua.

> — La liste des lieux ainsi que des moyens à utiliser afin disons-nous... les moyens d'influencer positivement nos partenaires, est dans le dossier que vous avez devant vous. Il faut aujourd'hui approuver ces actions et mettre en branle les processus dans les plus brefs délais. Nous sommes tous d'accord sur le but de ces opérations aussi, je vous suggère de vérifier ces éléments et d'apporter votre appui. Chacun de nos

pays, possède des sphères d'influences spécifiques qu'il faudra utiliser selon les étapes prévues dans le dossier. Je tiens à vous rappeler que la chronologie doit être respectée à la lettre. Ces étapes ont été étudiées, vérifiées et revérifiées sur toutes leurs facettes et chacun de nous doit s'assurer qu'elles seront suivies. Vous avez tous pu constater qu'une note a été ajoutée au dossier, concernant une erreur tactique qui s'est produite en mai dernier, au Crédit Suisse de Zurich. Deux transactions ont été effectuées à la même banque la même journée. Il nous faut être prudents et ne pas donner l'éveil aux américains.

Charles De Granpré regarda machinalement la liste et vit que les Antilles françaises étaient en tête des régions sur lesquelles faire pressions. Les moyens à utiliser y étaient mentionnés mais le Président de la République française savait comment s'y prendre, la France avait de grandes affinités avec ces îles des Antilles.

Le procès verbal de la réunion fut vite adopté. Les 15 plus importants personnages d'Europe se quittèrent, visiblement satisfaits. En somme pour eux, tout se déroulait comme prévu, la stratégie établie suivait son cours et d'ici quelques années, l'Europe allait dominer le marché des transactions mondiales.

LA MENACE

LA MENACE

CHAPITRE 3

Il était onze heures et la bourse de New York était en effervescence. Tous les titres bougeaient de façon un peu inhabituelle et Bob Dickens qui était dans son bureau, regardait son écran personnel. C'est curieux se dit-il, pour le commun des mortels ou pour les novices du métier, les mouvements des indices semblaient peu différents des autres jours mais pour Dickens, certains chiffres indiquaient un léger changement.

Le Président de la bourse de New York bougeait la tête de gauche à droite tout comme s'il interrogeait l'écran devant ses yeux. Il laissa les indices défiler une autre fois puis une troisième fois, il voulait être certain de ce qu'il pensait. Il changea de programme et interrogea son ordinateur. Ses doigts pianotaient avec agilité sur le clavier et quelques secondes plus tard, il obtint les résultats. Dickens avait maintenant devant lui, les cours du dollar depuis les derniers six mois. Un graphique comportant plusieurs courbes apparut. Chacune des courbes avait une couleur différente.

Bien en tête, figurait le dollar U.S. Puis juste en dessous, le yen japonais. Les autres courbes, indiquaient les devises des principaux pays industrialisés tel l'euro, la livre sterling, les Anglais n'avaient pas encore rejoint l'euro, mais il était prévu qu'ils le feraient en 2002 mais ils avaient fait marche arrière et décidé d'attendre. Suivait le dollar canadien lequel se négociait toujours à environ 50% du dollar U.S..

A première vue, les courbes du graphique semblaient normales et Dickens se dit, que sur une période de six mois, l'euro avait progressé mais de façon si minime que ce soit à peine perceptible. Il tapa une fois de plus sur le clavier et demanda à l'ordinateur d'afficher les données sur la période couvrant les douze derniers mois. Cette fois, la courbe de l'euro était plus significative et Dickens pu voir une lente mais constante progression.

Il compara avec le dollar U.S. et puis ses yeux devinrent comme des petites fentes. Il pianota encore une fois et retourna deux années en arrière, il voulait avoir une certitude. Un autre graphique apparut, les courbes étaient plus fines car le tableau affichait l'évolution sur une période plus longue c'était normal. Il s'approcha de l'écran et compara les courbes. Il oublia les autres devises et ses yeux se figèrent sur deux courbes, le dollar U.S., et l'euro.

Il s'adossa à son fauteuil et croisa ses bras derrière sa tête et regarda vers le plafond, les yeux dans le vague. Ce qu'il croyait n'était pas vraiment visible. Oui l'euro avait bien un courbe ascendante et continue mais rien de radical.

Toutes les monnaies fluctuent se dit-il et après réflexion, il jugea qu'il avait peut-être exagéré un peu, que ces données étaient basées sur une période de trop courte durée pour donner une image logique de la situation. Son ami George Bolan avait peut-être raison, rien à ce jour ne justifiait un début de panique.

Se rapprochant de son ordinateur, il cliqua sur l'icône d' "outlook express". Depuis qu'il avait envoyé ces messages à ses confrères des autres bourses du monde, les réponses avaient été les mêmes et de façon unanime, tout semblait normal. Pour eux, la bourse avait ses hauts et ses bas et là aussi rien d'alarmant.

LA MENACE

Regardant l'écran, il vit qu'il n'y avait aucun nouveau message. Il ferma son ordinateur en se disant qu'il avait bien d'autres choses à faire pour le moment et chassant ces idées de son esprit, retourna à ses activités régulières.

Habituellement en fin de journée il s'arrêtait prendre une bière au bar du coin mais cette fois-ci, il rentra directement à la maison. Du coin de la rue, il pouvait apercevoir sa maison. Un construction en pierres grises comportant deux étages avec un toit en pente. Elle semblait un peu grande pour deux personnes mais là aussi ils l'avaient choisie en fonction de leurs besoins.

Sa profession de secrétaire d'état aux finances l'obligeait à recevoir beaucoup d'amis et de hauts fonctionnaires du gouvernement. Les soirées et les cocktails étaient nombreux et ils avaient besoin d'une grande maison.

Le rez-de-chaussée était composé d'un hall de trois mètres sur quatre et d'un très grand salon muni d'un foyer immense construit du même type de pierres que les murs extérieurs lequel occupait la moitié de l'extrémité ouest du salon. La décoration reflétait bien les goûts raffinés des gens riches. Le plafond haut de 2,50m était blanc avec des moulures de bois de chêne tout autour. Aux murs d'un vert très tendre, étaient accrochés des toiles de grands peintres américains. Des fauteuils et canapés de cuir brun sombre ainsi que des tables basses elles aussi de bois de chêne, des lampes de laiton un peu partout sur les tables, et une grande carpette certainement importé de Perse, meublaient la pièce.

Du côté est, du hall, la salle à manger immense elle aussi aménagée avec autant de goût que le salon. Au fond du hall, il y avait un petit couloir qui menait à droite vers la cuisine et à gauche vers le bureau de Dickens. La porte de la salle de bain était à gauche, juste avant celle du bureau.

Le premier étage comportait deux grandes chambres de chaque côté de l'étage, une immense salle de bain et une bibliothèque.

LA MENACE

Il se gara devant la porte du garage, prit sa mallette sur le siège avant et passa la porte.

— Rachelle c'est moi.

— Déjà si tôt?

— J'avais envie de rentrer directement.

— Tu es certain que tout va bien chéri, tes amis du bar ne vont pas te manquer?

— Pas aujourd'hui Rachelle, j'ai besoin de repos je crois.

— C'est vrai que tu as les traits un peu tirés. Ton travail te stresse trop. Tu pourrais prendre des vacances on pourraient tous les deux en profiter. Va à ton fauteuil, je te prépare un verre. Le dîner n'est pas prêt je ne t'attendais pas si tôt.

— Une bière suffira chérie.

Il la regarda marcher en direction de la cuisine et pensa qu'il avait fait le bon choix il y a trente ans. Elle était à cinquante deux ans encore très belle et son corps avait gardé ses formes de jeunesse. Après tant d'années, l'amour était encore très présent dans le couple. Ils n'avaient jamais eu d'enfants, ça avait été leur choix au tout début de leur mariage.

Elle vint s'asseoir près de lui, et passant la main dans les cheveux de Bob elle dit :

— Dis-moi ce qui ne va pas, on pourrait en parler un peu et cela te fera du bien si ce n'est pas des secrets bancaires.

— Rien a voir avec les secrets bancaires chérie. Il ne s'agit pas de personnes en particulier mais cela me semble plus gros, je dirais plutôt des groupes financiers ou autre chose, je l'ignore. C'est seulement des impressions que j'ai, comme des picotements en dedans qui me laisse à penser que quelque chose se passe en Europe mais je ne peux mettre le doigt dessus,

— Que ce passe-t-il en Europe qui t'inquiète à ce point?

— Des choses curieuses, dans les mouvements de fonds. Je crois que des tractations secrètes sont en marche depuis quelques temps mais c'est comme je disais, c'est une impression seulement. Mes correspondants des autres pays ne voient rien de suspect, c'est ce qui me consterne un peu.

Il avança la main, prit son verre et avala quelques gorgées puis s'adossa au fauteuil.

— Tu as une théorie sur ce qui se passe et tu serais le seul à t'inquiéter?

— On dirait bien que oui. J'en ai parlé avec George Bolan mais il ne voit rien d'inquiétant et ne voudrait pas que de fausses rumeurs circulent dans le monde financier.

— Voudrais-tu me donner une idée de ta théorie, je te connais bien après tant d'années et je sais que ton sens de l'analyse est toujours très profond.

— Je vais t'éviter les détails et te résumer ma pensée en quelques mots,

— Je t'écoute.

— Depuis l'arrivée de l'euro en Europe, dans plusieurs pays de la CEE, la pagaille s'était installée. Changer de monnaie après des siècles pour la France et près de cinquante ans pour l'Allemagne sans compter l'Italie, l'Espagne, la Grèce pour nommer que ceux-ci, a créé beaucoup de remous et l'incertitude règne encore dans certains de ces pays. Notre pays les États-Unis les regarde se chamailler depuis 2002 et ne s'inquiète pas. Le dollar U.S. est une monnaie très forte et tous les pays l'utilisent pour transiger à l'étranger. Je devrais plutôt dire utilisaient, ce serait le mot le plus juste.

LA MENACE

— Pourquoi dis-tu utilisaient?

— Parce que depuis quelques années, les mouvements de fonds ne se font plus seulement en dollars mais aussi en euro.

— Qu'est-ce que cela change pour le dollar? Dit Rachelle.

— Pas beaucoup de choses pour le moment à l'exception que dans le futur cela pourrait signifier un danger. Lorsque de grosses transactions se font en dollars, notre monnaie reste forte mais imagine que dans le but d'effectuer des transactions en Europe ou ailleurs dans le monde, d'énormes quantités de dollars soient vendues pour acheter des euros, le dollar U.S. pourrait non pas à court terme mais à moyen et long terme, perdre de sa valeur.

— Je ne m'y connais pas beaucoup en finance internationale mais je crois deviner ce que tu ressens. Pour suivre ta pensée je serais portée à croire que tu aurais raison mais à très long terme mon chéri. Je ne crois pas que nous vivrons assez longtemps pour le voir.

LA MENACE

CHAPITRE 4

Europe 2010

Les dirigeants avaient changés. Certains avaient pris leur retraite, d'autres avaient tout simplement été battus aux élections dans leur pays respectifs mais la ligne de pensée première et la stratégie d'actions elle, n'avait pas changé.

Leurs prédécesseurs avaient bien fait leur travail et les nouveaux venus étaient tout aussi tenaces. Le nouveau président était maintenant le Premier ministre de la Grèce. Les réunions secrètes se poursuivirent.

Tout n'avait pas changé radicalement. Bien que le dollar U.S. continuait à être très fort à travers le monde, l'euro faisait son chemin. Les transactions à l'échelle de dizaines de millions d'euro étaient monnaie courante, ces montants étaient encore trop minimes et les américains suivaient de près les plus grandes transactions.

Les Français payaient très cher leurs années de socialisme. La bureaucratie était lourde, les salaires élevés ainsi que les régimes sociaux, étaient devenus autant de boulets aux pieds des employeurs et du gouvernement. Personne ne voulait revenir en arrière. Les travailleurs pour leurs droits acquis et les gouvernements qui se succédaient par pures mesures électoralismes.

Les prix continuaient de grimper en flèche. Le logement, la nourriture, l'énergie et les biens de consommation déjà trop élevés pour les gens pauvres, étaient devenus inabordables pour les classes moyennes.

Les pays africains commençaient à devenir un attrait pour les industriels français. Bien que les français, les allemands et tous les autres coloniaux s'étaient depuis longtemps approprié leurs richesses tels l'or, les diamants, les bois précieux, ils leurs devaient en contrepartie une bureaucratie médiocre mais moins lourde qu'en Europe.

Fin des années 80, la américains et les canadiens avaient créé une sorte de zone de libre échange entre les États-Unis, le Canada et le Mexique nommée l'A.L.É.N.A Les Nord américains investirent au Mexique dans la construction de petites usines de transformation.

On leurs fournissaient les produits de base et le Mexique où les salaires étaient et sont encore très bas comparativement aux pays industrialisés, faisait la fabrication des produits finis à des coûts ridicules.

Début des années 90, avec des années de retard et après beaucoup d'hésitations, les européens bien que protectionnistes eux aussi, se mirent à investir en Afrique et dans des pays en voie de développement où bien sur ils avaient des affinités. L'agriculture, les mines, l'élevage et les industries de transformations étaient leurs points de mire.

Dans les dix années qui suivirent, les investissements atteignirent des centaines de milliards d'euros. Les contrats stipulaient toutefois que tous les produits achetés par les européens seraient payés en euros.

LA MENACE

Les pays africains avaient peu ou pas le choix, car la très grande majorité des investissements venait d'Europe. Les américains ne se sentaient pas menacés par ces transactions d'affaires, ce qui constituait pour eux, la continuation de relations établies depuis plus d'un siècle et aidaient l'Afrique via les programmes de l'O.N.U. et de la banque mondiale, comme ils l'avaient toujours fait avec les pays du tiers-monde.

En 2010, l'Angleterre n'avait bas bougé dans son attitude et conservait toujours la livre sterling. Il va sans dire que les pays du Commonwealth faisaient de même et attendaient les événements. Tout avait été tellement bien orchestré par les européens que les anglais ni virent que du feu alors ils ne sentirent pas le besoin de se joindre à l'euro.

STRASBOURG.

2015

En janvier 2015, une réunion secrète entre les représentants des dirigeants du Conseil de l'Europe eut lieu dans un grand hôtel de Strasbourg.

L'Hôtel Regent Contades, situé en plein centre ville, le long de la rivière L'Ill, à deux pas de la Cathédrale et en face de l'église Saint-Paul. Un immeuble prestigieux du XIXème siècle, qui perpétue l'Art de recevoir dans le respect des grandes traditions françaises de l'hôtellerie de luxe.

Bien qu'il était un quatre étoiles, cet hôtel avait été choisi pour son va-et-vient plutôt discret de personnalités diverses et de hauts fonctionnaires de tous les niveaux. Chacun des représentants à la conférence arriveraient séparément et sans avoir l'air de se connaître. Une salle de conférence avec table ovale avait été réservée pour eux.

Il était fréquent que des réunions aient lieu dans des hôtels de Strasbourg et le Regent Contades avait été retenu pour son service professionnel et sa discrétion. Le hall était petit mais d'un rapide coup d'œil,il était facile de voir ceux qui y circulaient. L'endroit était bien choisi pour la rencontre.

Des hors-d'œuvre et des rafraîchissements avaient été prévus et les invités savaient qu'ils ne seraient pas dérangés tout au long de la réunion.

Tous étaient présents et bavardaient pendant que les employés se retiraient. La porte se referma et l'un des membres tourna le verrou.

La réunion commença. Chacun avait devant lui, un horaire de travail ainsi que les sujets à être débattus. En fait, il n'y avait que quelques pages car le vrai but de cette réunion, était de préciser les détails de la poursuite de la stratégie établie il y longtemps et qui se poursuivait.

Le représentant de l'Allemagne laissa tomber accidentellement son crayon sur le tapis. Il se pencha mais ne pouvant l'atteindre, il dû déplacer son fauteuil de quelques centimètres vers l'arrière. Maintenant il le voyait. Il était à ses pieds mais plus vers l'avant et l'homme se devait de mettre un genou par terre pour le récupérer.

Il était penché depuis environ quinze secondes et semblait figé en cette position. Il y eut des murmures dans la salle et le représentant de la France qui était son voisin de droite, lui tapota l'épaule et dit

— Qu'y a-t-il Hans?

L'homme ne changea pas de position mais leva la main et lui fit signe de se pencher lui aussi.

Jean Dicard quitta son fauteuil puis mit un genou par terre. Ce qu'il vit le glaça sur place mais il finit par se relever en regardant les gens présents puis mit son index sur sa bouche. Les murmures cessèrent dans la seconde. Tous se regardèrent, ne comprenant pas ce qui arrivait.

Le Français tira une feuille de papier de son cartable, il y inscrit seulement un mot : Micros. La feuille de papier passa de mains en mains à une vitesse folle pendant que Dicard se mit à parler de sujets bien connus de tous, sans grandes importances. Tous avaient maintenant lu la note se penchaient à leur tour pour vérifier de leur côté. C'était bien vrai, il y en avait tout autour sous la table à 2 mètres de distance les uns des autres. La panique se lisait sur le visage de ces hommes equi se posaient tous la même question : Qui pouvait savoir que cette réunion aurait lieu, la décision avait été prise par leur supérieurs respectifs et la réservation faite seulement 2 jours à l'avance.

L'allemand fut debout dans les secondes qui suivirent et il aperçu le téléphone portable du Français qui était sur la table, à 30 cm., à portée de main, il s'en empara et composa le numéro de son propre portable. Les autres jouèrent la comédie et une cacophonie composée de sujets divers s'éleva à la table.

Une sonnerie se fit entendre. L'allemand prit son portable et répondit.

— Hello! Oui oui, c'est moi Monsieur. Puis il se tu et fit tout comme s'il écoutait son interlocuteur. Les discussions cessèrent lorsque Hans Halliger leva la main pour demander le silence.

— Bien Monsieur, je pars immédiatement. Puis il coupa la communication, un petit sourire sur les lèvres.

— Vous devez partir? Murmura Dicard. Tout juste assez fort pour que ceux qui écoutaient puissent entendre.

— Oui dans la minute, une délicate affaire de famille dit-il tout en élevant la voix. Il fit de grands signes pour faire comprendre à tous qu'ils devaient quitter la salle.

Le français prit la parole à son tour.

— Messieurs, nous avons tous une famille et nous savons que quelques fois il survient des impondérables alors puis-je suggérer de remettre cette réunion disons…. En début de semaine prochaine si vous êtes tous d'accord.

LA MENACE

Des oui et des bien sûr se firent entendre à haute voix. Quelqu'un les écoutait et il fallait que le report de la réunion soit plausible. La salle se vida en quelques minutes, le temps que tout un chacun range les documents laissés sur la table.

LA MENACE

CHAPITRE 5

A l'accueil de l'Hôtel Regent Condades, la discussion était vive. Après avoir fait un résumé de la situation à voix basses dans le hall de l'hôtel, il fut convenu que Halliger et Dicard devaient voir le directeur de l'hôtel, le mettre au courant et obtenir des explications.

> — Je vous répète que nous devons immédiatement voir Monsieur le Directeur

Monsieur le directeur est un homme très occupé. Que puis-je faire pour vous, je suis peut-être en mesure de vous aider. Répondit l'employé d'un ton légèrement hautain et sur de lui.

L'homme dans la trentaine, était petit et maigre mais il portait un costume noir impeccable avec une chemise d'un blanc éclatant et une cravate noire. Il portait de petites lunettes rondes à monture couleur or sur un nez un peu long et pointu. Une moustache fine avec quelques poils blancs tout comme ses cheveux très fins qui commençaient à grisonner. Les deux hommes en face de lui étaient au contraire, grands et musclés. Ils semblaient très en forme pour des hommes qui avaient atteint le milieu de la cinquantaine.

LA MENACE

Dicard ressemblait un peu à monsieur tout le monde que l'on pouvait rencontrer dans toutes les rues du grand Paris. Hans Halliger lui, avait la figure un peu boursouflée, le nez assez gros et un peu rouge de l'allemand qui aime beaucoup la bière.

— Désolés mais nous voulons voir le Directeur, c'est de la plus haute importance dit Hans Halliger en exhibant sa carte de haut fonctionnaire du Conseil de l'Europe.

L'homme regarda la carte puis sa figure devint aussi blanche que sa chemise.

— Je vous l'appelle Monsieur Halliger.

— Il est bien temps dit l'allemand.

Le comptoir de l'accueil n'était pas très long, à peine 3,50m. Il était de bois de chêne blanc et dans ses bouts, il y avait deux colonnes également de chêne blanc. Immédiatement du côté droit, il y avait un escalier assez large avec des marches recouvertes de tapis jaune or tout comme le tapis du hall et qui comportait une rampe de fer forgé qui menait au premier étage où étaient situé les suites et quelques salles de réception privées.

Le directeur arriva enfin. Il était très grand et gras. De petits yeux bleus sous des sourcils épais et gris comme sa chevelure très abondante. Il avait tout d'un gros ours en peluche mais sa figure était neutre, sans rien qui pouvait dévoiler s'il était de bonne humeur ou non.

— Bonjour messieurs, que puis-je faire pour vous.

— Pouvons-nous parler en privé Monsieur le Directeur? Dit Dicard.

— Bien sur, suivez-moi.

Suivant le directeur, ils se dirigèrent vers la gauche de l'accueil. Un petit corridor d'un mètre puis encore à gauche, une porte de bois qui arborait une plaque de laiton portant la mention : Directeur.

LA MENACE

La pièce était décorée sobrement. Des meubles du X1Xème, quelques toiles anciennes sur les murs et des rideaux de velours rouge à la fenêtre, Pas de fleurs ou de bibelots. Sur le bureau, un téléphone noir et plusieurs documents et factures.

— Veuillez prendre un siège messieurs.

— Merci, dit Hans.

— De quel sujet voulez-vous discuter dit le directeur en regardant les deux hommes.

Halliger et Dicard se regardèrent se demandant lequel parlerait. Hans alla de l'avant et prit la parole.

— Monsieur le directeur. Il fit une courte pause tout comme s'il cherchait ses mots puis continua. Vous savez je présume qui nous sommes?

— Certainement, vous êtes du Conseil de l'Europe et vous aviez réservé la salle de conférence.

— Exact monsieur mais la réunion aura été de courte durée, nous avons eu une surprise.

— Que voulez-vous dire? Dit le directeur tout en fronçant ses gros sourcils.

— Il y avait des micros dissimulés sous la table, dit Dicard avec une pointe de rage dans la voix.

Le directeur se leva d'un bond.

— Impossible messieurs, cet hôtel est bien connu et réputé, une chose semblable est purement impossible et invraisemblable. Vous les avez vu ces micros?

— Oui, c'est moi qui, tout à fait par hasard, ai découvert le premier dit l'Allemand. Utilisant un prétexte, nous avons écourté notre réunion et somme sortis de la pièce.

— Impossible, je ne peux y croire et je dois les voir de mes yeux ces micros. J'y vais à l'instant.

LA MENACE

— Attendez, dit Dicard, ceux qui les ont installés étaient certainement à l'écoute. Nous allons avec vous mais aucune parole ne doit être prononcée, quels qu'ils soient, ils sont peut-être encore à l'écoute. Vous devrez faire venir un ou des techniciens spécialisés pour ce travail. Si vous n'en connaissez aucun, nous avons les nôtres, Oui je crois que c'est préférable que ce soit nos techniciens, il y a peut être d'autres micros placés ici et là dans l'hôtel et à l'accueil sûrement.

— J'ai encore peine à y croire mais je pense que vous avez raison, nous avons besoin d'experts. Allons voir.

Ils sortirent du bureau, passèrent devant l'accueil puis empruntèrent l'escalier. Le directeur sortit sa carte de plastique perforée laquelle lui permettait d'ouvrir toutes les portes de l'hôtel puis délicatement l'inséra dans la fente au dessus de la poignée. Hans lui tapota l'épaule et lui murmura : « pas un mot ». Un léger déclic a peine perceptible se fit entendre. Le directeur tourna lentement la poignée et poussa lentement.

Au dessus de la table ovale, le grand lustre était encore allumé. Visiblement, aucun employé n'avait pénétré dans la salle depuis qu'ils l'avaient quittée. Halliger et Dicard échangèrent un rapide regard, et laissèrent échapper un léger soupir, satisfaits que rien n'ait été touché.

L'allemand fit signe aux autre de le suivre vers l'endroit où il était assis dans l'heure précédente. Le tapis épais, absorbait les bruits de leur progression. Lentement, Hans déplaça le fauteuil qu'il avait occupé et fit signe au directeur de se pencher. Tous trois étaient maintenant accroupis et regardait le micro

. Le directeur en resta bouche bée quelques secondes puis regarda les deux hommes d'un air ahuri.

Sans un bruit, ils se relevèrent, se dirigèrent vers la porte qui était restée entrouverte et quittèrent la pièce en refermant doucement, très doucement.

LA MENACE

Le directeur ne dit pas un mot et descendit l'escalier suivit des deux visiteurs. En bas, il tourna à gauche et après quelques mètres, poussa la porte d'entrée du bar '' Le Regency''. La réunion avait commencé vers neuf heures et il était maintenant dix heures et le directeur savait qu'à ce moment de la matinée, il n'y aurait ni employés ni clients au bar.

Ils prirent place à une table près du bar. C'était l'idée de Dicard car il pensait que lorsque des gens ont des confidences à se faire, ils vont tout au fond de la salle, loin du bar afin de ne pas être entendus et logiquement, s'il y avait d'autres micros, c'est en principe là qu'ils auraient été installés.

Le directeur se leva puis alla au bar chercher trois bouteilles d'eau minérale et trois verres et revint à la table. Dicard prit la parole le premier.

> — Comme vous avez pu le constater monsieur, il y a bel et bien des micros dans cette salle et vous comprendrez que pour nous, il n'est nullement question de nous réunir dans cet hôtel du moins pour le moment et que nous devrons en référer à nos supérieurs qui en cette minute j'en suis convaincu, sont sûrement au courant de la situation.

> — Je comprends, dit le directeur encore sous le choc.

L'Allemand parla à son tour.

> — Monsieur le directeur, nous aurons certainement besoin de votre autorisation pour neutraliser les micros et pour des situations invraisemblables comme celle-ci, nos spécialistes en écoute électronique devront avoir le champ libre pour découvrir les autres si '' ils'' en ont placés d'autres ailleurs dans l'hôtel.

> — Vous aurez toute ma collaboration, dit le directeur.

Pour Halliger et Dicard, la situation était claire. Ils feraient rapport de cette conversation à leurs supérieurs et les laisseraient prendre la suite de cette opération.

LA MENACE

Une autre réunion serait prévue dans les jour suivants la date, le lieux et l'heure devront rester secrets jusqu'à la dernière minute.

Se levant, ils se serrèrent la main et un directeur encore nerveux, les reconduisit vers l'entrée principale.

En sortant de l'hôtel, ils débouchèrent sur l'avenue de la Liberté.

— Allons sur le pont, nous serons tranquilles dit Hans.

Ils tournèrent à gauche. Le Pont d'Auvergne qui surplombait la rivière était situé à cent mètres, droit devant eux. On était en mai et le ciel était d'un bleu azur et le soleil brillait.

En quelques minutes ils atteignirent le pont. La circulation y était dense mais peu de piétons y traversaient à pieds, on n'était pas encore à l'heure du lunch où beaucoup de gens s'y attarderaient.

A mi-chemin des deux rives, ils s'arrêtèrent pour s'accouder à la rambarde. Ils restèrent silencieux quelques secondes, regardant vers l'autre rive, en direction de la Place de l'Université.

— Hans, je crois que nous avons un problème. Je n'en ai pas parlé devant les autres mais il est évident qu'une ou des personnes les ont informés de la tenue de cette réunion.

— J'y pensais justement dit l'Allemand. Comment ont-ils pu être informés de notre rencontre qui était censée être confidentielle sinon par l'un des délégués ou des adjoints que sais-je.

— Tu as raison, des informations ont coulé c'est certain.

LA MENACE

CHAPITRE 6

Non loin du Regent Contades, au troisième étage d'un immeuble de la Rue du Maréchal Joffre, à un pâté de maisons derrière l'hôtel, un homme de la C.I.A. muni d'un casque d'écoute, manipulait les touches de son appareil.

Il était plutôt grand, début de la trentaine et avait l'apparence d'un homme qui s'adonnait régulièrement aux exercices physiques. Il portait un t-shirt blanc et des jeans en denim bleu pâle.

L'appareil qu'il avait devant lui, n'était pas plus grand qu'un ordinateur portable mais c'était une pièce d'équipement ultra sophistiquée pour l'écoute et l'enregistrement de conversations sur une distance de près de cinq kilomètres.

Derrière lui, il y avait un autre homme, un peu plus âgé, qui était au téléphone et qui prenait des notes. Dès qu'il raccrocha, le plus jeune lui dit.

> — Monsieur, je ne capte plus de conversations, ils ont quitté la pièce.

LA MENACE

— Comment cela, la réunion vient à peine de commencer?

— Je l'ignore monsieur mais d'après ce que j'ai pu comprendre, il semble qu'une de ces personnes a reçu un appel téléphonique urgent et qu'ils ont ajourné la réunion.

— Faite passer l'enregistrement.

— Tout de suite monsieur.

Il tapa quelques touches sur le clavier intégré puis des bruits de voix se firent entendre. Cela ressemblait plutôt à de petites conversations portant sur des sujets différents et bien que son appareil était issu de la technologie la plus récente, il était impossible pour le technicien d'isoler les conversations les unes des autres. L'écoute était plus facile lorsque les personnes parlaient chacune à leur tour comme dans une réunion normale.

L'agent écoutait la bande et vers la fin de l'enregistrement il entendit clairement « qu'y a-t-il Hans » puis bien que très court, un moment de silence. Ensuite, il n'entendit plus que l'allemand et le français puis de nombreuses voix qui disaient des «oui, bien sûr » et enfin des gens qui quittaient la pièce.

Il marcha vers la fenêtre, regarda dans la rue les voitures qui circulaient puis se retourna et revenant vers la petite table, il dit.

— J'aimerais que vous repassiez la bande une autre fois.

— Tout de suite monsieur.

Les bruits et les voix se firent entendre de nouveau. Puis la question de Dicard : « qu'y a-t-il? » ensuite le silence. La sonnerie du portable précédait de peu le report de la réunion.

— Il y a quelque chose qui cloche dans cet enregistrement, dit le plus âgé.

— A mon avis tout semble normal et logique.

— C'est peut être une intuition mais quelqu'un a dit : « qu'y a-t-il? », il a dû se passer quelque chose pour qu'il pose cette question. Tout comme moi, tu as entendu les conversations et le court silence après la question, tu l'as remarqué?

— Cela arrive monsieur dans des réunions de ce genre.

— Et s'ils avaient découvert les micros?

— J'en doute monsieur, ils se sentaient en sécurité. C'était une réunion secrète et personne n'était au courant, à part nous bien sûr.

— Notre informateur s'est peut-être fourvoyé sur le sens des paroles de son contact, c'est possible dit l'homme grisonnant. Il nous faut récupérer ces micros. Appelez l'équipe technique, je veux que ces micros soient retirés avant demain matin.

— Bien monsieur, je donne les instructions nécessaires mais ils devront attendre la nuit prochaine, le personnel sera au minimum.

— Faite pour le mieux mais le plus rapidement possible, personne ne doit les découvrir.

Julia était devant le miroir et se maquillait. Elle était grande, près d'1,70m et était blonde et d'une grande beauté avec un visage qui ne portait encore aucune trace des années. Les hommes se retournaient dans la rue pour la regarder passer.

Elle voulait sortir pour faire un peu de shopping. Les journées étaient longues à la maison et son mari rentrait à des heures impossibles. Avant de quitter l'appartement, elle se regarda dans la glace. Pas si mal pour tes quarante ans Julia, se dit-elle. Tout en vérifiant son sac à main, elle constata que ses clefs n'y étaient pas. Après un regard circulaire autour d'elle, elle les vit sur la petite table de l'entrée. Comme elle ouvrait la porte pour sortir, le téléphone sonna.

— Hello! Qui est-ce?

— C'est moi Julia.

— Ah! Bonjour Lynda,

LA MENACE

— Je peux aller te voir quelques minutes?

— Est-ce urgent Lynda, je m'apprêtais justement à sortir?

— Oui, je dois te voir maintenant.

— O.K., je t'attends.

— Merci, j'arrive.

Lynda habitait sur le même pallier et à peine une minute plus tard, elle frappait à la porte qui était restée entrouverte.

Entre Lynda, dit Julia qui était devant le miroir et vérifiait son look. Tu dis que c'est urgent?

La réunion au Regent Contades a été annulée soudainement et nous ignorons pourquoi. Dans les conversations il y a des paroles qui nous laissent à penser qu'il s'est passé quelque chose d'important et d'inattendu qui a provoqué l'annulation de la réunion.

— Que puis-je y faire, demanda Julia?

— Si tu pouvais poser la question à Juan, on pourrait peut-être en découvrir la raison, c'est important Julia.

— Je ne sais pas si je dois, c'est mon mari après tout.

— Tu es américaine Julia tout comme moi et ton pays a besoin de toi. Tu n'as eu aucune nouvelle de lui depuis ce matin?

— Non, seulement qu'il m'a dit ce matin qu'il allait rentrer tard.

— Julia, nous avons besoin de cette information, c'est vital.

— Bon, dit-elle, je vais essayer dès qu'il rentrera.

— Bien, dit Lynda. Appelle-moi dès que tu en auras l'occasion.

— Compte sur moi.

LA MENACE

Julia, prit ses clefs puis sortit de l'appartement en suivant son amie puis elles se dirent à bientôt. Dédaignant l'ascenseur, Julia descendit lentement les escaliers. Les choses se mélangeaient dans sa tête.

Elle prit sa voiture, une petite Mercedes d'un rouge étincelant et démarra lentement. Elle n'avait plus envie de faire du shopping et décida plutôt d'aller prendre un verre quelque part.

Roulant sans trop savoir où elle irait, elle aperçu la Rue Vieux Marché au Poissons et se souvint d'un petit bar situé sur la rue de la Douane, juste en face de la rivière l'Ill. Au coin à droite il y avait un parking intérieur, elle s'y engouffra. Dès qu'elle fut sortie du parking, elle tourna à droite sur la Rue Vieux Marché aux Poissons et marcha en direction de la rue de la Douane.

Le bar était situé à quelques pâtés de maison mais marcher un peu lui ferait du bien. Elle savait qu'elle ne trouverait aucune place pour garer sa voiture et aussi, elle préférait que sa voiture soit en sécurité à l'intérieur du parking.

Elle tourna à droite sur la rue de la douane, le Bar le Quai de la Bière était juste là sur la droite. C'était un vieil édifice de 6 étages d'où l'on pouvait apercevoir la rivière. L'air était frais et négligeant la terrasse, elle s'installa directement au bar et commanda une bière.

Elle buvait à petite gorgée et pensait à Lynda, à ce qu'elle avait demandé. Ses pensées allèrent aussi vers son mari. Ils s'étaient rencontrés cinq ans auparavant lors d'une réception donnée à l'ambassade d'Espagne à Washington.

Ils avaient tous les deux trente-cinq ans à l'époque. Elle lui trouvait toute les qualités qu'une femme pouvait rechercher chez un homme. Il était beau et grand, avait une prestance de diplomate et son charme la paralysait. Ce fut le coup de foudre et ils se marièrent six mois plus tard.

Julia était avocate, avec 2 associés, elle possédait un cabinet en banlieue de Washington. Ses parents décédés lors d'un grave accident de voiture, lui avaient laissé suffisamment d'argent pour qu'elle puisse se permettre le luxe de ne plus travailler.

De grandes firmes utilisaient ses services et Julia, satisfaite de sa situation, ne cherchait plus d'autres clients. Elle avait un homme dans sa vie mais rien de très sérieux et lorsqu'elle rencontra Juan, elle n'hésita pas bien longtemps pour prendre la décision de le suivre. Elle vendit ses parts de la société et décida de jouer pleinement son rôle d'épouse.

Juan était délégué commercial d'Espagne à Washington mais peu après leur mariage, il fut rappelé à Madrid. Ils y achetèrent une grande maison en banlieue de Madrid et semblaient vivre heureux jusqu'au jour où elle se rendit compte qu'il la trompait avec une secrétaire qui travaillait avec lui au Ministère du commerce. Quelque chose se brisa en elle. Après de longues explications, il lui promit d'être fidèle et pour lui prouver sa bonne foi, il demanda son transfert ailleurs en Europe. Julia lui pardonna mais comme toutes les femmes, elle ne l'oublia jamais.

La vie avec Juan n'était plus la même. Il était redevenu l'homme qu'elle avait connu et elle l'aimait toujours bien que souvent, elle s'interrogeait sur la fidélité de son mari et sur l'amour qu'il avait pour elle.

Peu après cette aventure, Juan obtint sa nomination à Strasbourg. Julia y trouva un moyen de se changer les idées et s'y fit des amis. Quelques mois après son arrivée à Strasbourg, une femme seule aménagea dans l'appartement d'à côté.

Elle aussi était américaine et se prénommait Lynda. Elle était veuve écrivait des articles pour une revue de mode américaine. Il ne fut pas très long pour qu'elles deviennent amies. Elles sortaient souvent ensemble pour faire du shopping, des balades en auto et même quelquefois de courts voyages à Paris, toutes deux adoraient les Galeries Lafayette.

Elles se faisaient souvent des confidences et un jour, Lynda lui confia, qu'elle travaillait pour la C.I.A., et qu'elle était en fonction en France depuis deux ans.

LA MENACE

Julia eut une réaction toute autre à laquelle s'attendait Lynda. Ses yeux s'agrandirent et un large sourire était alors apparut sur ses lèvres.

> — Cachottière, avait dit Julia avec le même sourire. Moi qui tout ce temps, pensais que tu travaillais pour une revue de mode, tu as bien joué ton rôle.

> — Je n'avais pas le choix Julia, mes instructions étaient de ne pas en parler avec toi pour le moment.

> — Pourquoi maintenant? Questionna Julia.

> — Parce que notre pays les États-Unis, est en danger.

> — Tu veux rire de moi, la plus grande puissance du monde en danger, et de quelle façon? Avait dit Julia.

Alors Lynda lui avait alors raconté ce que la C.I.A. avait découvert depuis quelques années, c'est-à-dire, que l'Allemagne et la France concoctaient un plan qui pouvait démolir toute l'économie américaine. Les indices boursiers chuteraient de façon dramatique, le chômage deviendrait une plaie qui ne pourrait guérir et que les exportations cesseraient drastiquement créant ainsi un déficit commercial d'une ampleur encore jamais vue, encore pire que la grande dépression des années 30.

Plus Lynda parlait, plus le patriotisme de Julia remontait à la surface. Depuis qu'elle vivait en Europe elle avait mis de côté, tout cet aspect du patriotisme ancré en elle et qui faisait partie de l'éducation de tous les américains depuis leur plus jeune âge.

Jamais dans son exposé, Lynda ne parla des autres pays qui constituaient l'Europe. Elle insistait toujours pour seulement mettre en cause, la France et l'Allemagne.

> — Si ce qui tu dis est vrai, les États-Unis doivent faire quelque chose, dit Julia.

> — Justement c'est à la C.I.A., que le Président a donné la tâche d'enquêter à ce sujet.

> — Qu'allez vous faire? Avança Julia.

LA MENACE

— La C.I.A. y travaille depuis l'année 2005 mais il est difficile de trouver des faits concrets, des témoignages, il semble qu'au niveau du gouvernement européen, personne ne soit au courant d'un tel complot. Ce n'est pas une mince tâche que de convaincre un européen de révéler des secrets d'état, tout comme nous, ils possèdent une certaine forme de patriotisme.

Lynda avait regardé son amie dans les yeux et avait poursuivit. Nous avons besoin de contacts avec des gens haut placés dans le gouvernement européen, où des fonctionnaires qui ont des postes importants.

— Tu voudrais dire des gens comme Juan? Dit Julia.

— Tu me disais qu'il avait constamment des réunions et toujours à des endroits différents, peut-être fait-il partis des initiés.

— Je ne sais pas, il ne parle à vrai dire jamais de son travail et je ne lui pose aucune question. Il est ni Allemand ni français alors comment serait-il au courant?

— A ce que tu m'as dit, il travaille à titre de haut fonctionnaire pour le Conseil européen et nous savons que cet organisme n'a aucune règle précise, ils sont libres dans leurs décisions et leurs mouvements.

— C'est à peu près cela je crois mais comme je te l'ai dit, il n'en parle jamais.

— Peut-être qu'il agit ainsi parce que tu ne poses jamais de questions, il doit en déduire que tu n'es pas intéressée par ce que fait ton mari. Si tu avais une approche différente et que tu lui posais des petites questions de temps à autre, probablement qu'il accepterait de te parler un peu du genre de travail qu'il fait.

— C'est une bonne idée, dit Julia, je vais essayer dans ce sens là mais je suis persuadée qu'il n'est pas au courant de ce que tu appelles un complot.

LA MENACE

— Tu dois m'aider Julia, aider ton pays. Il y a aussi d'autres moyens de savoir, comme de regarder dans sa mallette lorsqu'il est sous la douche. Tu y trouveras peut être des notes dans un agenda, des documents qui mentionneraient des rencontres, des lieux. Tout ce que tu pourrais découvrir, aurait une grande importance pour notre pays.

Julia se leva et alla vers la fenêtre. Elle regardait dans la rue, puis se retourna et alla s'asseoir sur le canapé près de Lynda.

— Je vais t'aider, je ne voudrais à aucun prix qu'il arrive quoi que ce soit de mal à mon pays.

Depuis cette conversation avec Lynda, elle lui rapportait toutes informations susceptibles de l'aider dans son enquête.

Revenant à la réalité, elle s'aperçu qu'elle avait bu la moitié de sa bière mais le temps avait passé et regardant sa montre, vit qu'il était quinze heures. Elle avait encore du temps, Juan n'arrivait jamais avant dix huit heures. Sa bière étant froide, elle en commanda une autre.

Elle alluma une cigarette et prit une bonne gorgée de bière froide. Elle savait bien que c'était grâce à elle si des micros avaient été installés à l'Hôtel Regent Contades. Si quelqu'un les avait trouvés, ils se poseraient certainement des questions à savoir, qui avait bien pu les placer là.

Elle finit sa bière puis après avoir réglé sa note, elle quitta le bar et regagna sa voiture au parking. Elle reprit les mêmes petites rues pour retourner à l'appartement. Il était seize heures, Juan arriverait tard avait-il dit. Julia sentait qu'elle avait un petit creux à l'estomac mais elle réalisa qu'il était un peu tôt et décida de prendre une autre bière.

LA MENACE

LA MENACE

CHAPITRE 7

Juan Chavez arriva chez lui vers dix neuf heures. Il était mince et légèrement plus grand qu'elle. Il avait les cheveux bruns et ses yeux étaient d'un brun très foncé, presque noirs derrière de fines lunettes à monture d'or.

— Bonjour chéri, lui dit Julia.

— Hello! Ma grande, dit-il en posant sa mallette par terre près de la petite table où était le téléphone. C'était le surnom qu'il lui avait donné peu avant leur mariage. Au début, elle trouvait que ce surnom n'était pas très affectueux mais avec le temps, elle n'aurait pas voulu qu'il le change.

Elle s'approcha et l'embrassa tendrement sur les lèvres, baiser qu'il lui rendit non sans efforts. Reculant un peu, Julia regarda ses yeux et vit qu'ils étaient un peu rouges.

— Aurais-tu pris un verre Juan? Lui demanda-t-elle.

LA MENACE

— Bien voyons Julia tu sais bien que je ne bois pas, je suis seulement épuisé de ma journée. Je sors à peine d'une réunion qui a commencé vers quinze heures et qui vient tout juste de se terminer, et nous avons eu tout juste le temps d'avaler une bouchée pour le dîner.

— Encore! S'exclama-t-elle. Je comprends que tu sois fatigué. Tout d'abord enlève ce manteau et viens t'asseoir, je vais te préparer un bon café.

Elle l'aida à l'enlever puis alla l'accrocher dans la penderie. Il se débarrassa de son veston en le jetant sur le canapé puis détacha sa cravate. Julia le regarda faire ces gestes auxquels elle était habituée. Juan avait toujours été un homme qui avait de l'ordre, autant à la maison que pour son travail et lorsqu'il agissait ainsi, elle savait qu'il était très fatigué.

— Viens chéri, le café va être bientôt prêt je vais en prendre un avec toi.

Il alla la rejoindre et prit place à la petite table pour deux qu'ils utilisaient pour des petits déjeuners rapides. Il la regardait préparer le café et bien que très fatigué, comme il le faisait souvent, il prit le temps de l'admirer et se disait qu'elle était toujours très belle. Julia apporta les deux cafés et s'assied près de lui. Elle lui toucha doucement la main et lui fit un léger sourire.

— Tu dois commencer à en avoir marre de ces réunions, dit-elle.

— C'est le travail tu sais, je ne suis pas un petit fonctionnaire assis à un petit bureau qui remplit de la paperasse toute la journée.

— Je sais chéri, tes responsabilités sont énormes mais pourquoi n'as-tu pas terminé plus tôt aujourd'hui? Risqua-t-elle.

— Il est arrivé quelque chose de grave ce matin au tout début de la réunion et on a dû la reporter.

LA MENACE

— Que peut-il arriver de grave dans ton travail, vous passez votre temps à discuter des politiques du Conseil européen?

— Ce ne sont pas des réunions ordinaires ma grande et je n'ai pas le droit d'en parler.

— Je suis ta femme Juan tu l'oublies?

— Je sais ma grande mais nous devons garder le secret le plus complet sur nos délibérations. Tout ce que je peux te dire, c'est que nous avons trouvé des micros cachés sous la table et que notre horaire en a été bouleversé.

— Des micros! Tu n'es pas sérieux chéri qui aurait intérêt à placer des micros tu crois?

— Nous avons quelques doutes là-dessus et c'est pour cette raison que j'ai dû rentrer plus tard. Suite à la découverte des micros, il a été décidé de resserrer la sécurité pour nos rencontres.

— Pourquoi est-ce si secret? Lui demanda-t-elle avec un petit air sérieux.

— Julia, c'est de la politique et nous avons comment dirai-je, une certaine mission à remplir et nous suivons les ordres du Conseil européen tu comprends? Dit-il les yeux fixés sur sa tasse. Sauf en public, il était rare qu'il l'appela par son prénom et elle le remarqua.

— Crois-moi chéri, je ne cherche pas à connaître vos petits secrets dit Julia, tu sembles complètement bouleversé, cela doit être d'une grande importance pour que tout soit si confidentiel.

— Depuis des années, l'Europe travaille sur un projet grandiose j'ignore moi-même si j'en verrai les résultats, cela peut prendre des années, dit Juan.

— Je ne comprends pas comment tu peux travailler sur un projet dont tu ne verras jamais l'aboutissement chéri.

LA MENACE

— Je ne peux te le dire ma grande, premièrement parce que cela serait trop long et aussi parce que c'est comme... oui c'est ça, c'est un secret d'état. J'ai prêté serment tu sais, dit Juan d'un air tout à fait sérieux.

— Oublions tout cela pour ce soir mon chéri, tu devrais prendre une douche, ça pourrait peut-être faire disparaître un peu ta fatigue. Je dois prévenir Lynda se disait-elle.

— Tu as raison ma grande dit Juan j'en ai besoin.

Il se leva et passa dans la chambre à coucher, enleva ses vêtements et passa une robe de chambre. Julia plaça les tasses dans le lavabo et lorsqu'elle entendit le bruit de la douche, elle alla vérifier si la porte de la salle de bain était bien fermée puis se précipita sur le téléphone.

— Lynda, c'est moi.

— J'attendais ton appel Julia, tu as du nouveau?

— Oui, ils ont découvert les micros mais je n'ai pas beaucoup de temps, il est sous la douche. On se verra demain matin après son départ, j'ai des choses à te raconter.

— Un grand merci Julia, on se voit demain.

Lynda coupa la communication et composa rapidement un numéro. Il fallut cinq sonneries pour que quelqu'un réponde.

— Hello! Dit l'homme en anglais.

— C'est Lynda. Vous n'êtes pas pressés de répondre au téléphone.

— C'est que justement, le téléphone ne dérougit pas ici depuis ce matin.

— Ne parlez pas et écoutez, c'est important, dit Lynda. Ils ont découvert les micros, il vous faut agir vite.

LA MENACE

Lynda raccrocha. Maintenant, ils savaient qu'ils savaient, se dit-elle.

Il était une heure du matin lorsque deux techniciens envoyés par le département de sécurité du Conseil, pénétrèrent doucement dans la salle de conférence. Ils connaissaient très bien leur métier et avaient apporté avec eux les outils nécessaires pour détecter les mouchards où qu'ils soient. Ils étaient seulement deux, le département de sécurité du Conseil avait jugé que deux personnes pouvaient passer pour des clients de l'hôtel et par le fait même attirer moins l'attention, même en pleine nuit.

En janvier, les touristes sont moins nombreux et le directeur de l'hôtel avait bien préparé le terrain et avait gardé deux employés seulement pour la nuit. L'un était assis sur un tabouret à l'accueil et l'autre à l'entrée principale agissait comme portier. Toutes les autres issues avaient été verrouillées, les gens pouvaient sortir de l'hôtel mais ne pouvaient y entrer que par la porte principale qui donnait sur l'Avenue de la Liberté

Ayant été informés que les micros avaient été placés sous la table ovale, ils inspectèrent quand même les murs et les autres meubles qui décoraient la pièce. Ils utilisaient un instrument pas plus grand qu'un téléphone portable. Pas une parole n'avait été prononcée, ils opéraient par signes. Les murs et meubles autour avaient été vérifiés mais l'aiguille n'avait pas oscillé et la petite lumière témoin ne s'alluma pas. Il en fut autrement lorsqu'ils s'approchèrent de la table, celle-ci allait de gauche à droite en mouvement constant et la lumière verte se mit à clignoter.

La première étape étaient de savoir quel type de micros y étaient installés ensuite, ils sauraient quelle serait la deuxième. Après s'être penchés, ils examinèrent tous les micros un a un. Il n'y avait aucun fil qui les reliait entre eux et ils étaient fixés au dessous de la table avec de simples autocollants. Les deux hommes se regardèrent puis se firent des signes avec les doigts et l'un d'eux acquiesça d'un mouvement de tête et sans bruits, quitta la pièce tout en laissant la porte entrebâillée.

LA MENACE

Il s'écoula moins d'une minute lorsque l'homme revint avec à la main, un bocal rempli d'eau. Ce tapis absorbait bien les bruits se dit-il tout en s'avançant vers son compagnon qui attendait à genoux près du premier micro. Tous deux portaient des gants d'un tissu très mince qui ne pouvaient nuire à la dextérité de leurs mouvements.

L'homme habillé de noir qui portait le bocal d'eau, avança doucement la main, prit le micro et le laissa tomber dans le bocal d'eau qu'il tenait de l'autre main. Ils se déplacèrent sans bruit pendant plusieurs minutes qui leur parurent des heures quand finalement le dernier micro fut jeté dans le bocal.

— C'est terminé dit l'un.

— Oui il était temps mais il faut se dépêcher, il nous faut encore vérifier l'accueil, la salle à manger et le bar.

— Je sais, allons y dit l'autre en mettant un couvercle sur le bocal.

Il descendirent les marches deux par deux et débouchèrent tout à côté de l'accueil. L'employé au comptoir savait et les ignora. A l'aide de leur appareil, ils opérèrent de la même façon que dans la salle de conférence mais l'aiguille de bougea pas.

— Au bar maintenant, dit l'homme à la moustache.

Au moment où ils passèrent la porte du bar ''Le Regency'', l'aiguille s'affola de nouveau.

L'un fit signe à l'autre de vérifier sous la petite table. Là aussi l'aiguille bougeait mais le clignotant resta éteint. Lorsqu'il approcha l'appareil de la lampe, le témoin lumineux se mit à clignoter. Il était bien là tout en haut de l'abat-jour, si bien dissimulé qu'il faille vraiment savoir ce que l'on cherchait pour le découvrir. Le huitième mouchard prit lui aussi le chemin du bocal.

Toujours silencieux, ils avancèrent vers le bar tout en vérifiant les tables et autres objets de chaque côté. Rien de suspect. Ils avancèrent toujours vers le bar lorsque l'aiguille bougea encore et le clignotant s'alluma lorsqu'ils furent à moins de trente centimètres du bar. Il y en avait un sous le comptoir côté client et un autre tout à gauche à l'extrémité du bar.

Ils firent le tour une deuxième fois mais ne découvrirent plus aucun micro. Maintenant ils se dirigèrent vers la salle à manger '' La Belle Epoque''.

> — Dépêchons-nous dit l'homme à la moustache, qui semblait diriger l'opération. Nous n'avons plus que quinze minutes, nous devons avoir quitté les lieux pour deux heures.

Les mêmes gestes furent posés mais cette fois-ci, pas de micros. Ils se regardèrent, sensiblement satisfaits du travail accompli, quittèrent la salle à manger et sortirent de l'hôtel par une porte du côté de l'Avenue du Quai Koch.

Leur voiture était là à deux pas. Ils montèrent puis l'homme démarra doucement, pendant que l'autre tenait dans les mains, le bocal d'eau contenant les micros.

Ils roulèrent à la vitesse permise de 50km heure, leurs papiers étaient en règle mais il n'était pas question d'attirer l'attention sur eux.

LA MENACE

LA MENACE

CHAPITRE 8

TROIS HEURES DU MATIN.

La même nuit.

Le taxi se rangea près du trottoir, face à l'entrée du Regent Contades sur l'Avenue de la Liberté. Voyant le véhicule arriver, le portier s'empressa de jeter sa cigarette puis couru jusqu'à la portière. L'homme descendit le premier, suivit de la femme.

-Bonjour monsieur et madame, bienvenue à l'Hôtel Regent Contades. Vous avez des bagages dans le coffre de la voiture?

-Bonjour dit l'homme. Oui Il y a deux valises, je vais conserver cette mallette, en montrant celle qu'il avait à la main.

L'homme était grand avec des cheveux blonds et il avait les yeux bleus. Il portait une chemise beige pâle à col ouvert, un pantalon et des souliers noirs ainsi qu'un veston d'un brun plus foncé. La femme était grande elle aussi. Ses cheveux étaient bruns et très courts. Elle portait un jeans et un gilet blanc à col roulé sous un manteau court de couleur noire.

LA MENACE

Le portier prit les valises des mains du chauffeur. L'homme régla la course en laissant un bon pourboire puis la femme et lui emboîtèrent le pas au portier.

L'employé de l'accueil ferma rapidement le journal qu'il lisait et se redressa en voyant venir le couple.

— Bonjour madame et monsieur, bienvenue à notre hôtel vous avez une réservation?

— Oui, la réservation a été confirmée hier dans l'après midi, au nom de Anderson.

L'employé ouvrit le registre son index droit parcouru les noms qui y étaient inscrit.

— Voyons…Vous dites Anderson, ah! Voici, on y est. Mais votre réservation a été faite pour sept heures du matin, vous êtes en avance monsieur Anderson.

— Oui, nous sommes un peu en avance, vous savez cela peut arriver lorsque l'on voyage beaucoup. Y voyez-vous un problème monsieur?

— Pas vraiment monsieur, en cette saison, l'hôtel n'est pas complet et nous allons arranger cela. Si vous voulez bien remplir la fiche réglementaire dit-il, en poussant du doigt le feuillet préparé à cette fin.

— Voilà dit l'homme c'est fait.

— Nous ne sommes pas nombreux la nuit en cette période de l'année, vous ne verrez pas d'inconvénient à monter vous-même vos bagages?

— Non, ça ira dit l'américain.

— Voici votre clef, vous avez la chambre 217, tout comme vous l'aviez demandé au moment de votre réservation. C'est au second étage. Vous prenez l'ascenseur à gauche, c'est tout de suite après l'escalier.

L'homme prit les bagages puis suivit la femme qui se dirigeait déjà vers l'ascenseur.

LA MENACE

Dès que le couple eut tourné à gauche, l'employé regarda la fiche remplie par l'Américain. Monsieur et Madame Anderson de New York. Des américains en cette saison, c'est plutôt rare. Ils agissent toujours de façon bizarre ces américains murmura t-il à voix basse.

L'homme inséra la clé de plastique perforé dans la fente au-dessus de la poignée et un léger déclic se fit entendre. Il tourna la poignée et poussant le commutateur, deux lampes s'allumèrent dans la chambre. Ils entrèrent, puis après voir déposé les bagages sur le tapis, l'homme referma la porte et tourna le verrou.

La chambre était spacieuse et bien aménagée. Elle comportait deux grands lits et tous les meubles dataient du début du siècle dernier. Entre les lits, il y avait une petite table avec une lampe ainsi que de chaque côté. Le long du mur face aux lits, il y avait une grande commode à plusieurs tiroirs et au fond près de la fenêtre, un petit bureau de travail et un téléphone. Tout à côté, un fauteuil ancien et confortable. C'est là que l'homme blond alla s'asseoir. Quant à la femme, elle enleva ses souliers et se laissa choir sur l'un des lits.

— Elle sera ici d'un moment à l'autre dit-il. Ils l'ont fait prévenir que l'on arriverait vers trois heures.

— Je prendrais bien un café dit la femme.

— Moi aussi, je vais appeler le service aux chambres puis il prit le téléphone et composa le ''0''.

— Bonjour, ici l'accueil, comment puis-je vous aider.

— Ici le 217, pourriez-vous nous faire monter deux cafés noir s'il vous plaît?

— Je suis désolé monsieur, il n'y aura pas de service aux chambres cette nuit. Les employés arrivent généralement vers les six heures mais la cuisine n'ouvrira pas avant sept heures. Vous trouverez une machine distributrice de café au fond du couloir à gauche en sortant de votre chambre.

LA MENACE

— O.K. dit l'homme déçu et il raccrocha. Puis regardant la femme, tu ne trouves pas curieux qu'il n'y ait pas de service aux chambres la nuit dans un hôtel comme celui-ci?

— Je crois que tu as raison mais nous ne sommes pas à New York et c'est un avantage, il y aura moins de gens dans les corridors. A propos, il est trois heures trente et toujours pas de nouvelles de Marie.

— Il a dû se passer quelque chose elle devrait être ici maintenant, nous avons besoin d'elle pour ouvrir les portes.

— L'employé à l'accueil a dit qu'il manquait des employés cette nuit.

— Nous avons du temps devant nous Jenny dit l'américain, pourquoi ne pas en profiter pour….

— Ce n'est pas le moment Jack, elle peut arriver d'un moment à l'autre. On y repensera quand le travail sera terminé, dit-elle avec un petit sourire.

Ils parlèrent encore un peu puis ils fermèrent les yeux pour s'assoupir un peu.

Par la porte de service, quelques employés commencèrent à arriver à leur travail, il était cinq heures. Une jeune femme suivait ceux qui entraient.

Elle était au début de ses trente ans. Une latino américaine immigrée en France depuis plus de dix ans. Elle était née en Colombie et y avait commencé ses études. La violence était fréquente en Colombie. Les attentats, les meurtres gratuits et les enlèvements étaient choses courantes.

Ses parents avaient un petit commerce de vêtements sur l'avenue Sexta dans la ville de Cali au nord de Medellin. C'était une ville merveilleusement belle, bâtie sur une petite montagne à mi-chemin entre Bogota ''la Capitale'' et Buenaventura, une petite ville portuaire de la côte ouest de la Colombie.

LA MENACE

Cali était un paradis, une oasis de verdure et de fleurs. Il y en avait partout dans les rues, devant les maisons et édifices. Cet environnement paradisiaque était toutefois gâché par la violence engendrée par le trafic de la cocaïne.

Les parents de Marie ne pouvaient abandonner leur commerce et quitter le pays pour recommencer ailleurs, il était tout simplement trop tard pour eux mais pas pour leur fille, qui était encore jeune et capable de s'adapter à la vie quotidienne d'un autre pays.

Ils en discutèrent longuement avec elle. Marie était effrayée à l'idée de quitter ses parents mais comprenait bien que les dangers étaient présents partout à Cali et qu'elle devait penser à ses études et son avenir.

Contrairement aux autres latinos qui étaient tous attirés par l'Espagne, ''La Mère Patrie'', Marie rêvait plutôt de Paris. C'est en France qu'elle voulait terminer ses études. Pour elle, la langue ne causait pas de problèmes, elle avait fait ses études primaires et secondaires au ''Collège Français'' de Cali et elle maîtrisait très bien le français. Non sans hésitations, la décision fut prise, elle partirait pour l'Europe.

Elle était sur le point de terminer ses études à La Sorbonne, lorsqu'elle fut approchée par la C.I.A.. Bien qu'étant une jeune femme calme et pondérée, elle se sentait attirée par l'aspect mystérieux du travail d'agent et savait qu'elle aurait à voyager, remplir des missions de routine au début mais qui se compliqueraient avec le temps. À l'université, elle s'était fait des amis et amies qui l'aimaient pour sa douceur et sa grande facilité à écouter les petits problèmes des gens de son âge. Pourtant elle se sentait seule, loin de ses parents, de son pays. Elle décida de quitter tout cela pour le monde de l'espionnage, des secrets, et des énigmes.

     — Bonjour mademoiselle dit l'homme devant elle en se retournant. Vous êtes nouvelle?

     — Si on peut dire. Je travaille normalement la nuit ici depuis quatre mois mais hier soir, on m'a appelé à la dernière minute pour changer mon horaire. Alors me voilà ce matin. Seulement, je n'y comprends rien.

— Je vois mais ils ont certainement leurs raisons et après tant d'années je ne pose plus de questions vous savez. Je vous souhaite une bonne journée. Moi c'est Didier et vous?

— Marie. Excusez-moi, je dois aller me changer.

Elle descendit l'escalier qui l'amena vers le vestiaire des dames, situé au sous-sol. Elle se dirigea directement à son casier où l'attendait son uniforme de femme de chambre. Elle se dévêtit puis enfila rapidement son uniforme. La responsable arriva dans les secondes qui suivirent.

— Vous êtes Marie je crois?

— Oui c'est moi

-Je suis madame Thalandier. Vous travaillerez au troisième ce matin. Durant la journée c'est beaucoup plus occupé, mais vous verrez, tout ira bien. Il est encore tôt et si vous désirez un café, vous en trouverez aux cuisines.

— Bien madame.

Les chariots étaient prêts, tous alignés près des ascenseurs de service, situés aux quatre coins de l'hôtel. Marie repéra l'ascenseur qui menait aux cuisines et s'y engouffra rapidement. Elle regarda sa montre. Il était cinq heures et quart, et si elle faisait vite, tout se passerait bien.

Elle poussa le bouton premier étage et la cage de métal s'y arrêta au bout de cinq secondes. La porte s'ouvrit et elle sortit en cherchant le numéro 217 sur les portes. La chambre était là sur la droite. Personne dans le corridor à cette heure, elle s'approcha sans bruit. Des petits coups frappés à la porte les réveillèrent dans un sursaut. Jack se leva rapidement de son fauteuil et alla ouvrir.

— Je suis Marie dit-elle.

LA MENACE

— Entrez vite. Il referma derrière elle. Où étiez-vous, nous sommes ici depuis trois heures.

— J'ignore ce qui s'est produit mais ils ont appelé hier soir pour changer mon horaire. Mon travail commence à six heures et en regardant sa montre elle dit : dans trente cinq minutes, ils faut vous dépêcher. Voici la clef qui vous ouvrira les portes. Lorsque vous aurez terminé au premier, montez au troisième je serai au bout du corridor pour me préparer à faire les chambres. Le temps de monter avec mon chariot, j'y serai vers six heures. Pour ce qui est de l'accueil vous n'aurez pas besoin de clef mais il en ira autrement pour le bar. Je trouverai un prétexte pour descendre et ouvrir la porte pour vous.

Marie sortit de la chambre en regardant de chaque côté, encore personne, tout allait bien pour le moment se dit-elle.

— Ne perdons pas de temps Jenny dit le blond. Nous commencerons par la salle de conférence.

Ils sortirent de la chambre et prirent l'escalier de service. Ils débouchèrent au premier en quelques secondes. Cet étage était composé principalement de salles de conférences et de salles de réceptions.

Le plan d'action avait été préparé rapidement à la dernière minute mais il était précis et aucun détail n'avait été oublié. Ils n'eurent pas à chercher bien longtemps et ils trouvèrent sur la droite, la salle qu'ils cherchaient.

Jack inséra la clef dans la serrure, le déclic se fit entendre. Rapidement ils pénétrèrent dans les lieux où étaient les micros. Ils savaient exactement où ils étaient placés. Jenny se pencha la première mais ne vit rien. Elle avança de quelques pas, rien encore. Jack de son côté faisait la même découverte, les micros avaient été retirés de leur cachette.

— Qu'est-ce qui c'est passé, dit Jenny.

LA MENACE

— Je ne sais pas mais s'il n'y en a plus ici, il n'y en pas non plus ailleurs, dit le blond en se passant la main dans les cheveux. Nous devons filer vite, je pense qu'ils les ont découverts. Ils doivent être venus tard dans la soirée d'hier ou bien avant nous ce matin.

— On ne peut partir sans remettre la clef à Marie. Je crois que nous n'avons rien à craindre. Retournons à la chambre, j'irai moi-même porter la clef à Marie, elle ne doit pas être compromise. Nous partirons plus tard dans la matinée, sous un prétexte quelconque.

— Tu as raison, retournons à la chambre, il faut les prévenir que les micros ont disparus.

Ils reprirent le même chemin pour le retour, sans rencontrer personne. Une fois dans la chambre, Jack reprit son fauteuil puis tendit la main pour téléphoner. Il décrocha puis se ravisant, il raccrocha et sortit son portable de sa poche de veston. Il pressa une touche puis la sonnerie se fit entendre à son oreille.

— Hello! Ici Jack.

— C'est fait? Questionna la voix.

— Non.

— Comment, non.

— Ils ont disparus, il y en a d'autres qui son passés avant nous.

— Vous en êtes certain Jack?

— Puisque je vous le dis, Jenny peut le confirmer.

— Je vous crois Jack. Ne bougez pas pour le moment, cela pourrait paraître suspect. Attendez la fin de la matinée pour régler la note, et revenez où vous savez, nous en reparlerons.

— D'accord, nous serons là vers treize heures.

Jack coupa la communication puis regarda Jenny.

LA MENACE

— Il nous demande d'attendre la fin de la matinée avant de filer puis regardant sa montre, il dit. Il est six heures, tu peux rapporter la clef à Marie.

— J'y vais, dit-elle en se levant du lit où elle était étendue.

Jenny reprit l'escalier de service et monta les marches deux à deux. Elle poussa la porte du troisième étage, Marie était là qui attendait en faisant mine de vérifier le contenu de son chariot.

Marie fixa Jenny d'un air interrogateur.

— Les micros ont disparus, dit Jenny à voix basse.

— Qui aurait pu les faire disparaître si rapidement?

— Nous l'ignorons mais on trouvera c'est certain. Tiens voilà la clef. Nous partirons vers midi, toi tu finis la journée et attends les instructions.

— Bien, dit Marie. Elle tournant les talons et commença à pousser son chariot.

Jenny revint dans la chambre et ne vit pas Jack dans le fauteuil mais entendit le bruit de l'eau qui coulait de la douche. Elle poussa le verrou puis se déshabillant en vitesse, entra dans la salle de bain, rejoindre Jack.

LA MENACE

LA MENACE

CHAPITRE 9

Ces réunions secrètes du Conseil européen étaient bien contraires aux politiques de l'Union européenne. Il s'agissait d'entités complètement différentes. Le Conseil européen dépendait directement de l'Union européenne mais il jouissait d'une certaine liberté d'action depuis le sommet de Paris en 1974 où il avait reçu officiellement son nom.

Le Conseil européen qui n'était pas juridiquement une institution de la Communauté européenne, jouait tout de même un rôle primordial. Il prenait à cœur la coordination des politiques générales de l'Union européenne et était directement lié au déblocage des dossiers difficiles ou à l'arbitrage si cela était nécessaire.

L'élargissement de l'Union économique et monétaire, les matières constitutionnelles tel la constante révision des traités. Le Conseil européen donnait un nouveau souffle à l'Union européenne mais les réunions à haut niveau nécessitaient une préparation minutieuse. C'était à l'État membre exerçant la présidence au conseil de l'Union, qu'incombait la préparation matérielle. Il n'existait aucune règle préétablie pour le Conseil européen qui n'avait pas de siège. La Présidence du moment, choisissait une ville ou une capitale européenne mais ces réunions ou événements peu banals, étaient toujours pris très au sérieux.

Le choix du bâtiment par exemple, n'était pas chose facile. La salle principale se devait d'être assez vaste pour contenir une cinquantaine de personnes, incluant les 15 chefs d'État qui étaient toujours accompagnés de leurs ministres des finances ainsi que de leurs ministres des affaires étrangères. Il y avait aussi le président de la Commission, toujours accompagné d'un commissaire, les Secrétaires généraux du Conseil et de la Commission, sans oublier un nombre limité de représentants de la présidence et du Secrétariat du Conseil.

Dans une autre salle, il y avait plus de 10 cabines comprenant chacune 3 interprètes. Dépendant de l'endroit choisit, d'autres salles étaient aménagées pour accueillir les cinquante membres de chaque délégation, les nombreux journalistes accrédités, les photographes, les techniciens et les cameramen qui souhaitaient n'être pas trop éloignés des débats.

L'ordre du jour était toujours le même. Les sujets abordés à l'occasion des précédentes rencontres, la présentation de rapports demandés pas le Conseil lesquels pouvaient porter sur des sujets ou aspects qu'il avait déjà définis. Les questions traitées par les institutions européennes, les priorités de la Présidence et surtout les grandes questions d'actualités. Les ministres des affaires étrangères se réunissaient quelques jours avant et faisaient le point sur les dossiers pouvant être discutés.

À la fin de la journée, les travaux étaient suspendus pour le dîner et dans une salle spécialement aménagée, le Président et les chefs d'État ou de gouvernement pouvaient alors s'entretenir de façon confidentielle, sans ordre du jour, sur les sujets qu'ils voulaient aborder.

Jusqu'à la fin des années 80, les réunions du Conseil européen étaient toujours officielles, et avaient lieu dans la même atmosphère

décontractée et les allées et venues des membres du Conseil
européen se faisaient en toute sécurité.

Avec le temps, de ces rencontres ''confidentielles'', émergea
une sorte de dissidence sur les objectifs à atteindre. Les politiques et
décisions prises en réunion officielle n'étaient nullement
contestées mais il y avait des sujets et des philosophies personnels
dont il était impossible de discuter en public.

Au fond d'eux-mêmes, dans leur cœur, ils étaient tous
européens et savaient que tous les débats officiels étaient vérifiés et
surveillés dans tous leurs aspect par les américains avec lesquels ils
avaient fait des ententes et signé des traités. Ils étaient bien sûr
libres de prendre les décisions qu'ils voulaient pour l'Europe mais
d'un autre côté, ils devaient se conformer aux règles établies et
signées dans ces traités.

Dans la confidentialité, ils n'acceptaient tout simplement pas
cette situation de fait, cette clôture ou ce mur qu'ils ne devaient
surtout pas dépasser.

Au milieu des années 90, ils en vinrent à la conclusion qu'il
fallait trouver une façon plus rapide d'avancer dans l'élargissement
de l'Union européenne et d'en élaborer les moyens à prendre sans
éveiller les soupçons des américains.

Ces fameuses rencontres secrètes, étaient risquées et
pouvaient compromettre les buts de l'opération. La découverte des
micros au Regent Contades, avait eu l'effet d'une bombe pour les
initiés du Conseil européen et des mesures de sécurité drastiques
avait été prises.

Malgré toutes ces mesures, les risques étaient toujours
présents et les quinze personnes qui avaient été choisies par leurs
gouvernements respectifs, en étaient bien conscientes. Organiser ces
rencontres même secrètes, nécessitait la collaboration de plusieurs
personnes et les risques étaient toujours multipliés par le nombre de
personnes qui étaient au courant des villes, des bâtiments précis et
des horaires des réunions.

LA MENACE

Ils étaient tous d'accord pour dire qu'il fallait trouver une solution à leur problème. Mais quoi faire et comment s'y prendre, étaient les grandes questions. Plusieurs hypothèses furent avancées mais après analyse sérieuse, elles étaient toutes rejetées, car elles comportaient toutes des risques plus ou moins grands.

En l'année 2017, l'Angleterre qui était déjà membre de l'Union européenne, rejoignit finalement l'euro. Pour les anglais, la transition n'avait pas été facile. Durant des siècles ils avaient utilisé la livre sterling, cette monnaie était une institution en elle-même et le changement fut un drame pour plusieurs. Naturellement, les autres pays du Commonwealth emboîtèrent le pas et adoptèrent l'euro, sans toutefois devenir membres de l'Union européenne, à l'exception du Canada et de l'Australie.

Pour le Canada, sa frontière commune avec les États-Unis, rendait la chose impossible du moins pour le moment. Il faut dire que près de 90% de la production de biens et services étaient exportés vers leur voisin du Sud, qui était par hasard la plus grande puissance militaire du globe.

La chose la plus vraisemblable envisagée par les européens était que le Canada adopte le dollar américain mais les canadiens s'y refusaient, préférant garder leur indépendance vis-à-vis de leur voisin.

Pour ce qui est de l'Australie, les pressions venant du Conseil européen se faisaient plus fréquentes mais elle hésitait bien qu'elle savait que tôt ou tard, elle n'aurait pas le choix

Vers la fin de la même année, la Pologne et la Hongrie entrèrent elles aussi dans les rangs de l'Union et le conseil européen en était en partie le grand responsable. La Russie faisait du lobbying auprès de l'Union européenne pour tenter de se joindre à elle mais l'Union européenne en repoussait toujours la date, prétextant que la Russie ne faisait pas encore les efforts nécessaires pour bien gérer son économie, et la corruption était toujours monnaie courante.

À maintes reprises, le Conseil européen avait envoyé des représentants pour tenter de convaincre les russes d'adopter eux aussi l'euro mais les russes qui se prétendaient sincères en voulant joindre l'Union européenne, préféraient toujours le dollar à l'euro. Des centaines de milliards de dollars avaient été prêtés à la Russie par les américains mais ceux-ci avaient de la difficulté à s'assurer de la bonne utilisation de ces fonds. Par le biais de ces prêts, les russes étaient liés aux américains.

Ce que les américains ne comprenaient pas, c'était que les russes étaient aussi des européens et que les mentalités étaient différentes. Même avec des dollars, ils ne pourraient changer des siècles de relations qu'avait eue la Russie avec la majorité des pays d'Europe et naturellement la triste période de la guerre froide n'avait jamais été complètement oubliée.

À Washington, le gouvernement américain voyait la situation se détériorer mais se refusait toujours à y voir un danger imminent. Toutes les opérations bancaires étaient surveillées de près. Un peu partout dans le monde, il se vendait des dollars pour acheter des euros. Plus les dollars de vendaient, plus la monnaie européenne continuait lentement dans sa courbe ascendante.

Bien que les américains n'y voyaient pas de danger, la C.I.A. avait ordre de continuer à surveiller tous les organismes qui avaient été créés par l'Union européenne. Les tentatives d'infiltration auprès des fonctionnaires, les tables d'écoute, les filatures, avaient été multipliées mais ils se heurtaient toujours à un mur infranchissable.

BARCELONE.

Juin 2018

L'Union européenne comptait maintenant dix sept membres. Naturellement, deux nouveaux venus étaient présents à la réunion secrète organisée par le Conseil européen. Cette réunion se tenait dans un édifice appartenant au gouvernement de l'Espagne.

Bien qu'il s'agissait d'un édifice gouvernemental, les agents de sécurité avaient passé la pièce au peigne fin. Tout avait été vérifié. Les meubles, les deux fenêtres avec les tentures, les cadres et les tapis. Les lustres au dessus de la grande table avaient été l'objet d'une vérification très minutieuse. Ils étaient fabriqués de centaines de pièces de cristal qui pouvaient très bien dissimuler des micros. Ils n'avaient rien trouvé de suspect.

Il avait été décidé que le représentant du pays hôte, présiderait l'assemblée et cette fois il s'agissait de Juan Chavez. Les membres qui assistaient à cette importante réunion, étaient sensiblement les mêmes sauf pour les deux nouveaux venus, qui représentaient la Pologne et la Hongrie. Eux aussi avaient au tout début été mis au courant des buts poursuivis par le Conseil européen et ils avaient accepté d'emblée de poursuivre les politiques du Conseil en matière de développement.

L'assemblée allait commencer, il était presque dix heures. Les bavardages cessèrent et la réunion commença. Ils discutèrent de nombreux sujets à l'ordre du jour ainsi que des nouvelles stratégies élaborées par le Conseil européen. La première partie de la réunion se termina sur une note de satisfaction

Pour Juan Chavez, il était maintenant temps de passer à la deuxième partie de la réunion.

    — Bonjour messieurs et bienvenue à cette importante réunion. Je dis importante, non pas que les précédentes ne l'étaient pas mais celle-ci revêt un cachet particulier.

    — Nous nous souvenons tous des problèmes rencontrés pour conserver l'aspect confidentiel de nos rencontres que l'on pourrait qualifier d'officieuses. Ici, pas de journalistes, de cameraman ou de délégations des pays membres parce que notre mission, vous la connaissez tous.

Juan ne lisait pas de texte préparé à l'avance, les paroles sortaient de sa bouche tout naturellement comme une rivière qui coule lentement. Les hommes présents savaient très bien le vrai but de cette rencontre mais ce que Juan ignorait, était comment ils prendraient la chose. Il prit une bonne respiration et continua.

LA MENACE

— Il y aura bientôt huit mois, suite à une idée soumise par le représentant de la France Mr Dicard qui est ici avec nous aujourd'hui, nous en sommes venus à la conclusion qu'il nous fallait une personne inconnue de la C.I.A. ou d'autres organismes qui poursuivent les même buts, qui pourrait coordonner nos actions. Nous cherchions une personne qui travaillerait seule mais qui naturellement agirait selon nos instructions dans la poursuite de nos buts communs. Nous avons donc, vous vous en souviendrez, demandé à tous les représentants qui sont dans cette salle, d'essayer de trouver dans leur entourage, une personne susceptible de remplir ce poste de confiance.

— Nous avons tous soumis des noms de personnes, accompagnés de leur curriculum vitae que nous avons remis au Comité de sélection que nous avions formé à cette fin. Les dossiers furent étudiés de la façon la plus minutieuse. Le Comité a tout vérifié. Les études, les antécédents, la famille et amis ou amies enfin tout ce qui était indispensable pour bien arrêter notre choix.

— Plusieurs candidatures étaient celles de personnes mariées ou vivant avec un conjoint. Ils ont été rejetés pour les raisons de sécurité que vous connaissez.

Chavez saisit la carafe devant lui et se versa un verre d'eau froide. Il but une gorgée d'eau en regardant les hommes assis autour de la table. Il voyait des sourires de satisfaction sur les figures et pouvait y lire le soulagement d'avoir enfin pu trouver une solution à ce problème. Le président de l'assemblée reprit la parole.

— Sur les nombreuses candidatures reçues, nous en avons retenu trois. Nous les avons convoquées et des spécialistes les ont interviewés. Après avoir reçu les rapports des spécialistes, nous avons arrêté notre choix sur la personne qui nous en sommes persuadés, remplira parfaitement les fonctions pour lesquelles nous l'avons recrutée.

LA MENACE

— On peut savoir qui est cette personne ? Dit James Henbury, le représentant de l'Angleterre.

— J'y arrive, dit Chavez avec un sourire.

Devant lui sur la table il y avait un cartable qu'il ouvrit pour en retirer des documents qu'il fit distribuer à tous les gens présents. Tous s'emparèrent de la copie du document de quatre pages et cherchèrent le nom de la personne choisie mais ils se regardèrent déçus, le nom n'y était pas.

— Je vous demanderais d'être patients messieurs, dit Chavez. Cette personne vous sera présentée dans quelques minutes mais je vous demanderais tout d'abord de prendre connaissance du document que je viens de vous remettre.

Le document était le résumé des compétences de cette personne. Elle avait 36 ans et était diplômée des plus grandes universités du monde occidental, et possédait aussi un doctorat en langues. Elle parlait neuf langues dont le chinois et le japonais.

Le texte n'en finissait plus de mentionner les différents doctorats et les diplômes obtenus dont un en économie et un autre en science politique de l'Université de Cambridge.

Ils avaient maintenant terminé de lire le document et se regardèrent les uns et les autres avec des signes d'approbation. Hans Halliger s'adossa à son fauteuil et afficha un large sourire. Juan reposa le document et continua.

— Comme vous pouvez le constater messieurs, cette personne est très compétente et je crois que si vous êtes d'accord, elle pourrait être la personne que nous cherchions.

— Je vois que cette personne a 36 ans seulement, n'est-elle pas un peu jeune pour ce poste ? Demanda Jean Dicard.

LA MENACE

Quelques uns des hommes présents semblaient partager le sentiment de Dicard et hochaient la tête. Juan Chavez s'attendait un peu à cette question et s'était préparé à la réponse.

> — Messieurs, nous sommes tous plus âgés que cette personne et vous savez qu'il pourrait se passer plusieurs années avant que nous puissions atteindre notre but. Tôt ou tard, nous devrons céder notre place à d'autres qui continueront notre travail mais pour ce qui est de ce poste, nous avons besoin d'une personne plus jeune qui pourra encore continuer à travailler pour le Conseil, bien après que nous aurons été remplacés.

Des murmures d'acquiescement se firent entendre autour de la table La réponse à la question de Dicard était logique. Ils comprenaient tous qu'il était incontestable que les tâches qu'aurait à accomplir cette personne, représentaient un travail de titan et il ne fallait surtout pas à court ou moyen terme, avoir à recommencer le long processus de recherche et d'évaluation de candidats.

> — Maintenant que nous sommes, je crois, tous du même avis, pouvons nous voir cette personne Monsieur Chavez ? Dit Hans Halliger, avec toujours le même sourire sur les lèvres. Il connaissait bien cette personne, c'était lui qui avait proposé sa candidature.

Juan prit le téléphone devant lui et poussa une touche, dit quelques mots rapides puis raccrocha. Quinze secondes plus tard, on frappa à la porte. Chavez se leva et alla ouvrir.

Lorsque la personne entra, tous les regards se tournèrent vers elle et sur les figures on pouvait facilement déceler un étonnement marqué. Ils s'attendaient à voir un homme mais la personne était une femme et à son arrivée, tous les hommes se levèrent pour l'accueillir.

Elle était plutôt petite, les yeux et les cheveux noirs avec un visage d'une grande beauté. Ses traits étaient fins et son regard reflétait un calme indéfinissable. Elle portait un tailleur gris très chic, une blouse blanche à col ouvert et de délicats souliers noirs fabriqués en Italie.

> — Messieurs, permettez-moi de vous présenter Mlle Dany Rouzier, dit Juan avec un sourire.

Tout autour de la table, on entendit des bonjours timides et Juan fit les présentations qui s'imposaient. Dany s'était avancée et d'une solide poignée de main, salua un à un les hommes qui n'étaient pas encore revenus de leur étonnement. Son léger parfum de fleurs la suivait et tous ces messieurs lui faisaient maintenant de grands sourires en disant des mots de bienvenue et Dany les remerciait dans leur langue respective.

L'atmosphère se détendit rapidement, la nouvelle venue prit place à la table, près de Juan.

> — J'imagine que vous avez des questions à poser dit Juan. Il prit d'autres documents dans son cartable et les fit passer à chacun. Vous avez maintenant la page qui manquait au documents précédents, ne m'en veuillez surtout pas pour cette petite comédie qui vous a tenu en haleine mais je voulais voir la surprise sur vos visages et je crois que j'ai réussi.

On entendit des rires sonores de tous côtés.

Le document contenait les antécédents de famille de Dany. Elle était née en France dans la ville de Nantes, d'un père anglais et d'une mère française de là le prénom de Dany. Le document donnait aussi des détails de sa jeunesse, sur ses activités et passe-temps et on pouvait aussi y lire, qu'elle avait fait de nombreux voyages à travers le monde.

Jean Dicard avait terminé la lecture du document et levant la tête, il posa la première question.

> — Mlle Rouzier.

> — Je vous en prie messieurs, dit Dany en lui coupant doucement la parole. Il semble qu'à l'avenir nous ayons à travailler ensemble et nous aurons à nous

LA MENACE

rencontrer à maintes reprises alors s'il vous plaît, mon nom est Dany et si vous n'y voyez pas d'inconvénients, appelez-moi Dany.

Comme vous voudrez Dany, dit Jean Dicard. Vous êtes naturellement au courant des tâches qui vous attendent, on vous a aussi dit le genre de mission que vous aurez à accomplir, ma question est la suivante. Partagez-vous nos vues et nos buts sur l'élargissement de l'Union européenne et de sa monnaie l'euro ?

Je suis européenne Monsieur Dicard, dit-elle. L'Europe est désormais mon pays et je veux qu'il continue de grandir. Pour ce qui est de l'euro, je partage vos vues pour plusieurs raisons. Tout d'abord parce que bien que l'euro soit encore jeune, cette monnaie sera le lien qui un jour unira toute la Grande Europe. Les échanges commerciaux avec les pays d'Europe qui ne sont pas membres de l'Union européenne, ont augmenté de façon significative depuis la fin des années 90 et l'expansion de l'euro, permettra à court et moyen terme, de stabiliser l'économie des pays qui ont encore certaines difficultés. Lorsque le Conseil européen aura atteint son but nous n'aurons plus à nous soucier des américains et de leur dollar, nous devons nous objecter à toute ingérence de leur part et prendre tous les moyens nécessaires pour les tenir à l'écart de nos institutions et de notre système économique. Déjà, beaucoup de barrières sont tombées mais il en reste encore à jeter à terre. Nous sommes différents des américains par nos coutumes, nos cultures et nos habitudes de vie et où que nous allions, dans n'importe lequel des pays d'Europe, on y retrouve les mêmes sentiments.

Elle avait parlé d'une voix calme, sans jamais chercher ses mots et les membres de la réunion, l'avait écoutée avec un grand intérêt. Ils se rendirent compte qu'ils avaient tous la même question à lui poser. Ils discutèrent encore quelques minutes avec Dany puis Juan reprit la parole.

— Messieurs, dit-il, car il s'adressait à eux, maintenant que nous avons trouvé la personne qu'il nous fallait, ces réunions secrètes n'auront plus de raisons d'être aussi fréquentes qu'auparavant et les risques en seront diminués d'autant.

— Dès que nous aurons passé au vote, Dany recevra ses instructions pour ses missions des prochains mois. Une fois par mois, elle fera rapport des développements et de ses activités, directement au Président du Conseil européen qui sera en poste à ce moment là, et celui-ci lui remettra de nouvelles instructions s'il y a lieu. Il regarda Dany et ajouta : Nous vous souhaitons la bienvenue Dany et nous vous disons bonne chance. Merci de nous avoir permis de vous connaître un peu mieux.

Juan Chavez se leva, Dany comprit qu'elle devait maintenant quitter la salle, sa dernière interview était terminée. Elle se leva à son tour, imitée dans son geste par les hommes assis à la grande table.

— Au revoir messieurs et merci d'avoir pris de votre temps pour me recevoir et m'écouter. Elle entendit des au revoir, des merci à vous, des bonnes chance. Elle les salua de la main et tournant les talons, elle quitta la salle.

Les hommes prirent place à leurs fauteuils. Juan les regardait, ils étaient sensiblement satisfaits du choix du Comité de sélection, ils avaient fait du bon travail. Ils passèrent au vote à main levée et à l'unanimité, le Conseil entérina le choix du Comité de sélection. Dany Rouzier était maintenant des leurs. Juan prit le téléphone et demanda que l'on remette à Dany Rouzier, l'enveloppe contenant ses premières instructions. La réunion se termina sur les poignées de mains habituelles puis ils quittèrent l'édifice.

LA MENACE

CHAPITRE 10

Dany habitait à Asnières en banlieue de Paris. Elle possédait une petite maison sur la rue Robert Dupont, où elle vivait désormais seule et qui avait appartenu à sa mère. Après le divorce de ses parents, son père John Latimer, retourna à Birmingham en Angleterre, où il vivait avant de rencontrer sa mère à l'occasion d'un voyage d'affaires à Paris.

Dany avait à peine cinq ans au moment du divorce et son père étant dans les affaires, voyageait beaucoup. Il n'était presque jamais à la maison et Dany le connaissait peu, mais elle était très attachée à sa mère qui se prénommait Marie-Jeanne.

Jamais elle ne revit son père et n'en ressentit vraiment aucune peine. Dany grandit avec sa mère qui lui offrit les meilleures écoles, les lycées les plus réputés.

La maison avait trois étages. Le rez-de-chaussée comportait le garage et un petit réduit bien dissimulé, que Latimer avait dans le passé, aménagé en bar très intime avec sur les murs des photos et banderoles, souvenirs qu'il avait rapporté de ses voyages.

LA MENACE

On accédait au premier par l'entrée principale près du garage, il fallait monter quelques marches pour y arriver. Là il y avait la salle à manger, le living-room et la cuisine ainsi qu'une petite salle de toilette. Les chambres étaient au deuxième. Il y en avait deux, dont une grande et une plus petite qui était celle de Dany puis une grande salle de bain dont la fenêtre donnait sur l'avant de la maison.

Elles vivaient heureuses, jusqu'au jour où comme tous les matins peu après huit heures, Marie-Jeanne se rendait chez le boulanger et en profitait pour bavarder avec Patricia.

Dany était absente, elle avait quitté très tôt pour aller à ses cours à la Sorbonne. Marie-Jeanne verrouilla la porte d'entrée, marcha dans l'allée bétonnée qui menait à la grille, tout en regardant ses fleurs. Elle referma la grille et tourna à droite sur la rue Robert Dupont. Comme tous les matins, elle se rendait chez le boulanger et en profitait pour bavarder un peu avec Patricia.

La boulangerie était à cinquante mètres, juste au coin de l'avenue d'Argenteuil. À cet endroit, la circulation était plus dense mais Marie-Jeanne n'avait pas à traverser l'avenue d'Argenteuil car la boulangerie était située sur le même côté en tournant le coin.

Beaucoup de gens la connaissaient, la saluaient au passage et ils échangeant des bonjours. Un camion débouchant en trombe du boulevard Voltaire, arriva en klaxonnant. Marie-Jeanne avait le dos tourné et bien sûr, étant sur le trottoir, elle entendit le bruit sonore du klaxon mais ne se méfia pas.

Le camion n'avait plus de freins et le chauffeur klaxonnait sans arrêt et faisait de grands signes pour prévenir les automobilistes qui étaient devant lui. Soudain le feu de circulation passa au jaune puis au rouge et les voitures devant lui s'immobilisèrent. Le camionneur donnant un violent coup de volant sur la droite pour les éviter, monta sur le trottoir sans toucher le poteau des feux de circulation, traversa la rue Robert Dupont et tenta de redresser le volant vers la gauche mais des véhicules pour lesquels le feu était au vert, arrivaient de la rue Raoul.

LA MENACE

Le camionneur emboutit l'avant d'une voiture et déviant de sa route, alla directement vers le trottoir où se tenait Marie-Jeanne qui fut projetée à plus de 10 mètres où sa tête heurta violemment le béton du trottoir. Les piétons se massèrent autour de la blessée qui était recroquevillée sur le trottoir, du sang coulait de sa blessure à la tête. Un passant la couvrit de son veston, en demandant aux curieux de reculer pour qu'elle puisse respirer librement. Il savait qu'il ne fallait surtout pas la toucher ou tenter de la déplacer cela pourrait aggraver ses blessures. Visiblement, elle avait le crâne fracassé.

-Il faut appeler une ambulance tout de suite, cria-t-il.

À l'Hôtel-Dieu de Paris, les médecins ne purent la sauver et quatre heures plus tard, Marie-Jeanne mourut dans les bras de Dany qui était alors âgée de vingt-six ans.

Dany était une femme qui possédait une force de caractère peu commune et elle surmonta sa peine. Sa mère lui avait laissé assez d'argent pour qu'elle puisse continuer ses études, Dany fit honneur à sa mémoire en décrochant des diplômes des plus grandes universités du monde.

Plusieurs années plus tard, alors qu'elle terminait des études en économie à l'Université de Bonn, elle assista à une conférence donnée par un certain Hans Halliger, lequel était à l'époque ministre du Commerce Extérieur.

Dany trouva que la vision très large de l'Union européenne qu'avait Halliger était intéressante et rencontrait sa conception à elle, d'une Europe nouvelle. Dany ne rata pas la période de questions à la fin de la conférence et en profita pour demander des éclaircissements sur certains aspects de l'exposé de Erich Halliger.

Ces questions étaient précises et dénotaient une grande intelligence, ce que ne manqua pas de remarquer Halliger. Lorsque tout fut terminé, Dany quittait la salle quand elle fut interpellée par Erich Halliger qui désirait en savoir plus long sur cette personne.

Ils discutèrent longuement en marchant et se retrouvèrent à l'extérieur, assis sur un banc. Erich lui posait des questions très précises, auxquelles elle répondait calmement, sans hésiter. Il aimait sa façon de voir les choses, c'était une femme extrêmement intelligente se disait-il.

La conversation dura plus d'une heure, et portait sur des sujets divers comme ses études, sa famille, ses voyages. Dany revenait constamment sur le sujet de la conférence et avançait des théories qui se rapprochaient curieusement de celle de Erich et c'est ce qui le fascinait mais il prit bien garde de le laisser voir.

— Je dois partir maintenant, il se fait tard, dit Halliger en se levant. Est-ce votre dernière année d'étude à cette université? Demanda-t-il.

— Oui, c'est ma dernière année répondit-elle. J'ai assez étudié je crois, il est temps de trouver du travail.

— J'ai été charmé de vous connaître Mlle Rouzier, nous aurons certainement l'occasion de nous revoir d'ici peu, je viens souvent à cette université pour des rencontres privées.

— Ce sera toujours un grand plaisir que de discuter avec vous Monsieur Halliger.

Ils se quittèrent sur une solide poignée de main et Dany ne le revit plus avant plusieurs mois. Un jour qu'elle déambulait dans un corridor qui menait à la bibliothèque de l'université, elle fut accostée par Erich, qui lui demanda de lui accorder quelques minutes, ce qu'elle ne pu lui refuser. Ils passèrent la porte de la bibliothèque et s'installèrent tout au fond, où il n'y avait pas de risques d'être entendus.

— Je suis heureux de vous revoir Mlle Rouzier.

— Moi aussi Monsieur Halliger. Je pars la semaine prochaine, je retourne à Paris, mes études sont terminées et je dois trouver du travail.

— Aucunes propositions ne vous ont été faites à ce jour?

— Certainement qu'on m'en a fait, mais rien de vraiment intéressant jusqu'ici.

LA MENACE

— J'aurais quelque chose à vous proposer Mlle Rouzier.

— Je suis prête à vous écouter Monsieur Halliger, dit Dany avec un air sérieux, mais sans vouloir paraître indépendante ou difficile dans mon choix, je dois vous prévenir que je ne voudrais pas travailler en Allemagne seulement.

— Soyez sans crainte dit-il, ce que j'ai à vous proposer, est très différent de ce que vous croyez.

C'est alors qu'il lui parla de la personne qu'ils cherchaient, du poste qu'elle occuperait et des nombreuses tâches qu'elle aurait à accomplir.

La proposition commençait à l'intéresser et Dany qui avait alors le dos appuyé au fauteuil, s'approcha et mit les coudes sur la table. Elle écouta Halliger, attentive aux détails qu'il donnait, l'interrompant quelquefois, pour lui poser de courtes questions.

Halliger continuait à décrire les tâches lorsqu'elle posa une question très précise sur des choses qui lui échappaient.

— Que voulez-vous dire par : « Des stratégies confidentielles qui ne sont pas dans l'intérêt du public d'être dévoilées »?

— Mlle Rouzier, dit l'allemand. Je vous propose de soumettre votre candidature pour ce poste mais vous ne serez pas la seule à postuler pour cette fonction, il y aura peut-être des dizaines de candidats. Vous comprendrez qu'il y a des détails qui doivent restés secrets et qui seront révélés au moment opportun à la personne choisie.

— Ne soyez pas inquiète, il n'y a rien de dangereux ou d'illégal dans ce travail, je dirais plutôt qu'il s'agit de tactiques politiques peu communes qui doivent rester confidentielles pour le bien futur de L'Union européenne.

— Je comprends, dit Dany. Je suis intéressée.

LA MENACE

— Parfait, dit Erich. Je vous ferai parvenir les documents nécessaires avant votre départ pour Paris. Une dernière chose Mlle. Rouzier, il est impératif, que personne, je dis bien personne, même chez vos proches, ne soit au courant de cette candidature.

Dans les semaines qui suivirent cette conversation, les événements se précipitèrent pour Dany. Elle fut convoquée à Strasbourg par le Comité de sélection, où elle du répondre à des centaines de questions et passer de nombreux tests psychologiques. Au bout de quelques jours, elle retourna à Paris, épuisée. Le lendemain, alors qu'elle rangeait un peu dans la maison, Halliger l'appela au téléphone pour lui dire que tout s'était bien passé et qu'elle aurait des nouvelles bientôt.

Trois mois plus tard, après qu'elle eut commencé à oublier tout cela, une lettre arriva par courrier spécial. La lettre venait du Comité de sélection qui après des félicitations, lui annonçait qu'elle avait été choisie pour le poste de « coordonnatrice de groupes de travail » au sein du Conseil européen. Plus bas dans la lettre il était écrit qu'elle devait se rendre à Barcelone la semaine suivante, pour une rencontre avec les représentants du Conseil européen.

LA MENACE

CHAPITRE 11

Dany arriva chez elle vers vingt heures suite à un voyage aller-retour à Barcelone. Elle prit une douche et s'habilla d'une tenue sport puis alla s'asseoir sur le canapé du living-room. Maintenant qu'elle était reposée se dit-elle, il était temps qu'elle ouvre l'épaisse enveloppe qu'on lui avait remise après sa réunion de Barcelone. Dans l'avion qui la ramenait Paris, elle avait été tentée d'en vérifier le contenu mais les sièges étaient tous occupés et il n'était pas question qu'elle regarde ces objets, sous les yeux des passagers assis de chaque côté d'elle.

Elle se leva et alla ouvrir la radio à une station FM, la musique classique la passionnait. La Sonate au clair de Lune de Beethoven enveloppa la pièce. Se réinstallant sur le canapé, elle prit l'enveloppe dans ses mains, elle semblait contenir autres choses que des documents et l'ouvrit.

Dany en retira une cassette vidéo, qu'elle déposa sur la petite table basse devant elle et replongeant la main dans l'enveloppe, elle en sortit plusieurs cartes de crédit dont l'une avait été émise par une grande banque de Londres.

LA MENACE

L'enveloppe contenant en plus, des documents totalisant une trentaine de pages jugeât-elle et tout au fond de l'enveloppe, il y avait un petit disque d'à peine 25mm de diamètre, bien protégé dans son emballage cartonné. Dany étala le tout sur la table basse en se demandant par quoi elle allait commencer, les documents, la minuscule disquette, ou bien la cassette.

Dany mit le magnétoscope en marche et ouvrit la télé. La figure de Juan Chavez apparut à l'écran. Il portait veston et cravate et était vraisemblablement assis à son bureau. À l'arrière plan, on pouvait voir des livres sur plusieurs rayons. Tout à coup, la voix de Chavez se fit entendre :

Bonjour Dany. Si vous regardez ce vidéo, c'est que vous êtes la personne choisie par le comité et je suis très fier que vous ayez surpassé les autres candidats.

Il est temps maintenant pour vous, de connaître la nature de ce que sera la partie la plus importante de votre travail. Bien entendu, l'élargissement du l'Union européenne, fera partie de vos tâches mais pas vraiment de la façon que vous vous attendiez à le faire.

Vous avez été mise au courant de notre vision de l'Union mais, il y a des stratégies confidentielles dont nous ne pouvions vous informer de l'existence, avant que toutes les étapes de votre accession à ce poste, aient été accomplies.

Maintenant que c'est fait, voici en quelques points, ce que seront vos réelles fonctions.

Vous devrez toujours travailler seule et ne devrez jamais informer qui que ce soit, des détails de vos fonctions.

Officiellement, vous êtes inscrite dans les registres de l'État, à titre de coordonnatrice de groupes de travail, ce qui vous le savez très bien n'est pas le cas.

Vous n'aurez plus de rencontres avec l'un ou des représentants du Conseil européen, et tous les rapports et communications confidentielles, seront désormais transmis sur des sites protégés que nous sommes seuls à utiliser. Tous les signaux sont d'abord dirigés vers un premier satellite qui les transmet à un autre qui lui a pour fonction de brouiller ces signaux et de les acheminer vers la terre où nous seuls sommes en mesure de les décoder. Ces deux satellites furent mis en orbite il y a dix ans, dans le plus grand secret.

Vous devrez vous rendre dans les pays européens qui utilisent encore le dollar américain pour leurs transactions internationales et les inciter par tous les moyens à utiliser notre devise. Nous vous aiderons et nous vous indiquerons quels moyens de pression utiliser. Il vous sera aussi loisible, de prendre tous les moyens qui vous sembleront nécessaires, pour accomplir votre tâche.

Les instructions pour vos prochaines missions, sont sur la disquette que vous avez maintenant en votre possession. Pour l'utiliser, vous devrez taper le mot de passe suivant que vous devez retenir par cœur car il n'est inscrit nul part.

9HDM#0371—0157

Dans le cas où ce disque serait perdu ou bien dérobé, vous pourrez vous rendre dans n'importe quelle cabine téléphonique d'Europe et taper les lettres et les chiffres exacts sur le clavier téléphonique, vous aurez un interlocuteur dans les secondes qui suivent et il vous donnera d'autres instructions pour communiquer avec nous. Si vous perdez ce disque, n'utilisez jamais ce code à partir d'un appareil téléphonique de votre résidence, il pourrait être détecté.

Les documents vous montreront à l'aide de graphiques, l'évolution de l'euro depuis plus de quinze ans et vous y verrez les projections pour les dix prochaines années.

Dès que vous aurez pris connaissance des documents, visionné la cassette vidéo et assimilé les informations contenues sur la disquette compact, vous avez ordre de tout détruire, il ne doit en rester aucune trace. Conservez la disquette, c'est votre lien avec nous.

Vous aurez probablement des questions qui vous viendront à l'esprit mais je suis certain que vous trouverez toutes les réponses sur le disque compact ou bien dans les documents. S'il y a des réponses que vous ne pouvez trouver, vous pourrez en dernier recours seulement, communiquer avec nous sur le site protégé dont l'adresse se trouve sur la disquette.

Nous vous souhaitons bonne chance Dany.

Après ces dernières paroles l'image devint floue, le message vidéo prenait fin. Dany visionna la cassette une deuxième fois pour s'assurer qu'elle avait bien retenu tous les points, puis elle ferma la télévision et se mit à lire les documents.

La lecture des nombreuses pages fut longue car à plusieurs reprises elle relisait certains passages et détails importants et prenait des notes. Dany avait une mémoire photographique prodigieuse et savait que si elle les écrivait, ils resteraient gravés dans sa mémoire.

Lorsqu'elle eut terminé la lecture des documents, elle jugea qu'une pause lui ferait du bien et alla à la cuisine pour se préparer du café. Son cerveau fonctionnait à pleine vitesse et assimilait toutes les données dont elle aurait à se servir pour son travail.

Maintenant la disquette se dit-elle en le récupérant sur la table et elle monta au second étage où était situé le petit bureau qu'elle avait aménagé dans la petite chambre qu'elle occupait auparavant.

Installée devant son ordinateur, elle inséra la disquette dans une petite fente situé dans le pied de son écran et tapa quelques touches sur le clavier. Une image apparu, c'était le drapeau de l'union européenne, un cercle comprenant douze étoiles de couleur or sur un fond bleu, qui fut suivi par une phrase en lettres capitales de couleur rouge.

« CE DISQUE ET SON CONTENU, EST ULTRA-SECRET ET DOIT ÊTRE CONSERVÉ EN LIEU SÉCURITAIRE»

Cette phrase resta affichée sur l'écran durant une bonne minute puis s'effaça pour laisser place aux instructions que devra suivre Dany. Les instructions étaient nombreuses et précise. Elle prit encore des notes sur plusieurs pages et passa la disquette trois fois pour s'assurer qu'elle en avait bien saisi tout le contenu puis le retira.

LA MENACE

Dany revint dans le living-room et relu les notes qu'elle avait prises. Les mots et les phrases s'incrustèrent lentement dans sa mémoire, elle n'oublierait rien de ce quelle avait lu ou entendu et une rude tâche l'attendait.

Après avoir ramassé l'enveloppe, elle y mit la disquette, la cassette et les documents, elle passa à la cuisine et prit des allumettes dans un tiroir. Il était vingt trois heures et faisait nuit lorsqu'elle ouvrit la porte qui donnait sur la cour arrière et s'approcha du petit foyer de pierre situé au fond de la cour. Ses parents s'en servaient à l'époque pour brûler certains déchets alors qu'à l'automne ils nettoyaient le petit jardin situé juste à côté.

Elle déposa l'enveloppe sur la grille du foyer et y ajouta quelques brindilles de bois, puis regardant autour d'elle, y mit le feu. Dany du attendre quelques minutes et s'y prendre à plusieurs reprises pour que tout soit bien détruit. À l'aide d'un tisonnier elle remua les cendres qui fumaient encore et attendit quelques minutes pour s'assurer qu'il ne resta plus rien de compromettant.

Il se fait tard, se dit-elle en entrant dans la maison, demain c'est samedi et il ne me reste que deux jours pour me préparer à ma première mission.

Elle enleva ses vêtements et mit une chemise de nuit de soie. Avant de se mettre au lit, elle alla à la fenêtre afin de vérifier une dernière fois que le feu dans le petit foyer de pierres était bien éteint puis se glissant sous les draps, elle s'endormit d'un sommeil profond, peuplé de voyages et de rencontres.

Le lendemain matin, elle s'éveilla tôt et se prépara un solide petit déjeuner à l'anglaise, avec des œufs, du jambon et du pain grillé. Elle se sentait bien, ses heures de sommeil l'avaient reposée et elle avait hâte de se mettre au travail.

La vaisselle alla directement dans le lavabo, cette tâche pouvait attendre à plus tard ce dit-elle et s'apportant une tasse remplie de café fumant, elle monta travailler dans son bureau où elle avait tous les outils à portée de la main.

LA MENACE

Dany alluma l'ordinateur, mit du papier dans l'imprimante et sortit des crayons dont l'un avait une pointe de feutre à encre d'un jaune transparent qu'elle affectionnait principalement pour marquer des passages de texte ou des points importants.

Elle se rappelait les instructions de Chavez, tous les moyens possibles pourront être utilisés. Dany ne devait jamais contacter de politiciens ou de diplomates, ses cibles étaient en fait des industriels et des dirigeants de grandes entreprises européennes qui malgré l'arrivée de l'euro, continuaient à transiger en dollars américains avec les pays étrangers.

Dany se construisit une base de données qui contenait les noms des entreprises, leur chiffre d'affaires et les profits à l'exportation et à l'importation ainsi que les noms des pays avec lesquels ils transigeaient. Elle y ajouta une colonne pour les ventes et les achats dans les pays membres de l'Union européenne, ce qui donnait une idée générale de la situation de ces entreprises. En ajoutant des graphiques, il lui fut possible de tout visualiser d'un seul coup d'œil, sans avoir à se référer à d'autres fichiers.

Plusieurs heures passèrent ainsi à entrer des données dans son ordinateur et elle commença à sentir des signe de fatigue. Elle avait besoin de se dégourdir les jambes un peu et en plus il était l'heure du lunch.

Après avoir enregistré toutes les données sur disquette, elle effaça de l'ordinateur, tous les fichiers concernant son nouveau travail, prit la disquette et la glissa dans sa poche de jeans et descendit à la cuisine pour manger un morceau, elle avait une faim de loup. En ouvrant la porte du frigo, elle constata que rien de ce qu'il contenait ne la tentait et décida qu'un repas au restaurant lui ferait du bien. Elle descendit l'escalier qui menait à l'entrée principale de la maison et passant devant le bar, elle ouvrit la porte et chercha un endroit où cacher la disquette.

Apercevant les bouteilles sur la tablette derrière le bar, elle choisit la bouteille de Ricard et la soulevant, elle plaça la disquette en dessous et remit la bouteille à sa place.

LA MENACE

Dany sortit de la maison, ferma la grille puis marcha en direction du boulevard d'Argenteuil. Patricia était sur le pas de la porte de la boulangerie lorsqu'elle passa.

— Bonjour Dany ça va?

— Bonjour Patricia. Oui, ça peut aller.

— Fini les études?

— Cette fois c'est fini, je crois que j'en sais assez pour commencer à travailler maintenant, dit Dany en riant.

— Ne t'en fais pas dit, avec tout ce que tu as appris, je ne suis pas en peine pour toi.

— L'avenir le dira Patricia. Bon, je m'en vais, j'ai faim et je n'ai pas envie de cuisiner. Je vais à l'auberge Da Lat, la cuisine y est excellente et ce n'est pas loin.

— Tu as assez de pain à la maison ? Dit Patricia.

— Il m'en reste pour ce soir, j'en prendrai du frais demain matin.

— Mais demain c'est dimanche Dany, nous sommes fermés.

— Ah! C'est vrai, j'avais oublié. J'arrêterai en revenant du restaurant.

— À plus tard Dany.

— À plus tard Patricia.

Dany revint à la maison deux heures plus tard. Elle avait flâné un peu en prenant les petites rues en pensant à ce qu'elle avait à accomplir. Passant devant le bar, elle récupéra la disquette et alla à la cuisine, y déposer le pain qu'elle avait acheté, et monta à son bureau, du travail l'attendait.

Dany travailla le reste de la journée et une grande partie du dimanche. Lorsqu'elle alla dormir, elle était épuisée mais elle était prête pour sa journée du lundi.

LA MENACE

LA MENACE

CHAPITRE 12

WASHINGTON DC., février 2019

Dans une salle de conférence d'un immeuble gouvernemental à Washington, étaient réunis une dizaine de personnes autour d'une table et on pouvait déceler une certaine tension dans l'air.

John Adams avait convoqué les responsables des opérations en Europe. Ces hommes et femmes, avaient tous des dossiers devant eux et semblaient nerveux. D'un regard circulaire, Adams fit le tour de la table en se demandant par qui il allait commencer. Ses yeux se fixèrent sur la responsable pour la Belgique.

Carla Hopkins avait une taille moyenne, des cheveux noirs et des yeux bruns. Elle était en poste depuis cinq ans à Bruxelles et son travail était celui de découvrir et suivre à la trace, tous les terroristes potentiels. Depuis les attentats du onze septembre 2001, les américains s'étaient réveillés et donnaient la chasse aux terroristes du monde entier. il y avait une centaine d'agents de la C.I.A., qui travaillaient en Belgique sous ses ordres.

LA MENACE

Bien que le terrorisme rendait les américains nerveux, l'évolution de l'Union européenne les préoccupait au plus haut point. L'Europe était maintenant devenu un grand pays dont la population dépassait de loin celle des États-Unis.

Plusieurs pays d'Europe faisaient la queue pour joindre l'Union mais ces pays devaient montrer pattes blanches. Les pays où régnaient des dictateurs étaient systématiquement exclus, l'Union européenne exigeait que les nouveaux membres soient d'abord des pays où les dirigeants avaient été élus démocratiquement. .

D'autres conditions s'ajoutaient à ces exigences, tels la stabilité économique, les droits de l'homme et des programmes sociaux adéquats. Du même coup, plusieurs d'entre eux voyaient leur candidature repoussée. Les européens travaillaient bien sûr à l'élargissement de l'Union mais avec la plus grande prudence.

L'arrivée de pays à l'économie trop faible et qui ne pouvaient visiblement pas se relever à moyen terme, pourrait affecter les pays membres et mettre en danger la stabilité durement acquise de sa monnaie, l'euro.

Les américains surveillaient de près ces pays qui se sentaient rejetés, ils étaient souvent des foyers de terroristes et des milliers d'agents de la C.I.A., y oeuvraient sous des couvertures différentes, plus ou moins farfelues les unes que les autres, mais non moins sécuritaires.

Ce jour là, les agents présents devaient faire rapport de leurs activités dans les pays membres de l'Union européenne, principalement sur les résultats obtenus, car les objectifs, ils les connaissaient tous. Le directeur était prêt à commencer ce meeting et posa sa première question.

— Agent Hopkins, avez vous réussi à infiltrer vos agents au siège du gouvernement de l'union à Bruxelles?

— Nous en avons cinq au sein de la délégation américaine mais je dois vous avouer qu'ils obtiennent très peu d'informations. Ce qui se passe ou se dit en coulisses, il a été jusqu'à maintenant impossible de le découvrir et ce que nous apprenons, ne sont que des informations sans grandes importances et accessibles à tous.

— Il vous faudra faire mieux que ça Carla, trouvez un ou des moyens qui donneront des résultats. Nous devons découvrir ce qui se trame et c'est par les fonctionnaires que nous y arriverons. Tout être humain a une faiblesse quelque part dans sa vie, il faut filer ces fonctionnaires et découvrir leurs points faibles et les exploiter.

— Je comprends monsieur de directeur, nous allons changer nos méthodes à Bruxelles et travailler en ce sens.

— Et vous monsieur Maneri, vous n'avez encore rien trouvé à Strasbourg?

Steven Maneri, un homme petit et obèse dans la trentaine, travaillait avec la C.I.A. depuis la fin de ses études à Harvard. Il était en poste à Strasbourg depuis six mois seulement. Maneri avait étudié l'allemand mais avait des difficultés avec la langue française. Il était un fin limier mais comme tous les américains, la mentalité européenne lui échappait. Steven avait entendu la question du directeur et prit la parole.

— Monsieur le directeur, depuis l'affaire de l'Hôtel Contades, il nous a été impossible de nouer d'autres contacts. Jean Chavez est toujours en poste à Strasbourg et nous l'avons fait suivre à plusieurs reprises. Il se rend aux conférences du Conseil européen où nos observateurs peuvent suivre les débats mais ensuite il rentre chez lui, sans même s'arrêter prendre un verre. Jusqu'à ce jour nous ne lui connaissons aucun contact en dehors de son travail.

— Il n'a pas de petite amie? Questionna le directeur.

— Pas que nous sachions monsieur, personne dans sa vie à l'exception de son père qui vit seul à Barcelone.

LA MENACE

Le directeur de la C.I.A., questionna tous les agents présents et sembla furieux que dans tous les cas, aucune information précise, n'avait été obtenue jusqu'à présent.

— Écoutez tous, dit-il. Comme je vous l'ai mentionné au début de cette réunion, tous les être humains hommes ou femmes, ont des faiblesses et c'est là-dessus que vous devez travailler. Ils sont pour la plupart mariés et ont certainement des maîtresses ou bien des amants. Utilisez tous les moyens possibles même le chantage s'il le faut mais trouvez-moi des réponses.

— Filez les fonctionnaires, étudiez leurs déplacements, scrutez leur travail à la loupe. Vérifiez les nouveaux postes qui ont été créés depuis quelques années, ce sont des informations accessibles au grand public.

— Je veux aussi savoir, quelles sont les tâches de ces nouveaux fonctionnaires, où ils travaillent. Vérifiez aussi leurs déplacements et qui ils rencontrent. Je veux la liste complète de ces nouveaux fonctionnaires et un rapport complet sur chacun d'eux.

— Mais monsieur, dit Carla, Il y a des milliers de fonctionnaires en Europe, il faudra beaucoup de temps pour vérifier tout ce que vous nous demandez.

— Je sais Miss Hopkins, ce ne sera pas facile mais avec un peu de chance, vous y arriverez. Si vous avez besoin de personnels supplémentaires, nous vous fournirons d'autres agents mais je veux des résultats.

La réunion s'acheva sur ces paroles, le directeur n'était pas homme à plaisanter, il voulait des résultats. Les agents prirent le soir même, l'avion pour rentrer dans les pays qui leur avait été assigné. Ils avaient été entraînés à obéir et ils se mirent au travail dès leur arrivée.

Depuis plus d'une année maintenant, que Dany s'acquittait de sa tâche et les résultats ne s'étaient pas trop fait attendre. Ses rapports étaient complets et jamais, elle n'avait eu de remarques négatives de la part de ses supérieurs au sujet des moyens utilisés pour convaincre les dirigeants d'entreprises qui commerçaient avec l'étranger où normalement le dollar américain était monnaie d'échange.

Elle avait rencontré des gens qui refusaient catégoriquement de l'écouter. Pour eux, il était dans les habitudes de payer en dollars et ils prétextaient qu'il leur serait autrement impossible de s'approvisionner. Dany revenait constamment à la charge avec des arguments plus pointus, qui généralement portaient fruits.

Ce matin là, elle se rendait à Aubervilliers dans la grande région parisienne, où un important grossiste en épices, fines herbes et fruits séchés, y était installé depuis les années 90. Cette entreprise importait ses produits de nombreux pays du monde. Les noix de cajou venaient du Brésil, les arachides de Chine, la cannelle des Indes et d'Indonésie, l'anis vert de l'Iran et de Turquie et le carvi d'Égypte, pour n'en nommer que quelques uns.

L'entreprise était florissante et les entrepôts étaient emplis de produits importés et pour lesquels en grande majorité, les transactions avaient été et étaient encore effectuées en dollars américains. Pour ces nombreuses transactions, ce grossiste devait comme beaucoup d'autres entreprises, vendre d'énormes quantités d'euros à fin de se procurer des dollars.

Dany avait obtenu un rendez-vous avec un certain monsieur Sheriff Belhaj, qui en était le directeur. Elle avait finalement trouvé une place pour garer sa voiture et marchait lentement vers l'édifice qu'elle avait identifié en roulant pour se trouver une place.

Elle longea une clôture de 2 mètres de haut qui donnait sur le côté gauche du bâtiment et s'arrêta quelques instants pour regarder dans la cour qui grouillait d'activités. Il y avait des containers tout au fond et de nombreux camions stationnés, qui attendaient d'être chargés.

Dany continua son chemin et atteignit la porte principale. À gauche de la porte, elle remarqua une plaque en laiton où était inscrit « *Groupe Spices Import Export* ».Elle passa la porte et se dirigea vers l'accueil où une jolie femme aux cheveux d'un noir d'encre, d'origine maghrébine, tapait les touches de son ordinateur.

— Bonjour madame, puis-je vous aider ? Dit la femme.

— Bonjour J'ai rendez-vous avec monsieur Belhaj, je suis madame Rouzier.

— Oui justement, monsieur Belhaj vous attend. Si vous voulez bien vous asseoir et patienter quelques secondes, je le préviens tout de suite.

Dany refusa le fauteuil offert et examina plutôt les photos qui étaient sur les murs de l'accueil. L'une des photos, représentait les ruines de Carthage et les autres, des paysages de Tunisie mais toujours avec un fond de la Mer Méditerranée. Les meubles étaient plutôt sobres et les fauteuils en cuir, étaient d'origine tunisienne. Au centre il y avait une petite table basse sur laquelle il y avait des revues qui contenaient des articles et des photos qui parlaient d'épices, et d'autres qui représentaient des sites touristiques de Tunisie.

— Madame Rouzier, voici monsieur Belhaj.

Dany ne l'avait pas entendu arriver, occupée qu'elle était à regarder les photos. Elle se tourna vers l'homme, lui fit un large sourire et s'approcha de lui,

— Bonjour monsieur Belhaj, je suis madame Rouzier.

— Bonjour madame, lui dit l'homme. Si vous voulez bien me suivre, nous allons passer à mon bureau.

Dany le suivit pour se retrouver dans une grande pièce, dont les murs étaient tapissés de photos de Tunisie. Décidément se disait Dany, ils ont le mal du pays dans cette boîte.

— Prenez un siège madame, vous prendrez bien un café avec moi?

— Avec plaisir monsieur Belhaj, je le prends noir sans sucre.

LA MENACE

Il prit le téléphone et dit quelques mots en arabe, une langue que Dany connaissait très bien. Dany le regardait. Il était plutôt petit et maigre et avait le teint basané des arabes d'Afrique du Nord. Des cheveux grisonnants De gros sourcils épais au dessus de petits yeux noirs et un nez long et effilé.

— Si je me souviens bien de notre conversation au téléphone, vous représenté un organisme du Conseil européen? Dit Belhaj.

— Tout à fait monsieur. Je suis venue pour discuter avec vous de vos transactions à l'étranger.

— Que vient faire le Conseil européen dans mon business, nous sommes des gens honnêtes et nous payons nos impôts ainsi que de très nombreuses taxes.

— Je ne suis pas ici pour discuter de vos impôts et des taxes que vous devez payer monsieur Belhaj mais plutôt des énormes sommes que représentent vos transactions internationales.

Sheriff Belhaj s'avança et mit les coudes sur son bureau où s'étalaient de nombreux dossiers, factures et autres documents. Il regardait Dany d'un air interrogateur et allait parler lorsque la porte s'ouvrit devant une jeune fille qui apportait les cafés. Les tasses étaient minuscules et remplies d'un café noir et consistant.

— J'espère que vous aimez le café tunisien, il est très corsé vous savez.

— J'adore le café tunisien, c'est l'un des meilleurs cafés sur le marché. Lui dit Dany en arabe.

— Vous parlez la langue arabe?

— Oui, je l'ai apprise il y a longtemps mais je n'ai pas beaucoup d'occasions de la parler mais comme vous le savez, on a maintenant souvent l'opportunité de l'entendre à Paris.

— Vous avez raison, il y a de plus en plus d'arabes en France mais revenons aux raisons de votre visite et je vais répéter ma question, que vient faire le Conseil européen dans mes affaires commerciales?

— C'est très simple monsieur Belhaj, vos importations d'épices et autres produits sont toujours payées en dollars américains et depuis que l'Europe utilise l'euro comme monnaie d'échange, il serait tout naturel de l'utiliser aussi pour payer vos achats à l'étranger.

— C'est complètement absurde de me demander cela madame Rouzier, vous savez très bien que dans tous les pays où nous achetons nos produits, que ce soit la Chine, le Brésil, l'Indonésie ou bien la Turquie, ils veulent tous être payés en dollars. Ce que vous me demandez est tout simplement impossible.

Désolée de vous contredire monsieur mais depuis une dizaine d'années, de plus en plus d'entreprises européennes paient en euro nous vous suggérons de faire de même.

Durant plus d'une heure, Dany tenta de le convaincre en parlant de la stabilité de l'euro en Europe, lui mentionnant aussi que ses fournisseurs étrangers ne risqueraient pas de perdre le marché des pays d'Europe qui était le plus grand et aussi le plus fidèle depuis plusieurs siècles. Mais Belhaj ne réagissait pas à ses arguments et maintenait que la chose était impensable. Il paniquait à l'idée de ne plus pouvoir s'approvisionner à l'étranger.

— Je risque de perdre mes fournisseurs étrangers madame, et puis il n'y a aucune loi qui peut me forcer à le faire, j'ai des droits, dit Belhaj.

Dany attendait ce moment, la discussion avait assez duré. Le fait qu'il parla de la loi et de ses droits, lui ouvrit la porte pour utiliser d'autres arguments. Puisqu'il continuait à se retrancher derrière la loi, il était maintenant temps d'être plus convaincante.

— Vous avez raison il n'y a pas de loi à cet effet mais nous vous demandons d'y réfléchir avant de refuser monsieur Belhaj. Vous êtes européen et votre monnaie est l'euro alors pensez-y à deux fois.

LA MENACE

— Je répète que vous ne pouvez pas me forcer nous avons des droits.

— Oui vous avez des droits que votre pays l'Europe vous a accordés, mais l'État peut vous les retirer. Nous vous donnons deux semaines pour y penser, je reviendrai vous voir après ce délai et je suis certaine que nous nous entendrons et nous vous aiderons pour cette transition.

Dany se leva, la rencontre était terminée. Elle en avait connu d'autres qui au début avaient refusé mais qui s'étaient finalement ralliés.

— Réfléchissez monsieur Belhaj, dit Dany en lui tendant la main, laquelle il refusa de serrer. Elle quitta la pièce et sortit de l'édifice.

Belhaj s'adossa à son fauteuil, il était bouleversé par la demande de madame Rouzier. Ils ne peuvent m'obliger, les fournisseurs veulent être payés en dollars, je n'ai pas le choix se disait-il. Par contre, il avait remarqué que Dany semblait extrêmement sûre d'elle. Comment pouvait-elle l'obliger, en retirant des droits que la France lui avait accordés depuis plus de vingt ans.

Il prit le téléphone et composa un numéro qu'il connaissait depuis longtemps. À la troisième sonnerie, une voix féminine répondit.

— Étude de Me Lacelle bonjour,

-Ici monsieur Sheriff Belhaj, je désirerait parler avec Me Lacelle s'il vous plaît.

— Bonjour monsieur Belhaj, gardez la ligne je passe la communication à son bureau.

Belhaj n'attendit pas longtemps, le Groupe Spices était l'un des meilleurs clients de cet avocat, il payait rapidement et sans jamais discuter les coûts élevés des honoraires.

— Bonjour monsieur Belhaj, comment allez-vous.

LA MENACE

— Les affaires vont bien mais pourraient se détériorer bientôt, j'ai besoin de votre avis pour un problème qui m'est tombé sur la tête il y a moins d'une heure, dit Belhaj avec une certaine nervosité dans la voix.

— Dites-moi ce qui se passe, je pourrai peut-être vous aider, dit Me Lacelle.

— Il se passe qu'une fonctionnaire du Conseil européen vient tout juste de sortir de mon bureau, elle semble vouloir me forcer à payer mes fournisseurs étrangers en euro plutôt qu'en dollars u.s..

— Je m'attendais à ce qu'ils se présentent chez vous mais pas si tôt. Vous n'êtes pas le seul à avoir été visité, j'ai plusieurs de mes clients qui l'ont été. J'en ai discuté avec des collègues, et il semble que le même phénomène se produise un peu partout en Europe.

— Mais ils ne peuvent pas m'obliger à accepter cette proposition, les lois nous protègent, n'est-ce pas?

— Les lois, ce sont eux qui les votent monsieur Belhaj, ils peuvent les appliquer ou les changer à leur guise, ils en ont les pouvoirs.

— Mais je suis français, nous avons une constitution.

— Puis-je me permettre de vous rappeler que depuis de nombreuses années, nous ne sommes plus français mais européens. La France, l'Angleterre, l'Allemagne et tous les autres pays d'Europe n'existent plus comme pays. Pour plusieurs ce n'est pas facile à admettre, ils ont voulu s'unir pour devenir plus puissants et contenir l'influence américaine mais ils ont tous du même coup, perdu leur nationalité. Vous n'êtes plus français et moi non plus, et nos vieilles lois n'existent plus, ce sont maintenant des lois européennes.

— En d'autres mots, vous essayez de me dire que je n'ai pas le choix? Dit Belhaj.

LA MENACE

— Vous avez toujours le choix de refuser mais tôt ou tard, vous devrez acquiescer à leur demande. Dit l'avocat.

— Que peuvent–ils faire?

— Comme ils ont fait aux autres, retirer temporairement votre permis d'import-export avec pour raison, une réévaluation du dit permis.

— Ah! Les salauds, dit Belhaj.

— Il n'y a rien de dramatique, les pays avec lesquels vous négociez, vont graduellement accepter vos euros car ils n'auront pas le choix sinon plus de 60% de leur production ne trouvera pas de preneurs.

— Il y a peut-être la Chine et le Brésil qui refuseront catégoriquement, leur dette extérieure étant très élevée mais à moyen terme ils réaliseront qu'ils n'auront pas le choix eux aussi, le marché européen ne peut leur échapper.   Comparativement aux européens, les américains ne sont   pas de grands consommateurs d'épices ou de thé vert et de leurs côtés, l'Asie et l'Indonésie sont autosuffisants alors il est certain que quelques uns de ces pays vont hésiter mais ils comprendront très vite qu'ils ne peuvent pas se passer du marché européen. Belhaj écoutait les paroles de l'avocat et commençait à comprendre que lui aussi, n'avait pas d'autres choix que de se soumettre autrement, sans permis, il devrait fermer son entreprise.

— Mais pourquoi font-il cela, qu'elle est la différence pour l'Union européenne que je paie en dollars ou bien en euros?

L'avocat prit bien son temps pour répondre à cette question, il n'était pas un financier, ce n'était pas sa profession mais il possédait quand même quelques notions de la finance.

— À ce qui me paraît évident, c'est que l'euro est une monnaie qui est très stable et sa valeur a une tendance à la hausse et l'Union européenne, désire que cette situation persiste et que l'euro demeure une monnaie forte et stable.

Pour ce qui est du dollar, en 2002 il y eut aux États-Unis, de fabuleux scandales financiers qui ont ébranlé la confiance des investisseurs américains en leur gouvernement et en ses institutions, c'est alors que le dollar se mit à chuter. L'économie américaine étant très forte, les américains ne s'en sont pas trop mal sortis, mais il en est resté des séquelles et l'euro en a profité.

— Voyez-vous monsieur Belhaj, aux États-Unis, la politique en général exerce un immense pouvoir sur les institutions financières alors qu'en Europe, l'aspect social de nos politiques est prépondérant et les investisseurs y voient une certitude de stabilité, à l'abri de scandales politiques et financiers, d'où la stabilité de notre devise.

— Je vous remercie pour vos conseils Me Lacelle, je crois que maintenant je sais ce que je dois faire, dit Belhaj en raccrochant.

LA MENACE

CHAPITRE 13

Sortant de l'immeuble, Dany marcha vers sa voiture en se demandant comment allait réagir Belhaj. Probablement se dit-elle, qu'il ferait comme les autres et appellerait ses avocats. En principe si tout allait bien, les choses s'arrangeraient d'elles mêmes d'ici quelques semaines.

Il était dix heures lorsqu'elle s'installa au volant et démarra. Au même moment, à 50 mètres derrière, une Renault de couleur noire démarra elle aussi. Dany regarda dans son rétroviseur, vit la voiture noire qui démarrait aussi mais n'y prêta aucune attention. Elle avait un autre rendez-vous à trois heures de l'après-midi mais cette fois, c'était près de Nantes. Son vol pour Nantes était à midi quinze

Regardant machinalement sa montre, elle se disait qu'en roulant à une vitesse normale, elle arriverait en avance pour prendre l'avion et l'aéroport de Roissy n'était pas très loin. Dany rejoignit l'autoroute A1, laquelle n'était pas trop achalandée à cette heure et Dany roulait dans la voie de droite, à dix kilomètres heure de plus que la limite de vitesse permise.

LA MENACE

Dans les voies du centre et de la gauche, les voitures et les camions la dépassaient à vive allure mais elle se disait qu'elle avait du temps et se refusait d'accélérer. Elle regarda dans le rétroviseur, les autres véhicules qui la suivaient ne restaient pas très longtemps derrière elle et la dépassaient rapidement.

Elle remarqua qu'une voiture noire restait loin derrière et ne tentait pas de suivre le flot de voitures et de camions qui roulaient à grande vitesse.

Dany approchait de l'aéroport et gardait toujours la droite, elle ne voulait pas rater la sortie de l'autoroute. Un kilomètre plus loin, elle vit l'enseigne qui annonçait le terminal #1. Elle sortit de l'autoroute et suivit la route qui menait au parking. La courbe était assez prononcée et Dany fut obligée de ralentir un peu, plusieurs autres voitures se dirigeaient vers le parking.

Elle regarda encore dans le rétroviseur pour s'assurer qu'aucune voiture ne la suive pas de trop très et remarqua une fois de plus, la Renault noire qui suivait derrière à environ vingt mètres. Cette fois, elle reconnut les deux passagers, c'était les mêmes personnes qui étaient passées au ralenti devant le bistro.

Dany prit le ticket sorti de la distributrice automatique et se chercha une place tout en jetant des coups d'œil sur la Renault qui la suivait. Lorsqu'elle eut trouvé un emplacement libre, elle s'y gara et verrouilla les portes de sa voiture après avoir prit son porte— document et sa bourse.

Sans se retourner, Dany marcha d'un pas rapide vers l'entrée du terminal. Une fois à l'intérieur elle se retourna et vit que les occupants de la Renault roulaient lentement et cherchaient une place libre.

Comme elle n'avait que des bagages à mains, elle se dirigea rapidement vers le comptoir d'Air France pour faire valider son billet et obtenir sa carte d'embarquement. Elle passa ensuite les contrôles de la sécurité et après avoir fait environ dix mètres, elle tourna les talons et vit un homme arriver en trombe.

LA MENACE

Il n'avait ni billet ni carte d'embarquement et il dut s'arrêter là. Dany reprit le chemin de la zone d'embarquement et chercha un restaurant où elle pourrait manger quelque chose et prendre un café avant le départ de son vol pour Nantes.

L'homme se rendit au comptoir d'Air France où plusieurs personnes attendaient en ligne. Il contourna les gens et s'adressa directement à la préposée.

> — La femme qui vient de partir, a acheté une place pour quel endroit ? Demanda-t-il.

> — Quelle femme ? Dit l'employée.

> — Celle qui vient juste de prendre son billet.

> — Écoutez monsieur, il y a beaucoup de gens qui achètent des places et je ne peux pas me rappeler toutes les destinations.

> — Le prochain vol, où va-t-il ?

> — Regardez sur les écrans départs, vous y verrez les heures de départs et les destinations. Vous êtes à Roissy Charles de Gaule ici monsieur, il y a des départs à toutes les minutes.

> — Attendez votre tour monsieur, vous avez du toupet, j'étais avant vous. dit la femme derrière lui.

Comprenant qu'il n'aurait pas de réponses précises, l'homme alla regarder les écrans comme le lui avait suggéré la femme. Il réalisa que l'employée avait raison en regardant les vols en partance. Il y était inscrit des départs pour Chicago, New York et Londres, et beaucoup d'autres grandes villes étrangères mais il y avait aussi des vols locaux.

Il se rappela que Dany n'avait pas de bagages lorsqu'elle quitta sa voiture, il s'attarda à regarder l'écran et y lit les vols intérieurs. Bordeaux, Marseille, Nantes, Nice et Strasbourg. Quel vol avait-elle prit ?

LA MENACE

Il retourna rejoindre l'autre individu qui l'attendait dans la Renault noire.

— Alors où va-t-elle ? Demanda son comparse.

— Impossible de le savoir, il y a des dizaines de vols en partance. Je l'ai manqué de peu, elle était déjà passée à la sécurité. Je suis certain qu'elle sera de retour dans la journée, elle n'avait pas de bagages à l'exception de son porte-documents.

— Bon, on va aller chez elle et fouiner un peu, on trouvera certainement quelques indices sur ce qu'elle fait comme travail.

Dany commanda un sandwich et un café et ouvrit son porte document pour en sortir ses notes. Elle ne pouvait pas s'empêcher de penser aux hommes qui l'avaient suivie mais elle devait se concentrer sur son travail, la journée n'était pas encore terminée.

La prochaine visite serait faite à une grande entreprise qui fabriquait des meubles contemporains et modernes. Elle avait étudié son dossier la veille et savait que cette société avait un chiffre d'affaires annuel de plus de soixante-dix millions d'euros et qu'elle embauchait plus de trois cents personnes.

Les renseignements qu'elle avait devant elle étaient récents elle ne pouvait pas commettre d'erreurs en les mentionnant durant sa rencontre. Les détails et les chiffres concernant les importations de matières premières étaient d'une grande précision

Dany nota qu'une très grande partie des approvisionnements de bois de merisier, était importé du Canada et des États-Unis. Les autres bois utilisés étaient l'aulne et le chêne européen, dont une partie venait de Russie et d'Ukraine.

Les notes disaient aussi que certaines pièces comme les ferrures venaient d'Italie et que les contreplaqués provenaient d'Asie et d'Indonésie. Pour ce qui était des exportations, les meubles étaient vendus et expédiés dans plusieurs pays d'Europe et même aux U.S.A..

LA MENACE

Lorsque les passagers pour Nantes furent appelés, elle replaça les notes dans son porte-document et se dirigea vers la porte d'embarquement. Les sièges n'étaient pas tous occupés, Dany pu s'asseoir où bon lui semblait et elle choisit un siège près d'une fenêtre.

L'avion décolla à l'heure prévue et le vol vers Nantes, ne durait pas plus de cinquante minutes. Dany feuilleta un magazine de mode qu'elle avait trouvé dans la pochette du siège avant mais levait les yeux de temps à autres pour regarder les passagers.

À l'embarquement, elle avait scruté les visages de tous les passagers, mais elle n'avait remarqué personne, qu'elle aurait déjà vu auparavant. En regardant par le hublot elle essaya de se rappeler les visages des deux hommes mais elle ne les avait entrevus que pour de très courts moments.

Dany se demandait si elle devait mentionner l'incident dans son rapport mais après réflexions, elle décida d'attendre la suite des événements pour confirmer ses craintes.

Le temps avait passé très vite et déjà l'hôtesse annonçait l'amorce de la descente vers Nantes. Les passagers regagnèrent leurs sièges et attachèrent leurs ceintures. Tous regardaient par les hublots en tentant d'apercevoir la ville de Nantes mais le ciel était nuageux et le plafond plutôt bas et ils ne pouvaient rien voir avant que l'avion ne perde encore de l'altitude.

Le bruit des pneus touchant la piste est toujours un moment rassurant pour les passager d'un avion et Dany put entendre des « voilà nous y sommes et des nous sommes arrivés. »

Arrivé au quai de débarquement, les passagers se levèrent et se hâtèrent tous vers la porte de l'avion qui s'ouvrait. Ils semblaient tous pressés de quitter l'appareil les premiers.

Dany attendit sagement et lorsque vint son tour, elle quitta son siège et sortit de l'avion. Maintenant, elle devait louer une voiture pour se rendre à Boussay, une petite municipalité située à quelques kilomètres à l'est de Nantes, entre Vertou et Vallet.

LA MENACE

Il était treize heures trente à sa montre et son rendez-vous était à quinze heures, elle roula lentement en admirant le paysage qu'elle connaissait bien, pour avoir fait le tour des pays de la Loire en plusieurs occasions.

Dany était en avance et comme elle avait pour principe d'être ponctuelle, elle décida d'arrêter prendre un café quelque part. En entrant dans Boussay, elle vit un café sur la gauche et s'y arrêta. Dany commanda un café, elle avait environ quinze minutes devant elle.

Elle aimait ces petits villages où tous les gens se connaissaient, en particulier les habitués des cafés et des bistros. Ils se racontaient les nouvelles et discutaient sport et politique. Il y avait trois clients qui l'avaient regardé entrer mais maintenant ils discutaient et ne se préoccupaient plus d'elle. Dany les écoutait en souriant légèrement, et les trouvait amusants alors qu'ils parlaient tous en même temps.

Dany paya l'addition et quitta le café. La Société de Meubles Dersy était à deux pas, et après avoir roulé un petit moment, elle aperçu les immenses bâtiments sur la gauche.

L'accueil était vaste avec un grand escalier sur la droite qui allait au premier où étaient situé les bureaux. Dany alla directement à la réceptionniste et se présenta.

> — Bonjour, je suis madame Rouzier et j'ai un rendez-vous avec monsieur Jean Dersy.

> — En effet madame Rouzier, monsieur Dersy va vous recevoir. Si vous voulez bien vous asseoir, je le préviens.

> — Merci, dit Dany.

Elle n'attendit pas très longtemps. Une femme dans la quarantaine descendit le grand escalier et s'avança vers elle.

> — Je suis madame Tissot, l'adjointe de monsieur Dersy, il va vous recevoir. Si vous voulez bien me suivre, il vous attend au premier.

LA MENACE

Dany la suivit et monta à l'étage. Il y avait plusieurs bureaux et de nombreuses personnes qui allaient et venaient. Madame Tissot poussa une grande porte et Dany fut introduite dans une salle de conférence.

— Vous prendrez bien un café madame Rouzier ?

— Non, je vous remercie, j'ai bu suffisamment de café aujourd'hui.

— Monsieur Dersy va arriver dans une minute. Prenez un fauteuil.

Présumant que Dersy prendrait le fauteuil du bout de la table, Dany choisit une place sur le côté. La porte s'ouvrit sur un homme assez grand avec une bedaine d'homme qui avait une mauvaise alimentation. Dany lui donnait environ soixante ans et il était chauve avec de minces sourcils et de grands yeux marrons. Son costume était bleu et il portait chemise et cravate.

— Madame Rouzier, je vous présente monsieur Jean Dersy, dit madame Tissot.

— Je suis enchanté madame, dit Dersy en serrant la main que lui tendait Dany en se levant.

— Moi de même monsieur Dersy.

Ils prirent place à la table et madame Tissot prit également un fauteuil.

— Que me veut le Conseil européen pour dépêcher une si charmante dame à Boussay ?

— Ce dont j'ai à vous entretenir est de nature confidentielle monsieur Dersy, dit Dany en regardant madame Tissot.

— Thérèse est ma collaboratrice et je n'ai aucun secret pour elle.

— Vous me voyez désolée monsieur Dersy mais cette conversation doit rester entre nous, ce sont mes instructions.

LA MENACE

Dersy regarda Dany et se demandait ce que pouvait bien lui vouloir cette femme et se tournant vers Thérèse, il lui fit signe de se retirer. Madame Tissot semblant offusquée, se leva et quitta la pièce.

— Eh ! Bien, je vous écoute madame Rouzier.

Dany prit son porte-document qu'elle avait laissé sur le tapis et l'ouvrit pour en ressortir un dossier qu'elle ouvrit sur la table.

— Je suis ici pour vous parler de vos transactions avec les pays étrangers monsieur.

— Il est certain que nous transigeons avec l'étranger madame, notre société est reconnue partout dans le monde depuis plus de quarante ans.

— Je reconnais que ce que vous dites est exact mais parlons un peu de vos importations de matières premières.

— Nous importons de plusieurs pays et c'est normal, on ne peut pas trouver en France ou en Europe, tout ce dont nous avons besoin.

— Je vois que votre société paie ses achats en dollars u.s., pourquoi ne payez-vous pas en euros ? Dit Dany en s'appuyant le dos à son fauteuil.

Dersy la regarda avec un air interrogateur, il se demandait pourquoi cette question saugrenue et pourquoi le Conseil européen se mêlait-il de ses affaires. Cette femme ne comprenait tout simplement pas les coutumes établies depuis tant d'années, ils ne pouvaient pas se changer facilement. Il joignit les mains sur la table et y appuya les coudes et dit.

— Vous savez bien madame, qu'avec tous les pays d'Europe, nous transigeons en euros mais pour les États-Unis et le Canada, c'est impossible. Ils veulent tous avoir des dollars u.s., nous n'avons pas le choix de nous plier à leur demande.

LA MENACE

— Nous pensons que vous avez le choix monsieur Dersy. Vous y achetez du bois de merisier et après études, nous savons que la production totale de ces bois ne peut être écoulée dans leurs pays respectifs.

— Tout comme nous en Europe, les modes d'utilisation des bois sont principalement axées sur le bois de chêne et le merisier n'y compte que pour très peu, bien que le prix en soit plus que le double. Les européens raffolent de ces bois rares et sont prêts à en payer le prix, les américains et canadiens ne l'ignorent pas et en profitent.

— Le Conseil européen croit qu'à court terme, le Canada n'aurait pas d'objections à accepter vos conditions d'achats. Pour ce qui est des américains, il va sans dire que cela prendrait plus de temps, c'est tout à fait normal lorsqu'on connaît leur mentalité mais peut-être qu'un jour comprendront-ils que le dollar ne peut plus être roi et maître en ce monde et qu'ils auront à faire face à aune autre monnaie qui sera aussi forte et stable que le dollar. En prévalant l'utilisation de l'euro dans nos échanges commerciaux, nous contribuerons à la stabilité économique de l'Europe tout entière.

Jean Dersy se leva et fit lentement le tour de la table, les mains derrière le dos et en regardant par terre. Il réfléchissait aux réactions de ses fournisseurs. Depuis les tout débuts de la constitution de l'Union européenne, il en avait toujours été un chaud partisan et il croyait fermement à une grande Europe, forte et sans plus jamais de guerres.

Malgré la fulgurante montée des partis de droite en Europe, on pouvait y sentir un désir des populations à continuer de travailler ensemble pour l'avenir de l'Union. Le terrorisme était encore présent, mais il y avait de moins en moins de poses de bombes destructrices ou d'attentats meurtriers, les efforts de tous les pays à pourchasser, traquer et à condamner ces gens avaient contribués à une réduction sensible de leurs actions.

LA MENACE

Il revint s'asseoir près d'elle, il semblait un peu contrarié mais calme, à la grande surprise de Dany.

> — Ce que vous me demandez madame, sort un peu de l'ordinaire de nos habitudes, mais je crois en l'Europe et je suis prêt à vous aider. S'il y a d'autres détails que je dois connaître je vous écoute, car je crois que le Conseil européen à raison et je suis entièrement d'accord pour travailler en ce sens.

> — Je vous remercie pour votre compréhension, monsieur Dersy, dit Dany. Il n'y a pas vraiment de détails additionnels à connaître mais seulement à prendre les moyens pour y arriver.

> — Vous direz à vos supérieurs qu'ils peuvent compter sur moi et ma société,. dit Dersy en se levant.

Dany roulait maintenant vers l'aéroport de Nantes, satisfaite que cette rencontre se soit terminée d'une façon si positive, contrairement à d'autres qui s'étaient soldées par des pressions sérieuses qui ne convenaient pas toujours à ses interlocuteurs.

Ces comptes rendus effectués par le biais du site protégé, étaient concis et contenaient naturellement, les paroles précises qui avaient été prononcées et les impressions personnelles que Dany ressentait.

Jusqu'à présent, elle n'avait enregistré aucun reproche ou doute sur les moyens qu'elle utilisait. Le Conseil européen semblait satisfait de son travail et continuait à lui faire parvenir de nouvelles instructions et la liste des noms des entreprises à visiter.

Dany se sentait bien dans cette liberté d'action que lui accordait le Conseil ce qui lui plaisait et lui procurait le sentiment qu'elle vivait une aventure. Mis à part certains membres du Conseil, personne ne l'avait jamais vue ou rencontrée, elle travaillait dans l'ombre et s'accommodait très bien de tous ces secrets. Elle prit le vol de dix-huit heures trente pour Paris et la collation servie à bord, combla le petit creux qu'elle avait à l'estomac.

LA MENACE

Arrivant chez elle, Dany constata que la grille à l'entrée était entre ouverte de quelques centimètres. Pourtant elle était bien certaine de l'avoir fermée en quittant la maison le matin même.

Elle sentit un pincement intérieur qui lui disait que quelque chose n'allait pas. Après avoir mis sa voiture au garage et refermé la grille,elle longea le trottoir qui menait à l'entrée principale et vint pour introduire la clef dans la serrure, et là encore, elle trouva la porte mal fermée quelle poussa de la main.

Il n'y avait aucun bruit et tout semblait calme dans la maison. Elle monta les marches pour se rendre à l'étage et lorsqu'elle ouvrit la porte qui donnait sur le living-room, elle eut la désagréable surprise de constater que tout était sens dessus dessous. Les meubles renversés, les armoires et tiroirs vidés de leur contenu sur le plancher. Elle fit le tour des pièces du premier étage pour constater que la scène d'horreur était la même partout.

Dany pensa immédiatement à son bureau de travail et monta rapidement les marches pour se rendre à l'étage supérieur, inquiète de ce qu'elle allait découvrir. Là aussi, la fouille avait été complète et tout était dans un état de pagaille indescriptible. Ses livres jonchaient le sol, les cadres décrochés des murs et les tentures des fenêtres avaient été arrachées de leurs supports.

Près du bureau de travail, elle vit le moniteur de son ordinateur qui était par terre avec tout le reste mais ce qui attira son attention, fut le boîtier de son ordinateur qui avait été éventré et dont on avait retiré la disque dur.

Elle s'arrêta quelques secondes pour réfléchir aux fichiers confidentiels que la disquette dur aurait pu contenir mais elle se rappela qu'elle avait tout effacé à l'exception de fichiers personnels qui contenaient des données relatives à ses transactions bancaires ainsi que d'autres de moindre importance.

Dany alla à sa chambre à coucher et trouva ses vêtements partout sur le sol avec le contenu des tiroirs de sa commode et des larmes lui vinrent aux yeux. Ils ont systématiquement tout fouillé se dit-elle. Mais qui sont-ils, que cherchaient-il?

LA MENACE

Tout à coup, lui vint à l'esprit la disquette qu'elle avait caché dans le bar. Elle descendit les marches quatre à quatre et traversa la salle à manger en courant pour finalement atteindre le bar. Contrairement à ce qu'elle s'attendait, la porte en était fermée.

Dany l'ouvrit doucement, pour constater que les dégâts n'étaient pas trop graves. Ils avaient fouillé là aussi mais il était évident qu'ils ne s'attendaient pas à trouver là ce qu'ils étaient venus chercher. Sur le bar, il y avait une bouteille de bourbon restée ouverte et deux verres vides, ils en ont profité se dit-elle.

Son regard alla vers la bouteille de Ricard sur la tablette du haut, elle était toujours en place. Elle la souleva et y retrouva la disquette qu'elle y avait caché. Dany la prit en main en se demandant où elle pourrait bien la cacher, mais après réflexion, elle la remit en place, déduisant que la cachette n'était pas si mal choisie après tout.

Demain serait une dure journée pensa-t-elle, mais nettoyer sa chambre pour la nuit et prendre un bain fut sa priorité du moment. La nuit fut longue et peuplée de cauchemars. Des hommes la poursuivaient à pieds dans les rues et elle essayait en vain de courir pour leur échapper mais ses jambes ne voulaient plus obéir et ils se rapprochaient. Partout où elle tentait de se cacher, ils la retrouvaient et la poursuite recommençait.

Le lendemain matin, elle s'éveilla fatiguée de sa nuit et reprenant ses esprit, après deux tasses de café et un croissant au beurre, elle entreprit de remettre en place tout ce qui avait été déplacé dans la salle à manger, la cuisine et son bureau de travail. Beaucoup d'objets auxquels elle tenait, avaient été brisés et elle les jeta à la poubelle non sans regrets.

LA MENACE

CHAPITRE 14

ANTENNE DE LA C.I.A., Paris.

Ils étaient quatre, dans un petit bureau vitré dont ils avaient fermé la porte. La discussion portait sur les rapports des agents travaillant sur le terrain à Paris et en province. Mathews, le chef d'antenne était le plus âgé de tous et avait la réputation d'être un homme très exigeant sur les résultats espérés, des enquêtes qu'il déclenchait. Les trois autres étaient des agents. Tom Oswald, Bernie Ashton et le troisième était en fait une femme dans la trentaine qui se nommait Mariette Lacoux, une Française recrutée par l'Agence il y avait bientôt huit ans.

Minutieux à l'extrême, Mathews ne négligeait rien. Il relisait plusieurs fois les rapports d'agents dans le but de ne rien laisser au hasard. Tous les détails, même les plus infimes indices, pouvaient conduire au succès d'une enquête.

Il devait avoir environ cinquante ans. Plutôt grand, il avait les cheveux grisonnants sur les tempes et une figure plutôt ronde qui paraissait enflée, avec un nez aplatit de boxeur et un double menton.

LA MENACE

Il portait un pantalon beige avec une chemise à manches courtes dont le col était ouvert.

Ce genre de réunion, avait lieu une fois la semaine et chaque fois, des agents oeuvrant dans différents domaines, devaient se présenter devant lui pour faire rapport et prendre de nouveaux ordres fraîchement arrivés de Washington.

— Nous avons fouillé partout, nous n'avons rien trouvé de relatif à son travail. Aucun document aucune disquette, rien qui aurait pu nous aider.

— Nous avons fait examiner la disquette dur de son ordinateur, là encore, rien. Il y avait seulement des affaires personnelles, telles que des factures payées et des relevés bancaires. L'agent qui venait de parler était Tom Oswald.

— Vous dites que vous ne trouvez rien sur la disquette dur? Et le relevé bancaire alors, il peut nous apporter des informations importantes. Je veux avoir une copie de ces relevés bancaires.

— Vous avez fouillé la maison, vous n'avez rien trouvé, pas même une brochure quelconque sur l'Union européenne, un bout de papier qui parle du Conseil européen ou des notes manuscrites? Dit Mathews

— Absolument rien, dit Bernie.

— Vous ne trouvez pas cela un peu anormal?

— Je ne comprends pas monsieur, je vous répète que nous n'avons rien trouvé. Nous avons cherché partout durant trois heures dans toutes les pièces, même dans le garage et le petit cabanon dans la cour arrière, où elle range ses outils de jardinage.

— Ce que j'essaie de vous faire comprendre à tous, c'est qu'il est anormal qu'une personne qui travaille pour une société ou le gouvernement, n'aie rien dans sa résidence qui l'identifie à son type de travail.

LA MENACE

— Tous les êtres humains aiment parler d'eux quelquefois avec d'autres être humains. Ils aiment garder des preuves de ce qu'ils sont dans la vie et à s'en vanter, c'est la nature même de ces fameux êtres humains dont nous faisons tous partie.

— Alors, dites-moi pourquoi, Dany Rouzier serait l'exception à la règle de la majorité, pourquoi n'y a-t-il rien qui parle de son travail au Conseil européen? Elle est coordonnatrice de groupes de travail, alors ces groupes de travail, qui sont-ils et que font-ils dans l'appareil gouvernemental? Ce sont les vraies réponses qu'il vous faut trouver.

Les agents se regardèrent, Mathews avait raison et il était tout à fait illogique que rien n'ait pu être trouvé.

— Que nous suggérez-vous? Dit Mariette Lacoux.

— Je n'ai pas terminé, dit Mathews. Avez-vous remarqué s'il y avait des photos de famille, d'amis ou d'amants?

— J'ai remarqué quelques photos d'elle et de ses parents à différentes époques, dit Bernie. Oui, je me souviens maintenant qu'il y avait aussi des photos où elle était photographiée avec ce qui semblait être des amis de collège ou d'université, mais elles dataient de plusieurs années. Je n'ai vu aucune photo récente d'elle avec un homme ou une photo d'homme seul.

— Une vie plutôt solitaire, dit Mariette. Je suis une femme et je sais que quelquefois, nous avons des besoins particuliers à satisfaire, même si l'on ne vit pas avec un homme.

Les trois hommes eurent de petits rires sonores et regardèrent Mariette en souriant.

— Qu'avez-vous à rire ainsi tous les trois. dit-elle en souriant aussi. Ne me dites pas que cela ne vous est jamais arrivé?

LA MENACE

— J'ignore pour quelles raisons Tom et Bernie s'amusent, mais moi je crois que vous venez tout juste de toucher un point important, une avenue sur laquelle nous ne nous étions pas encore arrêtés et que nous devrions maintenant considérer.

— Bernie, vous et Tom êtes certains que cette madame ou mademoiselle Rouzier n'a pas remarqué que vous la suiviez?

— Je ne crois pas, je veux dire... Nous en sommes certains. Nous avons toujours gardé une bonne distance entre elle et nous, et puis je crois qu'elle ne s'attendait pas à être suivie.

— Les voisins ne vous ont pas vus pénétrer dans la maison?

— Il n'y avait personne aux alentours et Tom n'a pris que quelques secondes pour ouvrir la grille et la porte d'entrée, non je suis certain que nous n'avons pas été vus.

— Bon. Voici ce que nous allons faire. Vous Tom, vous allez remplacer l'un de nos agents qui assiste aux réunions publiques du Conseils européen et tâcher de découvrir si cette Rouzier y assiste quelquefois. Essayez de plus de questionner quelques fonctionnaires pour savoir qui elle est. Faites-vous passer pour l'un de ses amis avec lequel elle a fait ses études.

— Bien monsieur, dit Tom

— Vous Bernie, vous aller continuer à la filer discrètement, et ne vous faites pas voir. Prenez en note les adresses où elle va et si possible, les noms des personnes qu'elle visite, peu importe dans quel pays d'Europe où elle se déplacera.

— Entendu, ce sera fait, marmonna Bernie.

132

LA MENACE

— Et moi? Dit Mariette.

— Vous Mariette, ce sera peut-être plus long comme besogne. Trouvez un moyen d'entrer en contact avec elle et de devenir amies. Vous devinez la suite n'est-ce pas?

— Oui monsieur, je sais comment m'y prendre, j'en ai déjà une idée. Pour la suite, je sais ce que vous attendez de moi, et il y aura certainement un moyen de lui soutirer quelques informations.

— Vous savez tous ce que vous avez à faire alors, dégagez de ce bureau et au travail.

Plus le temps passait, plus les transactions en euros étaient nombreuses. Ce qui chicotait les américains, n'était pas les euros qui étaient échangés en Europe c'était tout à fait normal, mais tous ces dollars qui étaient vendus pour acheter des euros.

La devise américaine fluctuait nerveusement sur les marchés boursiers et le président de la banque centrale américaine ne savait plus où donner de la tête.

Mais, les américains ne s'inquiétaient plus seulement pour leur dollar, l'Europe changeait rapidement, plus rapidement qu'ils ne l'auraient jamais imaginé.

Depuis 2006, les européens avaient fait beaucoup de chemin. Après de nombreuses hésitations de la part de la France et de l'Angleterre, plusieurs ministères et organismes gouvernementaux qui se doublaient, avaient été unifiés et l'Europe ne disposait que d'un seul ministère de l'agriculture, un seul ministère pour la santé et l'alimentation ainsi que l'environnement, etc..

La justice et la police ne parlaient que d'une voix, celle de l'Union européenne. Plus de gendarmerie nationale, plus de polizei, plus de policia et plus de Scotland Yard et de bobbies.

Les finances et les budgets de défense furent les derniers organismes à être fusionnés en 2010. L'Europe avait maintenant son armée et ses soldats et tous avaient le même uniforme et le même pays.

L'ancienne République d'Allemagne de l'Est, n'avait plus le même visage. La puissance industrielle de l'Ouest, s'était étendue à l'Est et poursuivait sa progression. Dans les anciens satellites de l'Union Soviétique, les usines autrefois vétustes, avaient été reconstruites, les machineries ainsi que les équipements industriels, avaient été remplacés.

La haute technologie avait remplacé les méthodes de travail du milieu des années 1900, et les travailleurs plus âgés maintenant retraités, avaient cédé leurs places aux plus jeunes qui étaient mieux formés.

La mondialisation des marchés avait bouleversé les habitudes et les mentalités, les nouveaux venus pensaient et travaillaient en fonction du développement de la nouvelle Europe.

2019

Les pays membres de l'Union avaient unis leurs forces armées et réfléchissaient en secret, à quitter l'O.T.A.N., et à former leur propre organisation de défense. Un nom avait été évoqué pour identifier cette nouvelle organisation, l'U.F.P.E, L'Union des Forces de Protection de l'Europe.

La France, qui soixante ans plus tôt avait eut besoin des américains, des canadiens et des britanniques, avait toujours refusé de faire partie des forces de l'O.T.A.N., afin de conserver son indépendance, voyait d'un bon œil, la création de ce nouvel organisme où conjointement avec l'Allemagne, elle aurait prépondérance sur les prises de décisions de nature militaire et de défense.

L'Allemagne y trouvait son compte elle aussi. Ce pays qui depuis la dernière guerre mondiale ne pouvait posséder d'armée, avait maintenant toutes les raisons légales pour ignorer les anciens traités qu'elle avait signé avec les américains, les britanniques, les français et les russes. Avec la création de l'U.F.P.E., ces signatures et ces traités n'existaient plus ou étaient pour l'Allemagne, tout simplement annulés.

LA MENACE

LA MENACE

CHAPITRE 15

Maintenant que Dany avait remplacé son ordinateur et acheté ce dont elle avait besoin, elle se remit au travail. La première chose qu'elle fit, c'est de récupérer la disquette dans le bar et de transmettre son rapport d'activités, sans omettre toutefois de mentionner, la filature dont elle avait été la victime et le désordre occasionné chez elle, par la visite d'inconnus qui avaient tout saccagé. C'était la première fois qu'une chose pareille lui arrivait et elle leur demanda qu'elle attitude adopter si elle était encore suivie dans ses déplacements.

Les jours passèrent sans qu'elle remarque d'autres suiveurs. Dany se rendit en Grande-Bretagne et en Allemagne pour tenter de convaincre d'autres dirigeants d'entreprises de transiger en euros et les attitudes étaient en grande partie favorables aux demandes du Conseils européen.

Avec les années, Dany remarquait que le nombre de sociétés à visiter diminuait. Beaucoup d'entreprises avaient d'elles mêmes pris l'initiative d'exiger des euros et le Conseil européen se rendait compte avec grande satisfaction que l'effet boule de neige se produisait.

Les européens avaient pris conscience que ces nouvelles données étaient à leur avantage et une espèce de fierté d'appartenance à l'Union et de solidarité avait fait place aux rivalités des années précédentes. L'influence des américains n'était plus aussi visible, les européens découvraient que leurs habitudes et leur mentalité leurs étaient propres et qu'ils n'avaient plus vraiment rien à envier aux américains.

Le travail n'était pas terminé pour Dany et ses déplacements se multipliaient, la tâche qu'on lui avait confiée était loin d'être accomplie. Un certain matin, alors qu'elle venait tout juste de quitter la maison, une voiture qu'elle n'avait jamais vue arriver, vint emboutir une partie de l'avant droit de sa Mercedes.

Le choc fut assez violent et le coussin gonflable du volant se déclenchant, avait protégé Dany de blessures certaines. Elle réussit avec de grandes difficultés à se dégager de son siège et alla à l'avant, jeter un coup d'œil aux dommages causés par cet accident qu'elle n'avait pu éviter.

La conductrice de l'autre voiture examinait elle aussi les dommages aux voitures et semblait dans tous ses états.

— Vous n'êtes pas blessée j'espère. Je suis vraiment désolée, j'étais distraite, dit la dame.

— Je n'ai rien de brisé je crois et vous?

— Tout va bien, je vous remercie. Les dommages matériels ne laissent pas de séquelles, c'est ce qui est important. Je ne me souviens pas de la dernière fois que j'ai eu un accident de voiture et je vous avoue que j'ignore ce qu'il faut faire dans ce cas.

— Je suis un peu dans la même situation moi aussi et conduire dans les rues de Paris demande une attention constante. Je réalise aujourd'hui que la chance a été avec moi toutes ces années mais il y a toujours une première fois. J'imagine qu'il faut appeler les policiers pour faire rédiger un constat d'accident.

Comme elle prononçait ces paroles, une voiture de police se rangea tout près de leurs voitures. Deux gendarmes en descendirent et demandèrent s'il y avait des blessés. Ayant constaté que tout allait bien de ce côté, ils firent déplacer les voitures qui bloquaient la circulation. En retournant à sa voiture, Dany se rendit compte qu'un léger filet de liquide verdâtre, s'écoulait sur le pavé.

— Venez dans notre voiture, dit l'un d'eux. Nous devons vérifier vos permis de conduire et cartes grises.

Les deux femmes acquiescèrent en silence, et s'installèrent sur le siège arrière. Dans les mêmes gestes, elles sortirent les documents de leur sac à main pour les remettre au policier qui tendait la main.

— Que s'est-il produit? Demanda le policier qui était au volant.

— C'est ma faute monsieur l'agent, dit la femme en regardant Dany. Je reconnais avoir été distraite, c'est arrivé si vite, que je n'ai pas eu le temps de réagir, mais je suis assurée pour ce genre de chose je suis certaine qu'il n'y aura pas de problèmes pour défrayer le coût des réparations.

— Vous êtes Mariette Lacoux? Demanda l'agent.

— Oui, c'est moi.

— Je vois que le véhicule n'est pas enregistré à votre nom, Société B.R.P., c'est quoi cette boîte?

— Bureau de Recherche en Publicité. Mes papiers sont en ordre monsieur l'agent.

— Désolé, simple curiosité. Vous madame Rouzier, qu'elle est votre version de l'accident?

LA MENACE

— Je ne sais pas quoi vous dire, tout cela fut si soudain, je n'ai tout simplement pas vu arriver la voiture de madame Lacoux.

— Bon. Voici vos papiers et la copie du constat d'accident, tout est en ordre.

— Monsieur l'agent, demanda Dany, vous pourriez m'appeler une dépanneuse, du liquide de couleur verte s'écoule de l'avant de ma voiture, j'ai bien peur de ne pouvoir démarrer?

— C'est du liquide réfrigérant, votre réservoir à certainement été percé sous le choc. Je vous appelle une dépanneuse, elle sera ici dans quelques minutes.

— Merci. Dit Dany, je prendrai un taxi.

— Ma voiture roule encore, dit Mariette. Je vous conduis où vous voulez, c'est bien la moindre des choses.

— C'est gentil à vous, mais je ne voudrais pas…

— Non, j'insiste, cet accident est ma faute et puis cela me fait plaisir.

— Eh! Bien, j'accepte c'est gentil et je n'habite pas très loin d'ici.

Dany et Mariette attendaient sur le trottoir que la dépanneuse arrive. Dany en profita pour faire quelques appels pour remettre ses rendez-vous à plus tard et pris les arrangements avec le concessionnaire Mercedes le plus près, pendant que Mariette patientait sans avoir l'air pressée.

Elles avaient pris place dans la voiture de Mariette et Dany regardait sa voiture qui partait, attachée à l'arrière de la dépanneuse.

— Vous habitez à quel endroit madame Rouzier?

— Je vous en prie, appelez-moi Dany, je déteste le mot madame, cela me fait vieillir trop rapidement.

LA MENACE

— Moi, c'est Mariette dit-elle en lui tendant la main. Je suis enchantée de vous connaître, même dans ces curieuses circonstances.

— Ce n'est pas grave vous savez, c'est seulement du métal et du plastique.

— Où est-ce que je vous dépose Dany?

— C'est tout près d'ici, j'habite sur la rue Robert Dupont à Asnières.

— Ah! Je connais bien Asnières, j'y passe souvent. J'aime bien ce coin, c'est moins grouillant qu'à Paris.

Elles roulèrent plusieurs minutes pour se retrouver devant la maison de Dany.

— Je voudrais vous remercier de m'avoir raccompagnée, vous prendrez bien un café Mariette?

Mariette fut surprise de l'offre et resta figée quelques secondes avant de répondre.

— D'accord, ce sera avec plaisir Dany.

— Venez, nous allons bavarder un peu.

Dany lui fit visiter la maison et elles étaient maintenant installées à la cuisine et Dany préparait le café.

— Vous avez une belle maison Dany, c'est tout simplement charmant et vous avez bien décoré les pièces.

— Merci Mariette, mais c'est différent d'avant le cambriolage.

— Vous avez été cambriolée?

— Oui, le mois dernier. Je ne sais pas ce qu'ils cherchaient mais c'était comme une tornade qui était passée dans la maison. Tout était bouleversé et beaucoup de choses ont été brisées mais il y avait longtemps que je pensais à changer la décoration et ce malheureux événement m'en a donné l'occasion.

— C'était ma mère qui avait décoré la maison et je n'avais rien changé depuis son accident.

— Vous n'avez plus votre mère?

— Non. Il y a quelques années, elle a été renversée par un camion, tout près d'ici juste au bout de la rue.

— Je suis désolée pour vous Dany.

— Oh! Ce n'est rien Mariette, le temps passe et les plaies guérissent. Pour en revenir à cette maison, après le cambriolage, j'ai décidé de tout changer. Maintenant, elle reflète mes goûts personnels.

— Ils vous ont dérobé des choses de valeur?

— Non, aucun bijou ni argent et puis je ne porte que peu de bijoux et je ne laisse jamais de sommes importantes à la maison. Les seules choses qu'ils ont emportées je crois, ce sont des pièces de mon ordinateur. Mais ce n'est pas grave, j'ai tout remplacé. Et vous Mariette, vous êtes dans la publicité?

— Oui. C'est une petite société qui travaille principalement sur la publicité destinée aux enfants, j'aime mon boulot et j'y gagne bien ma vie. Et vous Dany que faites-vous?

Dany s'attendait à cette question, elle savait qu'elle aurait à y répondre un jour ou l'autre. Des amis, elle n'en avait pas beaucoup et elle n'avait jamais vraiment parlé de son travail, elle en décrivait toujours la monotonie de façon à éviter les questions.

— Oh! Moi, c'est très simple, je travaille pour le gouvernement et je suis fonctionnaire. La paperasse, les dossiers et la routine quotidienne, rien de bien excitant.

LA MENACE

Mariette pensa qu'il était un peu tôt pour poser des questions et n'insista pas sur le sujet. Un début d'amitié semblait se former et si tout allait bien, d'autres occasions se présenteraient se disait-elle. Il fallait qu'elle obtienne d'autres informations de nature à l'aider dans sa mission.

— Vous vivez seule ici à Asnières?

— Je n'ai pas tellement de temps pour autres choses, mon travail m'accapare beaucoup.

— Même pas de petit ami, dit Mariette en souriant.

Dany se mit à rire, il y avait bien un homme auquel elle tenait mais elle ne le voyait pas souvent. Ils faisaient quelquefois l'amour puis se disaient à bientôt et il se passait des mois avant qu'ils puissent se revoir.

Il se prénommait Pierre. Elle l'avait connu à l'université et ils avaient toujours gardé le contact après leurs études. Il était dans les échanges technologiques et voyageait beaucoup, l'appelant quelques fois en revenant de voyage. Dany aussi voyageait beaucoup et le hasard faisait qu'ils n'étaient presque jamais à Paris au même moment.

— Je dirais plutôt un copain, mais rien de vraiment sérieux et vous?

— Je suis dans le même cas, j'ai déjà été mariée mais depuis le divorce, j'ai un ami que je vois régulièrement. L'être humain n'est pas fait pour être seul d'après ce que l'on dit. Oh! Il se fait tard, je dois partir. Il serait agréable de se revoir Dany si toutefois vous n'y voyez pas d'objections.

— Pourquoi pas, dit Dany. On pourrait encore bavarder.

— Je crois que je vais commencer par faire réparer les dommages à ma voiture, On se téléphone la semaine prochaine. J'ai été enchantée de vous connaître Dany.

— On pourrait peut-être se tutoyer, vous ne croyez pas?

LA MENACE

— C'est d'accord pour moi, dit Dany

Elles échangèrent leur numéro de téléphone puis Mariette quitta la maison. Une fois dans sa voiture, Mariette souriait intérieurement, elle avait réussi la première étape de sa mission. D'ici quelques semaines, elle réussirait peut-être à en apprendre un peu plus sur le genre de travail que Dany faisait.

Dany descendit au bar et prit la disquette qu'elle apporta à son bureau. Elle ouvrit son ordinateur et inséra la disquette dans la fente, et le drapeau de l'Union européenne apparut. Au haut de l'écran, il y avait une petite étoile qui clignotait et Dany su qu'elle avait un message du Conseil. Dès qu'elle eut cliqué sur l'étoile, la communication avec les satellites s'établit, une seconde plus tard, un message apparut à l'écran.

« *Bonjour Dany. Vous accomplissez un excellent travail et nous en sommes très satisfaits. Dans votre rapport, vous avez mentionné que vous pensiez avoir été suivie sur la route de l'aéroport. Les américains ont certainement commencé à se douter de quelque chose, vous devrez être très prudente et continuellement surveiller vos arrières.*

Si vous remarquez d'autres choses, il faudra nous en aviser aussitôt. Vous dites aussi que vous avez été cambriolée, nous espérons que les précautions avaient été prises pour protéger vos informations. Vérifiez votre appareil téléphonique, ils ont peut-être installé des micros ou bien ils surveillent votre ligne et captent vos conversations. Nous vous demandons encore de faire attention, ils vont certainement tenter autre chose bientôt. »

Dany cliqua sur le mot réponse qui se trouvait au bas du message et ses doigts agiles tapèrent rapidement des mots.

Message bien reçu. Je ne crois pas avoir de nouveau été suivie mais j'y porterai plus d'attention. Ce matin, j'ai eu un bête accident de voiture, je vais en louer une autre, la mienne ne sera pas réparée avant une semaine. Des rendez-vous ont été repoussés mais je ne crois pas être trop retardée dans mon travail. Je vous tiendrai au courant des événements ».

LA MENACE

Elle coupa la communication et alla remettre la disquette à sa place sous la bouteille de Ricard. Dany n'avait pas mentionné sa rencontre et sa conversation avec Mariette, elle considérait que la situation était tout à fait naturelle et qu'elle n'avait pas à les embêter avec des détails de sa vie personnelle.

Dany prit le téléphone et appela le concessionnaire Mercedes.

— Bonjour monsieur Chapuis, je suis Dany Rouzier.

— Ah ! Madame Rouzier, j'ai vu votre voiture et elle est dans un triste état.

— Combien de temps nécessiteront les réparations ?

— Une bonne semaine je crois, mais vous pouvez passer, nous vous prêterons une voiture pour la durée des réparations.

— Je suis contente monsieur Chapuis, j'ai beaucoup de travail et je dois me déplacer. Je vais passer avant dix-sept heures.

— Nous vous attendrons madame Rouzier.

*

— Hello! C'est Mariette, je peux vous voir quelques minutes?

— Où êtes-vous?

— Dans le bureau d'à côté.

— Venez, je vous attends.

LA MENACE

Des coups furent frappés à la porte et Mariette entra dans le bureau de Mathews. Elle portait une petite jupe de couleur blanche courte, qui mettait ses longues jambes en évidence et un chemisier marron. Elle était toute souriante et semblait détendue.

— Bonjour monsieur, dit-elle,

— Bonjour agent Lacoux, j'espère que vous avez de bonnes nouvelles.

— Oui et non, monsieur.

— Qu'est-ce que ça veut dire oui et non?

— J'ai réussi à prendre contact avec Dany Rouzier, mais après avoir provoqué un accident de voiture, c'est ce que j'ai pu trouver de mieux comme prétexte.

— Vous lui avez parlé?

— Mieux que cela, elle m'a invité chez elle pour prendre un café.

— Excellent Mariette, et quels sont les résultats?

— Je n'ai pu tirer d'elle que des informations de nature générales, des choses que l'on discute à la première rencontre. C'est une gentille femme qui vit seule et qui ne semble pas avoir d'amants, seulement un ami connu à l'université et qu'elle ne voit que très rarement, à ce qu'elle dit.

— Elle vous à parlé de son travail?

— Très peu. Elle dit qu'elle est fonctionnaire et qu'elle s'occupe de paperasse à longueur de journée et que c'est pour elle, un travail monotone.

— Justement, nous avons examiné ses relevés bancaires et nous avons découvert qu'elle gagne quinze milles euros par mois, ce qui fait environ seize milles dollars par mois. C'est beaucoup pour une fonctionnaire qui s'occupe seulement de paperasse, comme elle le dit si bien, vous ne trouvez pas?

LA MENACE

— En effet, dit Mariette. Cela ressemble plutôt au salaire d'un très haut fonctionnaire.

— C'est là que quelque chose cloche. Il faut essayer d'en savoir plus sur cette fille.

— Je dois l'appeler la semaine prochaine, je vais m'arranger pour la revoir et tâcher de trouver des réponses.

— Pourriez-vous essayer de la suivre discrètement et découvrir où est son bureau?

— À partir de demain matin, je vais la suivre comme son ombre monsieur.

— Assurez-vous pour qu'elle ne vous voie pas.

— À propos monsieur, il faudrait que je change de voiture, la mienne à été durement amochée dans l'accident et a besoin de réparations, il ne faudrait pas qu'elle me voit dans la même voiture.

— Passez voir Margret en sortant, je vais la prévenir et elle va arranger cela pour vous.

— Merci monsieur.

LA MENACE

LA MENACE

CHAPITRE 16

Tôt le lendemain matin, Mariette était garée sur la rue Robert Dupont, à cinquante mètres de la maison de Dany. On lui avait prêté une Peugeot de couleur grise avec laquelle elle pourrait passer inaperçue.

Elle réfléchissait à sa rencontre avec Dany et se disait qu'en d'autres circonstances, elle aurait bien aimé devenir son amie. C'était une femme cultivée et il était intéressant de bavarder avec elle, mais sa mission passait avant tout. Peut-être que lorsque toute cette affaire serait terminée…

Mariette vit la grille s'ouvrir, Dany sortit la voiture, et retourna fermer la grille, qu'elle verrouilla. Maintenant elle roulait en direction de l'avenue d'Argenteuil, et Mariette qui avait laissé passer une voiture, la suivait non loin derrière. Elle se disait que pour toutes sortes de raisons, qu'il était possible qu'elle la perde de vue en chemin, mais elle avait tout son temps et si elle la perdait, elle recommencerait le lendemain.

LA MENACE

Dany se rendait à Montreuil. Depuis qu'elle avait quitté la maison, elle pensait à son rendez-vous avec le sous-directeur d'une société qui possédait plus de trois cents points de vente dans le domaine des matériaux de construction.

Cette entreprise vendait bien entendu des produits fabriqués en Europe mais une très grande partie de ses inventaires comportait des objets fabriqués en Chine, en Corée du Sud et au Japon. Les chiffres montraient que plus de soixante-dix pour cent des achats étaient fait à l'étranger et encore une fois, Dany allait tenter de les convaincre de payer en euros.

Depuis le cambriolage, elle ne conservait plus que le minimum nécessaire dans son porte-document et lorsqu'elle voulait consulter un dossier, elle le faisait via le site protégé du Conseil européen. L'étonnante mémoire qu'elle possédait, lui permettait de mémoriser les détails d'un dossier et bien qu'elle devait prendre des notes pour absorber les informations dont elle avait besoin, elle les détruisait toujours par la suite. Les instructions étaient formelles, rien ne devait subsister de ses communications avec le Conseil. Elle conservait toutefois quelques notes pour ce qui était des chiffres à retenir, mais jamais de noms de sociétés n'y apparaissait et si par hasard quelqu'un les découvrait, il lui serait impossible de faire un lien quelconque avec une société en particulier. Des chiffres griffonnés sur une feuille de papier, ne disaient rien, si aucun nom n'y figurait.

À maintes reprises, elle regarda dans le rétroviseur et n'y vit rien de suspect, que la circulation normale du flot de véhicules. Une pensée pour Mariette lui vint à l'esprit. Elle l'avait trouvé gentille, enfin une amie avec laquelle elle pourrait converser, faire du shopping et assister à des concerts ou voir des pièces de théâtre. Le hasard faisait bien les choses se disait-elle.

Elle continua son chemin vers Montreuil en pensant que cette fois, la discussion serait plus ardue, il s'agissait d'une société qui possédait un immense pouvoir d'achat et embauchait plusieurs milliers de personnes. Dany possédait toujours cette même force de caractère et disposait de pouvoirs dont ses interlocuteurs ne pouvaient pas imaginer l'ampleur.

Arrivée à destination, elle gara sa voiture dans le parking réservé aux visiteurs, situé de l'autre côté de la rue, puis s'assurant qu'elle n'avait pas été suivie, se dirigea vers l'entrée principale de l'édifice qui comportait plusieurs étages. Elle s'identifia à l'accueil en précisant qu'elle était attendue par monsieur Philippe Montet.

Montet était sous-directeur à l'administration. Il était de taille moyenne, portait des lunettes à monture de couleur argent et aux verres teintés ambre. Ses cheveux étaient grisonnants et coupés très courts. Lorsqu'il vint à sa rencontre en se présentant, Dany remarqua que ses dents étaient jaunies par le tabac.

— Bonjour madame Rouzier, je suis Philippe Montet, dit-il en lui serrant la main. Suivez-moi, nous serons plus à l'aise dans mon bureau pour discuter.

— Merci monsieur, je vous suis.

Il prirent l'ascenseur et montèrent au sixième où Dany pu constater que cet étage était réservé à la direction. Il y avait d'immenses bureaux vitrés et un calme inattendu y régnait. Elle le suivit jusqu'à une porte où le nom de Philippe Montet Sous-directeur, figurait sur une plaque de laiton apposée sur le côté gauche, près de la poignée.

— Entrez je vous en prie et installez-vous, dit Montet.

— Merci monsieur Vous avez un bureau décoré avec goût, dit Dany en regardant les meubles en cuir et le bureau de travail en merisier.

— Je vous remercie, c'est l'œuvre de ma femme. Elle a insisté pour tout choisir elle même et je pense qu'elle a bien réussi.

Il prit place à son fauteuil et s'arrêta quelques secondes pour regarder cette petite femme assise devant lui. Ce matin là, Dany avait mit un costume rouge et une blouse jaune pâle et son maquillage parfait attirait l'attention sur une figure calme et d'une grande beauté.

> — Vous avez demandé à me rencontrer au sujet de nos importations, à ce que j'ai cru comprendre au téléphone. Comment puis-je vous aider madame?

Dany prit sa mallette qu'elle avait posée par terre et l'ouvrit pour y prendre un dossier qui ne contenait qu'une feuille de papier où n'y était inscrit que des chiffres. À leur tour se dit-elle.

> — Le Conseil européen s'intéresse aux sociétés européennes qui s'approvisionnent à l'étranger, dit-elle. Nos chiffres démontrent que plus de soixante pour cent des articles que votre société achète, proviennent de l'extérieur des pays de l'Union européenne.

> — En effet madame. Pour satisfaire notre clientèle, nous devons disposer d'une vaste gamme de produits divers qu'il est impossible de se procurer en Europe. Nous devons acheter ailleurs dans le monde ce dont nous avons besoin et au meilleurs prix.

> — Le Conseil européen n'est pas contre le principe que vous vous procuriez certains produits à l'étranger, il est tout à fait normal pour une société comme la vôtre, de chercher la rentabilité.

> — Où voulez-vous en venir madame Rouzier ?

> — Ma question est la suivante. Avec quelle devise payez-vous ces approvisionnements ?

> — En dollars U.S. bien entendu, c'est ce qu'ils exigent.

> — Avez-vous déjà tenté de payer en euros ?

> — Je crois que vous vous moquez de moi madame, vous n'y pensez pas. Ils refuseraient tout simplement de nous vendre ces produits que nous avons besoin. Pourquoi le Conseil européen nous demanderait-il de payer en euros, qu'est-ce que cela pourrait changer pour les pays de l'Union ?

LA MENACE

— Pour acheter des dollars, vous devez vendre des euros n'est-ce pas ?

— C'est bien évident.

Dany savait que ce ne serait pas facile, mais elle se devait d'y arriver. Ce Montet adoptait une attitude hautaine à laquelle elle était habituée chez les Français en particulier mais elle ne s'y arrêta pas.

L'Union européenne est encore jeune vous savez et depuis plusieurs années notre monnaie est stable et se compare maintenant au dollar. Le Conseil européen désire que cette stabilité demeure et il veut élargir l'influence de l'Union à l'extérieur de l'Europe pour justement contrer celle des américains.

— C'est une belle théorie madame Rouzier, mais la réalité est toute différente. Je ne vois pas dans l'avenir, le jour où les européens pourrons influencer les pays d'Asie ou d'Amérique, au point de bouleverser les coutumes établies.

— De par votre position monsieur Montet, vous connaissez les problèmes auxquels le   Conseil aura à faire face mais je peux vous dire qu'il ne reculera pas devant les obstacles qu'il aura à surmonter, la stabilité économique et l'avenir de l'Union européenne en dépendent.

— Pour le moment, nous n'en sommes pas à ce point madame et nous ne changerons pas notre façon de traiter nos affaires pour des théories plus qu'invraisemblables.

Dany qui depuis le début avait gardé son calme, s'avança légèrement vers l'avant et regarda Montet directement dans les yeux.

— Je crois monsieur Montet que vous m'avez mal comprise. Je suis chargée par le Conseil européen de vous demander qu'à l'avenir, vous exigiez de payer au moyen de la devise européenne.

LA MENACE

— Je vous réitère que nous ne changerons pas nos habitudes et le Conseil n'a rien à voir dans nos affaires. Nos payons nos taxes et respectons les lois fiscales votées par l'Assemblée Nationale de ce pays, que le Conseil s'occupe plutôt de ces interminables réunions politiques et nous foute la paix.

Dany se devait d'adopter une attitude plus ferme afin de convaincre cet homme imbu de lui-même. Elle avait d'autres arguments en mains pour l'influencer et le temps était maintenant venu de les utiliser.

— Monsieur Montet, dit-elle à voix basse et avec un ton qu'il ne s'attendait pas. En fait, ce que nous vous demandons et exigeons, c'est que votre société se soumette sans conditions à la demande du Conseil européen.

— Le Conseil n'a aucun moyen de nous forcer à obtempérer et je vous répète que c'est impossible. Nous avons une clientèle qui nous est fidèle mais si nous ne pouvons plus nous procurer ces produits, cette clientèle ira tout simplement chez nos compétiteurs.

— D'ici peu monsieur, vos compétiteurs eux aussi, devront se conformer à cette réglementation et d'ailleurs, plusieurs d'entre eux ont déjà commencé.

— Je suis désolé madame de vous décevoir mais notre position reste la même, nous allons continuer de diriger notre société comme bon nous semble et je considère que cet entretient est terminé. dit Montet en se levant de son fauteuil.

— Si vous refusez de reconsidérer votre position, nous n'aurons pas d'autres choix que de retirer vos permis d'importation.

— À mon avis, vous ne pouvez pas, c'est contre la loi.

LA MENACE

— À partir de ce jour, considérez que vos permis sont révoqués, dit Dany en se levant et en quittant la pièce sans se retourner.

Elle quitta l'édifice et récupéra sa voiture au parking. En voulant s'engager dans la rue, elle vit des voitures qui venaient et du stopper pour les laisser passer. Lorsque la deuxième voiture passa, Dany remarqua une femme au volant mais elle ne put apercevoir son visage, seulement sa chevelure brune, qui ressemblait à celle de Mariette. Elle doivent avoir le même coiffeur, se dit-elle en souriant et roula derrière elle.

Mariette l'aperçu dans son rétroviseur et machinalement, elle mit son clignotant pour indiquer qu'elle allait tourner à droite. À l'intersection, Mariette fit son arrêt et Dany qui suivait, arriva tout près, derrière elle. Dany regarda la chevelure de la femme qui la précédait, elle semblait bien la même que Mariette et lorsque la voiture démarra, une intuition lui dit de prendre note des chiffres de la plaque d'immatriculation.

Mariette tourna à droite mais Dany prit vers la gauche, c'était le chemin qu'elle devait prendre pour retourner à Asnières. La circulation était dense comme toujours sur l'Ile de France et elle prit plus d'une heure pour arriver chez elle.

En passant devant le petit bar, elle récupéra la disquette et monta directement à son bureau. L'écran s'alluma puis le drapeau de l'Union apparut. Elle s'attendait à avoir un message du Conseil mais il n'y en avait pas alors Dany tapa son rapport en mentionnant que le Groupe Eurodétail, refusait la proposition du Conseil et qu'il fallait conformément aux règles, prendre les sanctions qui s'imposaient et lui retirer ses permis d'importation.

À la fin du rapport elle ajouta qu'elle pourrait bien avoir été suivie et inscrivit les chiffres de la plaque d'immatriculation de la Peugeot grise qu'elle avait vue, en demandant de lui fournir l'identification du propriétaire du véhicule.

Elle descendit à la cuisine pour se préparer un café, avant de retourner à son ordinateur et planifier sa journée du lendemain. Elle ouvrit le frigo et se dit qu'elle aurait bientôt à acheter de la nourriture, il n'y avait plus que des restes des repas précédents. Dans le garde-manger, elle trouva des petits gâteaux emballés individuellement et en prit un dont elle ouvrit l'emballage puis alla près de la porte pour le jeter dans le sac à ordure qui était déjà plein à craquer. Dany en attacha l'ouverture et voulut le porter à la poubelle située à l'arrière de la maison mais lorsqu'elle toucha la poignée de la porte, elle se rendit compte que celle-ci n'était plus verrouillée. Pourtant, bien qu'elle n'allait presque jamais dans la cour arrière, elle la vérifiait chaque fois qu'elle avait à sortir.

Tout semblait normal dans la maison dont elle en visitait toutes les pièces, rien ne manquait et rien n'avait été touché. Elle revint à la cuisine et se pencha pour vérifier la serrure de la porte. Elles étaient à peine visibles, mais il y avait des traces, des égratignures sur la peinture et il ne pouvait s'agir d'elle, la porte était toujours verrouillée de l'intérieur. Dany se mit à penser au cambriolage dont elle avait été victime et se demandait s'il n'y avait pas un lien entre les deux incidents.

Le Japon avait encore peine à se relever, son économie était chancelante. De grandes banques japonaises avaient dû remettre leur bilan au début des années 2000, le Japon prenait lentement conscience que dans d'autres pays comme la Chine et la Corée du Sud, l'inflation était réduite au minimum et qu'eux les japonais, qui avaient longtemps été la deuxième force économique mondiale après les États-Unis, en étaient maintenant repoussés au troisième rang,

Tous les premiers ministres qui s'étaient succédés, avaient cherché des solutions pour remédier à la situation délicate du Japon mais rien n'avait réellement été fait pour redresser leur économie. Les indices de prix à la consommation atteignaient des plafonds jamais vus. Les salaires avaient été revus à la baisse, mais les prix montaient toujours et de violentes grèves s'en suivirent et les conséquences se reflétèrent dans toutes les couches de la société japonaise.

LA MENACE

Pour tout ce qu'ils fabriquaient, ils devaient en importer les matières premières. Ils n'avaient pas de pétrole pour produire de l'électricité, pas de forêts pour construire leurs maisons et pas de minerais qu'ils auraient pu transformer en métaux pour la construction des voitures japonaises si prisées dans tous les pays du monde. Leur flotte de bateaux marchands n'existait plus et ils se sentaient isolés, sur les îles du Japon.

Vers les années 2005, de savant stratèges politiques japonais, à la lumière de ce qu'avait accompli les pays d'Europe en unifiant leurs forces économique, avaient avancé l'idée d'une union économique avec des pays voisins, mais cette idée, qui avait été repoussée du revers de la main à l'époque, faisait lentement son chemin dans les discussions des dirigeants du pays. Ils se devaient de trouver rapidement des solutions aux problèmes du Japon.

L'émergence de la Chine avait causé des remous dans les pays industrialisés, les prix y étaient bas et la main-d'œuvre à bas salaire y était nombreuse. Elle fabriquait de tout et avait les richesses naturelles nécessaires pour s'approvisionner en matières premières. Les chinois pouvaient fabriquer ce qu'ils voulaient à bas prix, et n'avaient pas à acheter quoi que ce soit à l'étranger, à l'exception des technologies de pointe, la main-d'œuvre spécialisée était presque inexistante en Chine.

Les chinois attirèrent les investisseurs étrangers avec de grandes promesses de partenariat. Les sommes investies dans la construction d'usines ultramodernes dépassèrent les prévisions de la Chine et le pays fit de grands bonds en avant, que jalousaient secrètement les Japonais.

Les composantes électroniques, les puces, étaient fabriquées à des prix tellement bas que lentement, d'autres pays renoncèrent, en y voyant une injuste compétition. La Chine explosait dans tous les domaines de fabrication. Les textiles, les appareils électriques ou électroniques, les électroménagers, la machinerie lourde et même des matériaux de construction étaient exportés partout dans le monde.

LA MENACE

En 2012, et après de nombreux déboires, ils s'attaquèrent à la fabrication de petites voitures de villes, la série Ming. L'économie de carburant était plus impressionnante encore, que les voitures japonaises. Le Japon et la Corée du Sud, virent leurs ventes baisser sensiblement et cherchaient des solutions à ces carences. Ces voitures chinoises n'étaient pas très luxueuses au début et ressemblaient un peu à la Lada des années 1990 mais, les chinois comprirent très vite et avec l'aide d'investisseurs européens, ils arrivèrent en l'année 2017 à produire des voitures de luxe et là encore, à bas prix. La carrosserie était faite de matériaux composites d'une minceur et d'une légèreté incroyable. L'habitacle était spacieux et quatre personnes pouvaient y prendre place à leur aise.

L'arrivée de ces véhicules chinois, causa de graves problèmes aux autres constructeurs de voitures et ils tentèrent d'en faire interdire l'exportation vers d'autres pays.

Les américains qui s'étaient toujours crus les rois du monde, se rendaient lentement compte que la Chine avait fait des pas de géants et menaçait maintenant, ses propres constructeurs d'automobiles et les emplois qui y étaient attachés.

LA MENACE

CHAPITRE 17

STRASBOURG.

Décembre 2019

La réunion du Conseil européen qui avait commencé le matin, venait d'être ajournée pour l'heure du déjeuner. Dans les salles adjacentes, les délégués des pays membres, replaçaient les dossiers dans leur porte-document et se préparaient à quitter les salles qui leur avaient été réservées.

Tom Oswald était debout et regardait les gens de la délégation française qui discutaient entre eux. Il y avait des femmes parmi eux et Oswald qui les avait observé tout au long de la matinée, se demandait laquelle d'entres elles, serait la plus susceptible de l'aider à identifier Dany Rouzier. Il opta pour une petite femme rousse, qui s'avançait vers la porte de sortie de l'immense salle et d'un pas rapide, s'approcha d'elle.

Excusez-moi madame, vous êtes de la délégation française ? dit Tom Oswald, en essayant de lire son nom sur le badge rouge, qu'elle avait épinglé à sa robe.

LA MENACE

— Oui monsieur, j'en fais partie. Je suis Diane Lebelle, que puis-je faire pour vous monsieur… ?

— Mon nom est Tom Oswald et j'assiste à la réunion à titre d'observateur pour le compte du gouvernement américain et je cherche à retrouver une amie avec laquelle j'ai étudié à Harvard, on m'a dit qu'elle travaille pour le gouvernement de l'Union européenne.

— J'en connais plusieurs en effet, mais il y a plusieurs milliers de fonctionnaires vous savez, comment se nomme-t-elle ?

— Elle se nomme Rouzier, Dany Rouzier et c'est une petite brunette, fin de la trentaine.

— Je suis désolée mais je ne connais pas de Dany Rouzier à la délégation. Vous dites qu'elle est employée par le gouvernement de l'Union ?

— C'est ce qu'on m'a dit.

— Attendez, Suzan est là. Je vais lui demander si elle la connaît.

— Qui est Suzan ? Demanda Tom.

— Elle est déléguée pour la Grande Bretagne et c'est une amie.

Diane alla vers Suzan et l'attira vers Tom en lui parlant.

— Viens Suzan, il y a un joli garçon qui cherche une personne, je vais te le présenter.

— Tom les regardait venir vers lui. Elle étaient toutes les deux de très belles femmes et en d'autres circonstances, il aurait bien voulu aller plus loin et les inviter à aller prendre un verre quelque part. Diane et Suzan étaient maintenant toutes proches de lui.

— Je vous présente Suzan Foster, dit Diane. Voici monsieur Tom Oswald, observateur américain, il cherche une certaine Dany Rouzier, avec qui il a fait ses études à Harvard, tu la connais ?

— Bonjour monsieur. Rouzier, ce nom ne me dit rien. Vous savez pour quelle délégation elle travaille ?

— Un ami m'a dit qu'elle travaille pour le Conseil européen mais je n'ai pas réussi à la retracer. J'aimerais bien la retrouver, nous étions de grands amis à l'université.

— Ah ! Si elle travaille pour le Conseil européen, elle n'est pas déléguée et elle doit se trouver dans l'autre salle, avec les membres du Conseil. Vous pouvez demander à l'un des membres lorsqu'ils reviendront de déjeuner, il pourra certainement vous aider.

— C'est une bonne idée, dit Tom. Je vais essayer de parler à l'un d'eux avant le début de la réunion de cet après-midi.

— Essayez de parler avec monsieur Jean Dicard, Rouzier est un nom très français et cette Dany Rouzier doit certainement travailler pour la France, peut-être pourra-t-il vous aider.

— Je vous remercie toutes les deux pour votre aide, c'est très aimable à vous. J'essayerai de voir ce monsieur Dicard.

— Il y a longtemps que vous l'avez vue, cette Dany Rouzier ? demanda Diane.

— Tom ne s'attendait pas à cette question et se sentit rougir un peu.

— Près de dix ans maintenant, mais je la reconnaîtrai certainement.

— Bon, nous devons aller déjeuner, la réunion se poursuit à quatorze heures, nous avons juste le temps. Au revoir monsieur Oswald et comme vous assistez aux réunions, on se reverra sûrement.

LA MENACE

— C'est certain. Au revoir.

Les deux femmes sortirent de la salle et Tom se félicitait de les avoir rencontré, maintenant il s'adresserait à ce Dicard, il aurait probablement des réponses à ses questions, plus rapidement qu'il le croyait.

Tom alla manger une bouchée et revint se placer près de la porte d'entrée de la salle du Conseil, il ne voulait pas manquer l'arrivée des membres. Il regardait autour de lui, tous ces gens qui allaient et venaient, c'était comme une fourmilière. Il se demandait comment tous ces gens d'origine différente, pouvaient se comprendre et échanger des idées. Dans les salles de réunions, la traduction des débats était simultanée mais à l'extérieur, qu'elle langue utilisait-ils ?

Sans trop s'éloigner de l'entrée, il s'approcha de petits groupes qui discutaient avant la reprise de la réunion. Il marcha lentement, ayant l'air de chercher quelqu'un. Tom écoutait discrètement les brides de conversations qui se déroulaient quelquefois en allemand ou en français, mais il dut se rendre compte que la langue anglaise dominait dans ces conversations.

Ces fonctionnaires savaient depuis longtemps que pour se comprendre, ils devaient s'exprimer en anglais, la langue que tous, avaient étudié comme langue seconde à la petite école.

Tom regarda sa montre, il était treize heures quarante-cinq et les gens commençaient à arriver. Un homme dont les bras étaient chargés de document, s'avançait d'un pas rapide vers la porte de la salle du Conseil. Oswald décida de l'interpeller.

— Monsieur, s'il vous plaît.

L'homme s'arrêta en regardant sa montre.

— Monsieur ?

— Je ne voudrais pas vous retarder, j'ai seulement besoin de savoir si vous connaissez monsieur Jean Dicard qui représente la France au Conseil ?

LA MENACE

— Monsieur Dicard ? Evidemment que je le connais, il arrive justement, c'est lui là bas, avec le costume gris.

— Je vous remercie monsieur.

— Ce n'est rien mais excusez-moi, je suis pressé, la réunion va bientôt commencer.

L'agent de la C.I.A. regarda Dicard qui avançait lentement, tout en discutant avec un autre homme. La foule grossissait rapidement et Tom marcha à sa rencontre.

— Bonjour monsieur, vous êtes bien monsieur Jean Dicard ?

— C'est moi mais je n'ai pas beaucoup de temps, qui êtes-vous monsieur ?

— Je suis Tom Oswald de la délégation américaine. Peut-être pouvez-vous m'aider, je cherche une certaine Dany Rouzier, nous avons étudié ensemble à Harvard, est-ce que vous la connaissez ?

— Les yeux de Dicard devinrent de petites fentes mais il se reprit très vite. Personne ne connaissait Dany et elle ne côtoyait jamais les membres du Conseil. Qui était cet individu et que lui voulait-il à Dany.

— Je suis désolé monsieur, je ne connais pas de Dany... comment dites-vous déjà ?

— Rouzier monsieur.

— Non vraiment, j'ignore qui est cette personne et je dois partir, la réunion va commencer. Au revoir monsieur Oswald.

Tom se tourna, il devait lui aussi regagner sa place, il était quatorze heures. Il était déçu de la réponse de Dicard et se disait que Mathews ne serait pas vraiment satisfait de sa performance, il allait interroger d'autres membres du Conseil, dans le cas où l'un d'eux la connaîtrait.

LA MENACE

Un Dicard songeur, regagna son fauteuil. Il trouvait curieux que quelqu'un s'intéressa à Dany, surtout de la part d'un américain. Peut-être avaient-ils étudié à Harvard ensemble, c'était tout à fait possible mais il allait quand même faire parvenir un message à Dany et lui demander de confirmer ce que l'américain avançait.

*

Le lendemain matin, Dany s'installa à son ordinateur, comme elle le faisait tous les matins et soirs. La disquette avait été inséré à sa place et encore une fois, le drapeau de l'Union apparut, elle vit qu'il y avait un message du Conseil.

Bonjour Dany.

Nous sommes toujours satisfaits de votre travail et les effets se font sentir. Nous allons atteindre nos objectifs plus rapidement que nous l'aurions espéré. Nous ne sommes plus seuls à promouvoir l'utilisation de l'euro, les européens prennent du plus en plus conscience de l'importance de transiger en euros à l'étranger, il est maintenant possible de discerner une certaine complicité à travers tous les pays de l'Union et nous du Conseil, en ressentons une grande satisfaction.

Pour ce qui est du propriétaire de la voiture pour lequel vous nous avez demandé des informations, elle appartient à La Société Souhaits-Pros, spécialisée dans l'imprimerie de cartes de souhaits. Elle est située sur la Rue Lafayette, dans le 1Xième arrondissement de Paris. D'après les renseignements obtenus, cette société y est établie depuis cinq ans et semble en règle. Il peut y avoir eu coïncidence sur la personne, mais restez vigilante et continuez à surveiller vos arrières.

Hier à la réunion du Conseil, un homme de la délégation américaine à posé des questions à votre sujet. Cet homme, un certain Tom Oswald, disait vous connaître et avoir étudié avec vous à Harvard il y a une dizaine d'années. Veuillez nous faire savoir si vous connaissez ce monsieur Oswald et dans la négative, cela pourrait vouloir dire que vous êtes surveillée et qu'ils cherchent à savoir pour qui, vous travaillez réellement et quelles sont vos fonctions.

Nous pensons que ces gens travaillent au hasard et qu'ils cherchent à glaner ici et là, des informations et que vous n'êtes pas la seule personne sur laquelle ils enquêtent. Il serait logique de penser, qu'ils doivent faire des recherches sur plusieurs fonctionnaires simultanément.

Nous vous suggérons de venir passer quelques semaines à Strasbourg, cela pourrait peut-être détourner leur attention et nous pourrions arranger une rencontre privée avec vous. Si vous avez d'autres doutes ou s'il se produisait d'autres incidents, il faut nous en aviser aussitôt. Nous attendons votre réponse au sujet de ce monsieur Tom Oswald.

Message terminé.

Dany n'hésita pas longtemps et répondit au message.

Merci pour votre message. Je vous informe que je ne connais personne du nom de Tom Oswald et il y a dix, j'étudiais à Londres et non à Harvard. Vous pensez à une coïncidence, mais je serais plutôt d'avis qu'ils se rapprochent et je serai prudente.

Selon vos instructions, je partirai pour Strasbourg en début janvier, il me serait agréable de discuter avec vous, autrement qu'au travers de satellites.

Message terminé.

LA MENACE

Dany retira la disquette et alla la remettre à sa place, sous la bouteille de Ricard. En remontant au living-room, elle entendit la sonnerie du téléphone et se hâta pour décrocher l'appareil.

— Bonjour, qui est à l'appareil ?

— Hello ! Dany, c'est Pierre. Comment va la jeune fille de mes rêves ?

— Bonjour Pierre. Je suis contente d'entendre ta voix, tu es à Paris ?

— Oui, Noël approche et je vais rester à Paris pour la période des fêtes, crois-tu que l'on pourrait se voir ?

— Cela me plairait beaucoup, on ne se voit plus.

— On pourrait peut-être passer le week-end ensemble si tu veux, moi aussi j'ai envie de te voir. On fait comme d'habitude, tu me rejoins chez moi vendredi soir ?

— C'est d'accord, j'y serai vers vingt heures, à vendredi Pierre.

— À vendredi Dany, je t'attendrai et te prendrai dans mes bras.

— Soit patient, dit-elle en riant, il reste seulement deux jours.

— Bon, d'accord, je serai patient, tu m'as manqué depuis ces deux derniers mois.

— Moi aussi tu sais, on se voit vendredi.

Dany raccrocha, elle se sentait heureuse de le revoir. Entre eux, il ne s'agissait pas du grand amour, mais elle aimait faire l'amour avec lui, il était un homme très doux, son corps musclé et le son de sa voix la réconfortaient. Ses pensées revinrent vers son travail, deux semaines à Strasbourg, se dit-elle, je dois faire des courses, j'ai besoin de plein de choses.

Comme elle se préparait à sortir, la sonnerie du téléphone se fit entendre une seconde fois.

LA MENACE

— Bonjour Dany, ici Mariette, comment vas-tu ?

— Oh ! Mariette, ça va et toi ?

— Rien de nouveau, le travail et toujours le travail et pas de temps pour s'amuser un peu. Que faisais-tu, aimerais-tu faire un peu de shopping ?

— Justement, je me préparais à y aller. Où es-tu ?

— Je suis au bureau mais je prends l'après-midi, j'ai besoin de me changer les idées.

— Tu pourrais me rejoindre chez moi, ton bureau n'est pas très loin.

— Bonne idée, je serai là d'ici quinze minutes.

— Je t'attends Mariette.

Elles s'étaient revues à plusieurs reprises depuis l'accident et Dany trouvait qu'elles s'entendaient bien. Elle ne lui avait jamais mentionné qu'elle croyait l'avoir reconnue au volant de sa voiture, Dany avait oublié l'incident.

Elle monta à l'étage pour s'assurer qu'elle n'avait laissé aucune trace dans son ordinateur puis descendit enfiler un manteau, on était en décembre et l'air était frais. Elle fit le tour de la maison, vérifia que les fenêtres du rez-de-chaussée et la porte qui donnait sur l'arrière de la maison étaient bien verrouillées.

Comme elle sortait de la maison, elle vit Mariette qui arrivait à la grille d'entrée. Dany s'approcha et lui demanda.

— Où es-tu garée ?

— Pas de chances, ma voiture est à l'autre bout de la rue, je n'ai pas trouvé de place plus près.

— Aucune importance, dit Dany. Prenons la mienne, juste le temps d'ouvrir la grille.

Une semaine après l'accident, Dany avait décidé de changer sa Mercedes pour un modèle plus récent C'était un modèle sport à suspension très basse, mis en marché en 2017, pour damer le pion à

167

LA MENACE

B.M.W., lequel était muni d'un nouveau moteur, plus petit mais d'une grande puissance et elle était munie des derniers gadgets électroniques, repérage par satellite et nombreux autres. Cette nouvelle Mercedes ne ressemblait nullement aux modèles précédents, elle avait été complètement redessinée et ses nouvelles formes, donnaient l'impression d'une voiture du futur. L'arrière était plus large que l'avant et procurait plus d'espace pour le coffre arrière et son nouveau look attirait les regards. Au prix de deux cent milles euros, elles n'étaient pas nombreuses dans les rues de Paris.

Dany appuya sur une petite manette attachée à son porte-clefs, la porte du garage s'ouvrit puis on entendit le moteur de la Mercedes démarrer et la voiture sortit d'elle-même du garage et s'arrêta devant la grille dont Dany avait ouvert la grande porte et les deux femmes s'installèrent à bord.

Une fois les portes refermées, une voix métallique se fit entendre.

— Bonjour Dany, où allons nous ce matin ?

— Où avais-tu l'intention d'aller faire ton shopping ? Dit Mariette.

— J'ai besoin de petites choses, Noël approche et je voudrais acheter un cadeau pour un ami. Que pense-tu des Galeries Lafayette ?

— Bonne idée.

— Bonjour Percy, c'était le nom qu'elle lui avait donné. Nous allons aux Galeries Lafayette.

— Bien, Dany. Attachez vos ceintures, nous partons.

— Moi aussi j'ai des cadeaux à acheter et je ne voudrais pas attendre à la dernière minute avec tous ces gens pressés. Tu t'es trouvé un petit ami ? Demanda Mariette.

Elle savait déjà que Dany verrait Pierre, des micros avaient été installés chez elle et sa ligne téléphonique avait été mise sur écoute. Lorsque Pierre avait téléphoné, Mariette avait écouté leur conversation à partir du local loué par la C.I.A.

> — C'est l'homme dont je t'ai déjà parlé et que je ne vois pas souvent, il est à Paris pour le temps de Noël et nous allons passer le week-end ensemble.

> — Il habite près de chez toi ?

> — Non, il a un appartement dans le XV1ième, mais à vrai dire, il n'y est jamais. Mais dis-moi toi, tu poses beaucoup de questions aujourd'hui? Dit-elle en riant.

> — Tu connais la curiosité féminine, on ne peut pas s'en empêcher.

Elles se mirent toutes les deux à rire et pour quelques secondes, Mariette pensa qu'elle y était allée un peu fort avec ses questions, mais elle avait besoin de gagner du temps, Mathews s'impatientait et une idée lui vint à l'esprit.

> — Pourquoi ne pas arranger une sortie tous les quatre, j'ai moi aussi un petit ami ?

> — Peut-être plus tard Mariette, mais tu sais, Pierre et moi avons besoin je crois de nous retrouver seuls et les occasions ne se présentent pas souvent.

La grille s'était refermée après le passage de la Mercedes, qui roulait maintenant vers l'avenue d'Argenteuil. Dany était bien appuyée à son siège et n'avait pas encore touché au volant. Le tableau de bord comportait des dizaines de voyants lumineux qui clignotaient par intermittence.

Le département de sécurité du Conseil, avait insisté auprès de Dany, pour installer d'autres gadgets électroniques et qui étaient directement relié à l'ordinateur déjà très sophistiqué de sa Mercedes.

Une caméra munie d'un téléobjectif puissant, avait été dissimulée dans l'un des clignotants arrière. Cette caméra, communiquait à l'ordinateur central de la voiture, tous les numéros

LA MENACE

de plaques d'immatriculation des voitures qui suivaient Dany, même à plus de cent mètres.

Les numéros restaient temporairement en mémoire et étaient classés par fréquences et durées d'apparition à l'œil de la caméra. Sur une autoroute, le programme informatique était différent des zones urbaines, et il était normal qu'une ou des voitures en suivent une autre sur une grande distance, la durée d'apparition était allongée, mais si la Mercedes quittait l'autoroute et qu'elle était toujours suivie, le programme urbain était activé.

Advenant qu'un numéro soit capté pour une durée supérieure au temps alloué, l'ordinateur de sa voix métallique, prévenait Dany qu'il y avait des possibilités qu'elle soit suivie. Dany avait alors le choix de reprendre le contrôle de sa voiture et tenter d'échapper au suiveur ou bien de laisser à l'ordinateur, l'initiative des manœuvres à effectuer.

LA MENACE

CHAPITRE 18

Paris, deux jours plus tard.

Mathews était dans son bureau et parlait au téléphone lorsque Mariette frappa un petit coup à la porte vitrée. Il lui fit signe d'entrer et raccrocha.

— Bonjour Monsieur, vous avez demandé à me voir ?

— Bonjour Mariette, prenez un fauteuil, j'ai à vous parler. Avez-vous réussi à obtenir d'autres renseignements au sujet de Dany Rouzier ?

— Je suis allée faire du shopping avec elle il y a deux jours. Nous avons beaucoup parlé et je dois dire que bien qu'elle ne soit pas très bavarde, j'apprends de nouvelles choses chaque fois que je la revois.

— Par exemple ?

LA MENACE

— J'ai posé des questions sur son travail et elle a été plus loquace que les autres fois. Elle m'a dit que ses fonctions consistent à renseigner les grandes sociétés sur les nouvelles politiques sociales que désire mettre en pratique l'Union européenne.

— Politiques sociales ?

— C'est ce qu'elle m'a dit mais j'en doute. Il semble qu'elle n'a pas de lieu de travail bien défini et qu'elle voyage constamment en Europe. Je lui ai demandé si ses supérieurs la traitaient bien et elle répondit qu'elle n'avait pas à se plaindre d'eux, elle ne les voyait presque jamais.

Mathews semblait septique, il ne comprenait pas qu'une employée ne voyait jamais ses supérieurs. Tous les gens qui travaillent, surtout les fonctionnaires, doivent faire des rapports sur leurs activités et il serait contraire à la logique qu'il en soit autrement pour Dany Rouzier.

— Comment se fait-il qu'elle ne les voit presque jamais, à ce qu'elle dit, elle doit bien recevoir des instructions et faire des rapports?

— Je lui ai posé la question, elle est restée évasive sur le sujet mais elle a dit qu'elle allait travailler deux semaines à Strasbourg en janvier prochain. Monsieur, puis-je vous demander pourquoi vous attachez tant d'importance aux faits et gestes de Dany Rouzier ?

— Elle n'est pas la seule que nous ayons à l'œil, il y a des centaines de fonctionnaires sur lesquels nous enquêtons.

— Nous cherchons quoi au juste ?

— En temps normal, je ne discuterais pas de cet aspect avec vous mais je vous dois des explications qui peut-être vous aideront. Je ne sais pas ce que l'on cherche vraiment, des indices peut-être. Washington pense qu'il se trame quelque chose en Europe, qui pourrait porter atteinte à la sécurité de l'Amérique. Les grandes transactions financières et commerciales dans le monde, ont toujours été faites en dollars américains mais depuis quelques années, plusieurs de ces transactions sont effectuées en euros.

— C'est la monnaie des européens et c'est normal non ?

— En Europe oui mais pas ailleurs, nous devons garder le contrôle et le seul moyen, c'est l'utilisation du dollar uniquement. La stabilité de notre devise et notre sécurité financière en dépend.

— Vous croyez que l'euro pourrait constituer une menace pour le dollar ?

— Je ne m'y connais pas beaucoup en ce domaine mais c'est ce que Washington croit et c'est pour cette raison que nous devons en savoir plus sur ce qui se passe en Europe. Continuez à voir Dany Rouzier, de leurs côtés nos agents font de même avec d'autres fonctionnaires et en assemblant tous les petits détails, peut-être arriverons-nous à trouver des réponses.

— Bien Monsieur, je ferai ce que vous me demandez.

— Au revoir Mariette et tenez-moi au courant dès que vous aurez du nouveau.

—

Le vendredi soir, Dany arriva chez Pierre. Depuis les deux derniers jours, elle n'avait pas cessé de penser à lui et découvrait que depuis des années, le sentiment d'amitié qu'elle croyait ressentir pour lui, était d'un autre ordre, plus sincère et plus profond. Elle comprit alors qu'elle l'aimait réellement, ce sentiment qu'elle avait toujours voulu refouler en elle-même et pensait profiter du week-end pour le lui avouer.

Elle portait un jeans et un pull rouge ainsi q'un léger manteau court. Pierre aimait les tenues décontractées et elle ne s'en plaignait pas, les robes et les costumes étaient faits pour la semaine et le travail.

Il vint lui ouvrir au premier coup de sonnette, il avait hâte de la revoir.

Elle était là sur le pallier, muette et immobile à le regarder. Elle attendait ce moment depuis plusieurs mois mais elle était comme figée sur place.

— Ne reste pas là Dany, entre.

— Oh ! Excuse-moi, je te regardais.

— Viens, enlève ton manteau, tu es chez toi ici.

Dany déposa par terre le petit sac de voyage qu'elle avait apporté et qui contenait des articles de toilette et du linge propre, enleva son manteau et le jeta sur un fauteuil près de l'entrée. Pierre s'avança près d'elle, tout près et la prit dans ses bras en l'embrassant tendrement sur la bouche. Leurs langues se caressèrent un long moment, le désir naissait lentement.

— Dieu que tu m'as manqué ma chérie.

— Moi aussi Pierre, tu m'as manqué. Tu n'es jamais à Paris, comment pourrions-nous nous voir plus souvent, dit Dany avec un léger sourire.

Ce n'était pas une question, mais plutôt une remarque taquine qu'elle lui faisait car lui aussi à l'occasion, lui reprochait de n'être pas souvent à Paris.

— Ne recommençons pas à nous lancer des petits messages, dit-il en riant. Je vais nous préparer un apéritif, le repas n'est pas tout à fait prêt et nous avons le temps de bavarder un peu, j'ai tant de choses à te raconter que je ne sais pas par où commencer.

LA MENACE

— Nous avons tout le week-end devant nous, j'ai moi aussi, des choses à te dire.

Ils s'entendaient bien tous les deux et souvent, ils se comprenaient à demi-mot. Leurs pensées se rejoignaient une complicité parfaite s'était installée entre eux. Dany se voyait vieillir seule et cette pensée la rendait triste, elle se disait souvent, qu'il était temps de penser à elle et de songer à une relation plus normale avec Pierre.

Son travail exigeait qu'elle voyage un peu mais jamais pour de longues périodes, deux à trois jours tout au plus. Elle savait que même en ayant un homme plus présent dans sa vie, son travail n'en souffrirait pas et que le Conseil n'aurait rien à lui reprocher pour ce qui est de l'aspect confidentiel de sa tâche.

Elle prit place sur le grand canapé du living-room et appuya la tête sur le haut dossier. Elle regardait dans le vague et revoyait toutes ces années passées seule, où les études et le travail avaient pris toute la place. Pierre revint avec les verres et vint s'asseoir près d'elle.

— Tu sembles un peu fatigué mon chéri, où es-tu allé ces derniers mois ?

— Depuis un an, j'ai beaucoup voyagé entre le Japon, la Corée du Sud et les pays voisins. Les affaires se développent à un rythme fou et on ne sait plus où donner de la tête. J'ai l'impression de vivre dans mes valises et je n'ai plus de temps pour moi, plus de temps pour vivre une vie normale.

— À quarante deux ans, tu es encore jeune, tu pourrais penser à faire un autre travail.

— J'y pense beaucoup depuis quelques temps et comme par hasard, j'ai eu une réunion hier avec les directeurs de la société, ils me proposent un poste de direction à Paris.

— C'est vrai ? S'exclama Dany toute joyeuse.

LA MENACE

— Oui, mais c'est tout à fait par hasard comme je l'ai dis, j'avais justement l'intention d'en discuter avec eux et j'attendais le moment propice. Peut-être avaient-ils compris mes intentions et ils m'ont devancé.

— J'espère que tu as accepté leur proposition ?

— Pas encore, je dois y réfléchir, il y a des points à éclaircir au sujet des tâches que je devrai accomplir ici à Paris et aussi pour une autre raison, dit Pierre en la regardant les yeux.

— Puis-je te demander quelle est l'autre raison ?

— Ce n'est pas facile à dire Dany et ça dépend un peu de toi.

— De moi ! Dit Dany soudain intéressée.

— Oui, de toi.

— Je ne vois pas ce que j'ai à faire avec ton travail.

— Je t'ai dis que ce n'était pas facile, laisse-moi trouver les mots juste. Tu prends un autre verre d'apéro ?

— Je veux bien, dit Dany en lui tendant son verre vide.

Dany se creusait la tête à essayer de deviner cette raison, dont il parlait. Pouvait-il s'agir d'elle, d'eux ? Soudain, elle se sentit rougir et une joie immense l'envahit mais elle voulait le laisser continuer et ne pas lui souffler les mots. Pierre revint avec les verres, contourna la table basse devant le canapé, en essayant d'éviter le regard de Dany et vint s'asseoir près d'elle. Elle remarqua que ses yeux reflétaient une intense nervosité, mêlés d'anxiété et lui toucha la main.

— Détends-toi Pierre, je n'ai pas idée de ce que tu veux me dire, dit-elle en mentant un peu, mais je suis certaine que les mots viendraient lentement à ton esprit si tu étais moins nerveux. Elle l'embrassa doucement sur la joue et il la regarda tendrement dans les yeux, elle comprit alors, qu'il allait enfin lui dire ce qui le mettait dans cet état.

Pierre prit son courage à deux mains, il fallait qu'il lui dise, elle devait savoir ce qu'il ressentait, bien qu'il y avait la possibilité qu'elle le repousse.

— Je te parlais du poste de directeur que l'on m'offre à Paris, je suis vraiment tenté de l'accepter car je suis fatigué de toujours voyager et je voudrais maintenant vivre une vie normale, avec la femme que j'aime, toi Dany.

Dany en fut bouleversée, elle y avait pensé mais elle ne s'attendait pas à ce qu'il aille si directement au but. Son cœur battait la chamade et une larme de joie coula sur sa joue. Elle s'approcha encore plus près de lui, leurs figures se touchaient presque, elle voulait être certaine de ce qui arrivait.

— Tu veux dire que tu m'aimes vraiment ?

— Oui je t'aime vraiment Dany et depuis l'université mais je n'ai jamais osé t'en parler avant, j'avais peur que tu te moques de moi .

— Ce qui arrive est merveilleux mon chéri, j'allais justement te parler de ce que je ressens depuis longtemps pour toi mais que je me refusait toujours à me l'avouer à moi-même.

— Quoi !

-Je t'aime moi aussi mon chéri, je voulais que tu le saches et je pense que c'est tout simplement formidable que l'on aient pensé à se l'avouer au même moment, tu ne crois pas ?

— Mais ton travail, dit Pierre.

— Pour le travail, je crois que le pire est passé et que je voyagerai beaucoup moins dans l'avenir. Tu comprends que je ne peux te donner de détails mais je te demande de me faire confiance. Je dois aller à Strasbourg au début janvier et je devrai y rester deux semaines mais cela n'arrivera pas toutes les semaines, ce n'est que temporaire. Dans quelques temps, je vais moi aussi tenter d'obtenir un poste à Paris et nous pourrons alors être ensemble.

Pierre la prit dans ses bras en la serrant très fort, il était heureux.

— Eh ! Pas si fort mon chéri tu m'étouffes, dit Dany en riant.

Leurs lèvres se croisèrent tout naturellement et ils s'embrassèrent avec fougue. Ce sentiment qu'elle avait refoulé si longtemps, faisait surface et le désir de se donner, s'empara d'elle. Ce qu'ils vivaient maintenant, était différent des moments passés à faire l'amour où le désir physique prédominait, cette fois, il y avait un profond sentiment de tendresse entre eux.

Dany avait toujours laissé Pierre prendre l'initiative des premières caresses, elle voulait que ce moment soit différent, ils venaient de se retrouver vraiment. Pendant ce long baiser, elle laissa doucement glisser sa main vers la cuisse de Pierre.

Il frémit légèrement et la laissa continuer son incursion dans des parties intimes. Il fit de même, lui caressa un sein et tentait maintenant de glisser la main sous son pull. Dany approcha la main vers son sexe, elle toucha la bosse qui se formait dans son pantalon et du bout des doigts, se mit lentement à l'exciter.

Tout en continuant de le caresser, elle se redressa légèrement, un désir incroyable s'était emparé d'elle et le canapé n'était pas le lieu propice à ce qu'elle avait en tête.

— Allons dans ta chambre à coucher, nous y serons mieux.

Elle se leva et lui tendit la main. Pierre n'hésita pas longtemps à la suivre dans la chambre où ils se jetèrent sur le lit. D'un mouvement habile, Dany défit la boucle de ceinture du pantalon de Pierre et ouvrit la fermeture éclair qui la gênait. Pierre était sur le dos et essayait en vain de lui retirer son pull, lequel résistait à ses efforts, les bras et les mains de Dany étaient occupées ailleurs.

LA MENACE

— Ce n'est pas drôle tu sais, tu prends avantage de ton avance sur moi. Dit-il, d'une petite voix à peine suppliante.

— Laisse-moi m'amuser un peu, j'adore ça.

Avec adresse, elle lui ôta son pantalon, qu'elle laissa tomber sur le plancher et s'attaqua à son slip, lequel en glissant, laissa voir son membre dont le volume attira la bouche de Dany.

— Si tu es trop loin pour que je puisse te caresser, retire au moins ce sacré pull qui refuse de m'obéir, dit-il.

— D'accord, d'accord, dit-elle en se relevant à regret de sa position penchée, avec un large sourire aux lèvres. Elle était à genou entre ses cuisses ouvertes et Pierre pu admirer ses merveilleuses courbes.

En retirant son pull, sa tête disparut quelques secondes sous le lainage et Pierre, content qu'elle soit tombée dans son piège, de ses bras musclés, l'attira près de lui et l'embrassa fougueusement sur la bouche. Elle leva les bras et il lui retira son pull rouge qui lui nuisait, pour apercevoir enfin, cette poitrine gonflée par le désir.

Avec deux doigts agiles, il défit l'attache de son soutien-gorge qui alla rejoindre le pantalon sur le tapis de la chambre. Tout en le regardant dans les yeux, Dany lui retira le t-shirt qu'il portait, il était maintenant complètement nu.

D'un mouvement calculé, Pierre se mit à genoux à son tour et Dany jeta avec grand plaisir, un regard vers son sexe grossi par les caresses de sa langue.

— Tu sembles en très grande forme mon chéri, dit-elle avec un petit rire espiègle.

— Attends un peu toi, c'est à mon tour de profiter de la situation.

— Non ! Je n'avais pas encore terminé de caresser ton pénis, ce n'est pas juste.

LA MENACE

— Chacun son tour. Dit Pierre, en lui retirant lentement son jeans qui alla rejoindre les autres vêtements, qui çà et là, jonchaient le sol.

Elle se redressa et de la main, voulut toucher son membre mais il la repoussa doucement, elle avait encore son slip. Il se leva et des deux mains, il glissa le léger vêtement de soie blanche le long de ses jambes et le lui montra en souriant, avant de le laisser tomber sur le plancher. Maintenant, il pouvait la regarder,

Il s'étendit sur elle et commença à la caresser. Doucement, très doucement, il laissa ses doigts vagabonder sur ses seins et s'approcha, pour en mordiller les bouts qui durcissaient. Elle eut de petits soubresauts et ferma les yeux en souriant, prête à se donner entièrement.

Pierre explorait son cou, ses épaules, ses bras et prenait son temps pour jouir de ce moment où elle se laissait aller à ses caresses. Pendant que sa bouche revenait à ses seins, il laissait sa main errer sur la peau douce de Dany et toujours très lentement, il se mit à lui caresser le ventre en un doux mouvement circulaire et laissait volontairement ses doigts effleurer quelques poils au passage.

Des petits frissons parcouraient le corps de Dany et elle commença à se tortiller sous lui et voulu pousser la main de Pierre un peu plus bas, mais il résista. Dany aurait bien voulu qu'il la laisse le toucher où elle en avait envie mais il la connaissait bien, et prenait plaisir à l'exciter en prenant tout son temps.

— Laisse-moi te caresser moi aussi je t'en prie chéri.

— Nous avons tout le week-end mon amour, ton tour viendra.

— Tu crois que je vais attendre à demain pour profiter de toi moi aussi, tu te trompes mon cher, j'ai des droits tu sais, dit-elle en riant très fort.

— Laisse-moi de découvrir chérie, il y a si longtemps que nous n'avons pas fait l'amour.

LA MENACE

Sa main descendit plus bas sur son pubis et ses doigts touchèrent légèrement les lèvres de sa vulve mais remontèrent pour continuer à caresser son ventre. Maintenant sa bouche descendait, s'approchait de son ventre et sa main se promenait sur le haut de sa cuisse et sa hanche mais ne s'éloignait pas de son entrejambe.

Il dû changer de position pour qu'elle puisse entrouvrir les jambes, il voulait aller plus loin dans l'exploration de ce corps merveilleux mais Dany profita de ce moment pour bondir et prendre son sexe à pleine bouche. Ils étaient maintenant tous les deux à genoux sur le lit et Pierre ferma les yeux, pendant qu'elle faisait des mouvements de va-et-vient avec sa bouche et roulait sa langue autour de son gland gonflé de désir.

> — Ah ! Ce que c'est bon ma chérie, tellement bon mais ne va pas trop vite, après c'est mon tour, dit-il en grimaçant de joie.

Elle retira le pénis de sa bouche et leva la tête pour le regarder avec un sourire moqueur.

> — Ne t'en fais pas mon cher, je sais quand m'arrêter et je ne voudrais pas que tu jouisses trop vite, je veux y arriver en même temps que toi.

Elle le poussa doucement pour qu'il tombe sur le dos et pose sa tête sur l'oreiller puis se plaça de côté, de façon à ce qu'il puisse la toucher et se remit au travail en émettant des petits sons, remplis de plaisirs. D'une main Pierre lui caressa un sein et de l'autre, il tenta d'atteindre son bas-ventre mais elle n'était pas assez près de lui alors il leva son torse, mit la main sur les fesses de Dany et d'une légère pression des doigts, l'attira plus près de lui.

Elle ne se fit pas prier longtemps, et ouvrit ses cuisses, laissant la main de Pierre remonter lentement vers sa vulve. Le plaisir montait en elle et il constata qu'elle était mouillée. Habilement, il fit bouger son doigt et la masturba doucement pendant que son bassin frémissait et que des grognements sourds, s'échappaient de sa gorge.

LA MENACE

— Arrête chérie, je vais jouir bientôt et tu en auras partout
dans la figure.

Dany s'arrêta à regret et vint s'étendre près de Pierre et colla
son corps au sien, en se servant de sa cuisse pour effleurer son
membre durci. La tête appuyée au creux de son épaule, elle
promena sa main sur son torse, profitant de ce moment de grande
tendresse. Il embrassa ses cheveux et l'entourât de ses bras en la
serrant contre lui, satisfait qu'elle se soit arrêtée à temps, il n'aurait
pas pu se retenir plus longtemps.

> — Je suis heureuse d'être avec toi mon amour, je regrette
> qu'il m'ait fallu tant d'années pour comprendre que je
> t'aimais vraiment.

Pierre se tourna vers elle, lui toucha la joue et les cheveux en
la regardant tendrement. Il était heureux lui aussi, la réaction
positive de Dany à ce qui ressemblait un peu à une demande en
mariage et l'aveu de son amour pour lui, était l'aboutissement de
ses rêves secrets. À plusieurs reprises, il avait tenté de lui déclarer
son amour mais à chaque fois, il avait reculé en pensant qu'elle
s'éloignerait de lui et c'est ce qu'il redoutait le plus. Maintenant il
voyait l'avenir avec d'autres yeux, bien conscient du sérieux de
l'engagement tacite qu'ils venaient de prendre.

> — Ne te reproche rien Dany, les occasions d'en discuter
> étaient plutôt rares et on était toujours pressés de
> satisfaire nos désirs, sans prendre le temps de penser
> aux années qui passaient.

Leurs bouches se touchèrent et un baiser fougueux s'ensuivit,
le désir refaisait surface. Il embrassa le bout de ses seins et caressa
son corps de sa main baladeuse, en glissant doucement vers son bas
ventre. Sa langue s'arrêta à son nombril et continua lentement sa
descente vers le sexe de Dany qu'il caressa à pleine bouche.

Dany sentit monter une chaleur apaisante et tenait la tête de
Pierre à deux mains en la dirigeant vers les points où elle souhaitait
être caressée. Ses hanches bougeaient doucement et son bassin se
soulevait et descendait en suivant les mouvements de sa langue.

LA MENACE

Une long gémissement se fit entendre et Dany se tordit de bonheur en ouvrant et fermant ses cuisses, emprisonnant la tête de Pierre qui s'abreuvait à elle, tentant d'aller plus loin avec sa langue, tout comme s'il avait voulu que Dany entre toute entière dans sa bouche.

Il entendait ses plaintes mais continuait à déguster ce nectar délectable qui l'enivrait, il s'oubliait totalement pour penser à elle et prolonger les spasmes qui l'agitaient. Après une dernière longue plainte, Dany se calma et saisit la tête de Pierre pour qu'il remonte vers elle et l'embrassa tendrement tout en dirigeant son sexe vers l'entrée humide de son vagin.

Il la pénétra doucement, sans la brusquer et Dany émit un râle de satisfaction pendant que Pierre allait et venait en elle d'un mouvement lent mais constant. Leur langue s'enroulèrent frénétiquement, ils ne formaient plus qu'un, dans ce moment d'extase, empli de tendresse.

Pierre la regarda s'enivrer de cette chaleur au fond d'elle qui s'étendait à tous ses membres et qui la faisait tressaillir, dans une suite d'interminables petits frissons de joie. Leurs mouvements devinrent plus rapides des sons inaudibles s'échappèrent de leur gorge, ils étaient au bord de l'orgasme. Pierre sentit une douce chaleur l'envahir et leurs yeux s'ouvrir, chacun désirait voir l'autre arriver au sommet de l'ivresse.

— Ça y est ma chérie, rejoins-moi.

— Oui mon amour j'arrive moi aussi Ohhhh !…

Les mouvements de hanches s'accélérèrent et le sperme gicla au fond d'elle au moment même où Dany émit un long cri d'exaltation, le corps secoué de spasmes indescriptibles.

Ils restèrent un moment enlacés, les battements de leur cœur étaient au maximum puis couverts de sueur, ils s'étendirent tout près l'un de l'autre, se tenant la main pendant que leur respiration haletante s'apaisait, Dany émit un long soupir de satisfaction

— J'ai faim, dit-elle.

LA MENACE

LA MENACE

CHAPITRE 19

2023

Partout dans le monde, grandissait l'influence de l'Europe et l'Asie du Sud-Est n'y échappait pas. La Malaisie, la Thaïlande et l'Indonésie, qui traditionnellement avaient préféré l'Amérique, se rapprochaient maintenant de l'Europe. Les échanges commerciaux étaient plus nombreux et les européens y injectèrent des milliards d'euros. La Malaisie, malgré son mélange de cultures, dont la capitale Singapour était toujours une ville très propre et extrêmement développée au niveau de ses infrastructures industrielles, attirait les investisseurs européens où plusieurs sociétés y avaient établis des bureaux dans de nouvelles tours qui avaient été construites pour répondre à la demande de nouveaux locaux. Kuala Lumpur avait relocalisé les habitant de ses bidonvilles où poussait maintenant des industries oeuvrant dans la haute technologie des microprocesseurs.

À Ban Kok en Thaïlande, la ville avait non sans heurts, aussi nettoyé ses bidonvilles et offrait une toute autre image de sa culture aux nombreux touristes européens. Les monuments, temples et autres vestiges qui étaient les témoins d'un lointain passé, avaient été restaurés et faisaient la joie des nombreux photographes en herbe qui sillonnaient la ville et ses environs.

En Indonésie, Jakarta qui avait longtemps été la plus pauvre, était une autre ville que les euros avaient aidé à développer et où de nombreuses entreprises industrielles, poussaient comme des champignons.

Dans plusieurs grande villes d'Asie du Sud-Est où l'influence américaine bien qu'encore présente avait longtemps dominé, émergeait celle des européens, dont les manières de négocier étaient tellement différentes des américains, moins froides et intransigeantes et se rapprochaient de leurs cultures, plus souples et presque amicales.

De nombreuses rencontres entre les dirigeants des pays du Sud-Est Asiatique avaient eut lieu depuis les dix dernières années, ils cherchaient un certain rapprochement qui les unirait à moyens termes dans un plan de développement commun, une nouvelle forme de coopération économique. Sans s'en douter, ils allaient dans la même direction qu'avait suggéré le stratège japonais quelques années auparavant.

Malgré les différentes cultures, ils avaient beaucoup de liens qui les rapprochaient. Leurs économies respectives progressaient constamment mais sur plusieurs produits qu'ils fabriquaient et exportaient, la compétition était vive et les prix gardés très bas affectaient les profits estimés.

Ils en venaient à la conclusion, qu'en travaillant en ensemble et en se partageant les divers marchés, la compétition pourrait être éliminée et les prix à l'exportation atteindraient des niveaux plus rentables. Les profits engendrés serviraient au développement social et économique, à la santé et l'éducation.

Bien entendu, ils gardèrent secrète leurs intentions, il leurs faudrait d'abord convaincre leurs compères politiciens, du bien fondé de la conclusion à laquelle ils en étaient arrivés. Ils allaient devoir aussi prendre toutes les précautions pour ne pas bousculer le peuple, dont une certaine génération encore ancrée dans le passé, pourrait leur donner du fil à retordre.

Ailleurs dans le monde au même moment, avaient lieu des réunions similaires dont les buts étaient peu éloignés des résultats escomptés par les pays d'Asie du Sud-Est. La Corée du Nord et la Corée du Sud avaient enfin réussi à s'entendre et la disparition du régime communiste en Corée du Nord avait favorisé la réunification des deux pays.

L'économie du Sud avait progressé à un rythme fou mais le Nord, dont les années de communisme en avait empêché le développement, commençait à remonter la pente, aidé par le mouvement des populations et des capitaux dans le pays tout entier.

La Corée était maintenant ouverte, à une certaine forme d'union commerciale avec ses voisins tels le Vietnam, où le régime communiste avait aussi été remplacé, le Cambodge et le Japon. Mis à part le Japon, il y existait toujours des problèmes politiques causés par les frontières communes, mais les conflits armés n'existaient plus et ils en arrivaient toujours à trouver des solutions pacifiques.

Les américains qui étaient toujours aussi chauvins et protectionnistes, contrôlaient l'entrée sur son territoire, de tous les produits fabriqués à l'étranger. Pour beaucoup de produits européens des droits compensatoires étaient exigés, sous prétexte que les prix étaient trop bas et nuisaient à leur propre production intérieure. Le fer entre autre, était particulièrement visé depuis 2001 tout comme le bois d'œuvre canadien et les pressions politiques et les déclarations de l'O.M.C. (*Organisation Mondiale du Commerce)*, ne les faisaient pas bouger, les américains croyaient qu'ils détenaient la vérité.

Les européens ripostèrent avec des sanctions semblables, lesquelles touchèrent l'économie de plusieurs états de l'est des États— Unis. Le boycott du jus d'orange de la Floride, des fruits de la Georgie et des cigarettes de la Virginie, affectait politiquement les sénateurs des régions touchées. Des droits compensatoires furent imposés par les européens sur certains produits en

LA MENACE

provenance des États-Unis dont les bas prix reflétaient une forme de *dumping*, ils leurs rendaient la monnaie de leurs pièces.

Les relations commerciales commençaient à s'envenimer et des tensions politiques émergèrent de toutes parts. Même aux États— Unis, des voix s'élevèrent pour protester, mais l'administration américaine refusait d'écouter les experts, dont les rapports arrivaient quotidiennement sur le bureau des conseillers à la présidence.

Les syndicats de l'industrie sidérurgique américaine étaient puissants et représentaient un très grand nombre de votes aux élections présidentielles. Le président qui était un républicain qui tenait à son image et à sa réélection, estimait que les quelques emplois perdus dans les états de l'est, où des sénateurs démocrates avaient été élus, ne pouvaient lui nuire que très peu politiquement et décida avec ses conseillers, de rester sur ses positions.

Les pays arabes continuèrent à déverser des flots de pétrole dans le monde et les prix étaient stables autant en Europe qu'en Amérique.

L'attaque en 2003 de l'Irak par les américains et l'Angleterre, malgré l'opposition de la communauté internationale et l'O.N.U., avait suscité de grandes protestations mais avait aplani les tensions qui existaient à l'époque sur la possession par Saddam Hussein d'armes biologiques à destruction de masses. Ils avaient eu raison et des dizaines de laboratoires de fabrication de ce type d'arme, avaient été découverts dans le pays. Saddam Hussein avait fui en hélicoptère vers un pays voisin, quelques heures avant l'arrivée des première colonnes blindées de la coalition États-Unis et Angleterre.

Après deux ans d'occupation, les deux armées de retirèrent et des élections libres furent organisées pas l'O.N.U., la dictature était chose du passé et la joie de vivre revint dans les rues de Bagdad.

Au Moyen-Orient, Yasser Arafat qui avait retenu la leçon infligée à l'Irak, devint plus conciliant avec Israël mais la maladie eut raison de lui au début de 2004 et il ne fut pas un martyr comme l'auraient souhaité certains musulmans radicaux, mais les attentats suicides diminuèrent après le retrait partiel des territoires occupés par l'armé d'Israël.

L'O.N.U. avait posté des troupes dans la bande de Gaza qui devint une zone tampon et plus personne n'eut de raisons de continuer à lancer des pierres, les hostilités s'arrêtèrent d'elles-mêmes et les enfants retournèrent à l'école. Les européens recommencèrent à s'intéresser à la Palestine, en y investissant d'énormes quantités d'euros, à fin de se démarquer des américains qui eux, continuaient à supporter Israël.

Le Sud du Liban reprenait lentement vie, après avoir un peu copié l'exemple d'Israël, en se concentrant sur le développement de l'agriculture en serres et l'élevage de bétail et de volailles et les européens expédièrent des milliers de tonnes d'engrais pour enrichir les sols arides de ces régions

Dans les autres pays musulmans comme la Libye, où le Colonel Kadhafi avait été assassiné par l'un de ses proche, le Yémen et l'Iran, les passions se calmèrent et en regardant leurs pays frères s'attaquer au développement de l'aspect social et au bien-être de leurs populations, ils prirent conscience que s'ils ne réagissaient pas rapidement, le retard ne serait plus rattrapable. L'Union européenne regardait d'un bon œil, les changements qui s'opéraient avec les années en Asie et au Moyen-Orient et en profitait pour élargir son influence dans ces pays.

Les cambistes internationaux qui avaient longtemps préféré le dollar voyaient la montée de l'euro et commencèrent à s'y intéresser de plus près. Depuis le début des années 2000, alors que un euro représentait environ quatre-vingt dix pour cent du dollar à son entrée sur les marchés européens, la monnaie européenne en valait près de vingt pour cent de plus, et il fallait en 2020, 1,1970 dollar pour acheter un euro. Sa stabilité était reconnue partout dans le monde mais le dollar fluctuait toujours, et les américains commençaient à s'en inquiéter. D'autres grands scandales financiers, ajoutés aux précédents de l'année 2002, avaient ébranlé l'économie américaine. De grandes entreprises fermèrent leurs portes et les mises à pieds qui s'en suivirent, affectèrent le taux de chômage qui s'était presque toujours maintenu aux environs des quatre et cinq pour cent, il grimpa alors à près de dix pour cent.

Lorsque l'Union européenne demanda le retrait par les États-Unis de tous leurs militaires stationnés dans les bases en Europe, il y eut une forte grogne chez les Yankees mais ils n'eurent pas le choix, ils étaient en territoire européen et l'Union pouvait exiger le départ des troupes américaines. L'Union des Forces de Protection européennes prirent possession des bases vacantes et y installèrent leurs soldats et leur matériel militaire.

Depuis l'attaque de l'Irak par les États-Unis et l'Angleterre, il n'y avait plus eu de guerre sur la planète et les militaires américains retranchés dans les dernières bases américaines restantes, continuaient à astiquer leurs armes qu'ils n'avaient pas à utiliser.

La Chine avait fait des progrès énormes en matière économique et les nouveaux dirigeants qui étaient plus jeunes et dynamiques que le clan des vieux, commença à ouvrir ses frontières sur l'Europe en permettant des échanges commerciaux qui étaient interdits dans le passé. Les entreprises chinoises pouvaient désormais négocier directement les prix avec les sociétés étrangères, l'organisme gouvernemental qui avait été mis sur pieds pour fixer les prix avait été aboli et après des milliers d'années de soumission, les hommes d'affaires chinois, pouvaient travailler librement et gérer leurs sociétés sans ingérences de l'état. La Chine voulait se moderniser et approcher le standard de vie des pays libres, mais elle restait communiste et la bureaucratie était encore lourde. Les Nord-américains étaient encore bien présents en Chine, ils avaient été les premiers à y investir des dollars et ils auraient voulu garder cette préséance mais c'était un très grand pays et il y avait tant à faire, les européens prirent leur place et aidèrent les chinois à développer leurs ressources.

Pendant ce temps, la Chine avait copié et utilisé à des fins militaires, la haute technologie développée par les américains et les japonais et bien qu'il n'y avait pas de guerres à l'horizon, des centaine de millions d'hommes, étaient prêts à se battre, à défendre leur pays contre une invasion militaire hypothétique.

Elle était devenue le troisième pays le plus puissant de la planète, après les États-Unis et l'Union européenne. Les armes nucléaires n'étaient plus brandies comme menace de représailles et l'Inde et le Pakistan, ennemis de toujours, avaient calmé leurs ardeurs à la guerre. À l'image du reste du monde, ils travaillèrent à développer leurs industries et aider leurs populations, lesquelles en avaient un grand besoin.

Dany Rouzier travaillaient pour l'Union européenne depuis cinq ans maintenant, elle avait accomplit une tâche énorme mais ses supérieurs considéraient qu'elle devait continuer. Pierre avait vendu son appartement et habitait avec elle dans la petite maison d'Asnières. Il ne voyageait presque plus et ses heures de travail lui permettaient d'être présent près d'elle. De son côté, la fréquence de ses absences avait été sensiblement réduite et elle allait à Strasbourg de façon plus régulière mais n'y restait pas plus de trois ou quatre jours.

Maintenant que Dany et Pierre habitaient ensemble, Mariette se faisait plus discrète et ne venait plus à la maison d'Asnières mais elles se parlaient au téléphone et se donnaient rendez-vous ici et là, pour faire du shopping ou bavarder un peu. Mariette ne cessait pas de poser des questions à Dany mais celle-ci s'y était habituée, considérant que c'était de la simple curiosité féminine et répondait à certaines questions qui semblaient anodines mais restait fermée ou évasive, sur des sujets plus précis.

Les micros qui avaient été installés chez Dany fonctionnaient toujours, ils étaient puissants et les piles minuscules qu'ils renfermaient, pouvaient transmettre pendant des années. Les conversations captées n'avaient rien apporté de nouveau et Mariette avait eu instructions de garder le contact, malgré les nombreux dossiers qu'on lui confiait. Mathews ne lâchait pas et avait toujours des doutes au sujet des réelles fonctions de Dany, il croyait qu'un jour elle se laisserait aller à la confidence, ou bien que les micros feraient preuve de leur utilité.

LA MENACE

LA MENACE

CHAPITRE 20

Tout allait bien pour Dany et Pierre, ils vivaient heureux et tentaient de rattraper les années perdues où ils s'étaient cachés leurs sentiments et jamais, Pierre ne posait des questions ou essayait d'obtenir des détails sur le genre de travail de Dany. Les choses avaient été clarifiées au début de leur vie commune, les déplacements de Dany étaient peu nombreux et toujours de courtes durées, presque tous les soirs ils se retrouvaient pour le dîner et les soirées, où l'amour était présent.

Un jour, Dany l'avait appelé au téléphone pour lui dire qu'elle arriverait plus tard dans la soirée, elle avait raté son vol Strasbourg Paris et devait attendre le suivant.

Pierre avait du temps devant lui pour préparer le repas que normalement ils faisait ensemble et décida de prendre un apéro et de regarder le journal télévisé. Il descendit au bar et se demanda quoi boire. Le choix était assez vaste, il y avait un peu de tout et pour tous les goûts.

LA MENACE

Il ouvrit le petit frigo, il y avait de la bière et du vin blanc mais Pierre fut plutôt tenté par l'anisette regardant sur la tablette, il vit du Ricard. Il prit la bouteille et sans la soulever, la glissa vers l'avant, faisant ainsi tomber la disquette de Dany.

Il le prit entre deux doigts et le regarda de plus près. Qu'est-ce que ça vient faire ici ? Se demanda-t-il. Pierre savait ce que c'était, il en utilisait depuis peu à son bureau mais le fait de le trouver sous une bouteille dans le petit bar, aiguisa sa curiosité. Il le mit dans la poche de sa chemise, puis attrapa la bouteille et monta à la cuisine.

Le verre à la main, il grimpa les marches vers l'étage du dessus et s'installa à son ordinateur situé juste à côté de celui de Dany, le mit en marche et inséra la disquette.

La communication s'établit avec les satellites, le drapeau de l'Union européenne apparut et au centre de l'écran, un petit tableau avec des petits pointillés, « *Mot de passe.* » Bien sur, il l'ignorait et le retirant de l'orifice, il le remit dans sa poche, ferma son ordinateur et descendit écouter le journal télévisé, il le montrerait à Dany durant le repas.

Une heure plus tard, Dany arriva à la maison et ils s'embrassèrent tendrement.

— Tu as eu une dure journée ma chérie ?

— Je suis épuisée, je passe plus de temps dans l'avion ou dans la voiture qu'au travail.

— Je sais ce que c'est, je l'ai vécu tu sais.

Pierre la prit dans ses bras et l'embrassa tendrement un baiser qu'elle lui rendit avec une fougue à laquelle il ne s'attendait pas. À chacun des jours qui passaient, il était heureux de constater que leur amour conservait cette forme de passion qui les avait animés au tout début.

— Je n'ai encore rien préparé pour le dîner tu veux que nous allions au restaurant ? Dit-il.

— Je n'ai pas vraiment faim mon chéri j'ai mangé dans l'avion.

LA MENACE

— Bon, on prend un apéro puis je me préparerai un sandwich, je n'ai pas très faim moi non plus.

— Va pour l'apéro mon beau Pierre.

Ils passèrent au salon et Dany vit la bouteille de Ricard sur la table basse, devant le canapé. Elle se retourna et le regarda, en espérant qu'il n'avait pas découvert la disquette. Leurs regards se croisèrent mais Pierre ne parla de rien sur le moment, préférant attendre plus tard dans la soirée.

— Je vais chercher des verres au bar, dit Dany en se levant.

— Il y en a à la cuisine.

— Je préfère les verres du bar pour l'apéro, je reviens dans une minute.

Elle ne lui laissa pas le temps d'ajouter autre chose et descendit au bar. Son cœur battait fort, elle souhaitait que la disquette soit restée sur la tablette à sa place habituelle.

Dany passa les doigts sur la tablette qui était plus élevée qu'elle mais il n'y avait rien, Elle regarda machinalement par terre, espérant qu'il soit tombé sans qu'il le remarque, elle ne le trouva pas. Elle remonta à l'étage et s'approcha de lui avec un air plein de questions.

Pierre savait ce qu'elle allait demander et mit deux doigts dans sa poche de chemise pour en retirer l'objet qu'elle cherchait et le lui montra dans le creux de sa main. Dany s'en empara rapidement et l'examina pour vérifier s'il n'avait pas été endommagé, il semblait intact.

— Pourquoi as-tu pris la disquette ? Lui dit-elle avec une voix sévère.

— Chérie, elle est tombée lorsque j'ai pris la bouteille de Ricard, j'ignorais que ce petit disque avait une telle importance pour toi.

— Tu as essayé de voir ce qu'il y avait dessus ?

LA MENACE

— Simple curiosité ma chère, je voulais savoir mais j'ai vu qu'il fallait connaître le mot de passe.

Elle alla s'asseoir tout en gardant la disquette serrée dans sa main, réfléchissant à ce qu'elle allait lui donner comme explication. Les instructions du Conseil européen avaient été claires, elle ne devait pas discuter de certaines facettes de son travail. Elle lui devait une explication mais ne devait rien dévoiler. Pierre la regardait chercher ses mots et ne dit rien, elle ne pouvait pas garder le silence, la découverte inattendue du disque, ne représentait rien de dramatique pour lui mais il voulait savoir pourquoi elle le cachait à cet endroit.

— Je suis désolé Dany, je ne croyais pas que cela allait te bouleverser à ce point.

— Ce qu'il y a sur ce disque est confidentiel Pierre et je ne peux pas t'en parler, cela regarde mon travail.

— Pourquoi le cacher en bas alors ?

— Il est là depuis longtemps, je ne savais pas où le cacher ailleurs.

— Ton ordinateur est là haut, il serait normal que ce disque soit tout près, tu ne crois pas ?

— Je sais mais je ne dois pas courir le risque que quelqu'un le découvre. Je ne t'en ai jamais parlé mais la maison a déjà été cambriolée, tout était à l'envers mais ils ne l'ont pas trouvé et c'est ce qui est important.

— Qui ils ?

— J'ignore qui ils sont Pierre, nous le découvrirons peut-être un jour mais j'ai besoin de ce disque, c'est vital pour mon travail.

— À quoi il sert ?

— À communiquer avec mes supérieurs et je ne peux pas t'en dire plus, c'est confidentiel.

LA MENACE

— Mais nous vivons ensemble Dany, nous n'avons jamais eu de secrets l'un pour l'autre et tu trouves cela normal de me cacher ce que tu fais ?

— Je ne fais rien d'illégal rassure-toi mon chéri, j'accomplis les tâches que l'on me confie, c'est tout.

— Si tu as déjà été cambriolée, c'est qu'ils cherchaient à apprendre quelque chose sur toi et tu es peut-être en danger, tu ne crois pas ?

— Je t'avoue que je n'ai jamais pensé à cet aspect, mis à part la fois où je crois avoir été suivie.

— Tu as été suivie ?

— Je te dis que je crois l'avoir été mais je n'en suis pas certaine et depuis, je n'ai plus rien remarqué de suspect.

— C'est bizarre ce que tu me racontes, tu as été cambriolée puis suivie et tu ne te fais pas plus de soucis qu'il le faut ?

— Je ne crois pas qu'il y ait quoi que ce soit de dangereux dans ce que je fais comme travail, ce serait compliqué à expliquer et je te répète que je ne peux pas en discuter.

— Si tu le dis, je te crois et je ne te poserai plus de questions à ce sujet mais il n'empêche que j'ai quand même le droit de m'inquiéter à ton sujet, dit Pierre en s'approchant d'elle pour lui baiser le front.

— Je suis heureuse que tu n'insistes pas mon chéri, dit Dany. Il y a des fois où je voudrais t'en parler, j'ai une grande confiance en toi et je t'aime mais pour le moment du moins, je ne peux pas. Si la situation évolue de façon positive, je te dirai ce que j'ai accompli, je te le promets. Tout ce que je peux te dire, c'est que c'est pour le bien de l'union européenne que je fais tout cela et que j'en suis fière.

LA MENACE

— N'en parlons plus mon amour, j'attendrai le moment venu maintenant. je dois manger quelque chose, mon estomac me lance des petits cris.

— Je dois trouver un autre endroit pour le cacher car si tu l'as trouvé, d'autres pourraient le trouver aussi.

— Pourquoi pas quelque part dans le garage ? Dit-Pierre.

— Je ne sais pas encore, mais je trouverai bien un endroit où il sera impossible de le découvrir.

— Je te fais confiance mais n'oublies pas que je l'ai trouvé.

— C'était par pur hasard.

— Oui, mais je l'ai trouvé quand même, dit Pierre en se rendant à la cuisine en souriant.

— Je trouverai bien un endroit sûr et cette fois tu ne le découvriras jamais

— On verra.

—

Quelque part, dans un appartement du boulevard d'Argenteuil, une voix s'éleva toute joyeuse.

— Je crois que ça y est.

— Tu as quelque chose ? Dit l'homme qui se nommait John Weiser.

LA MENACE

— Oui enfin, je viens de capter quelque chose d'intéressant, écoutez cela.

Le jeune agent appuya sur une touche puis la bande se mit à tourner et les voix de Pierre et Dany se firent entendre. Au début, la conversation semblait anodine mais lorsque Dany parla du disque, l'homme aux cheveux gris s'approcha plus près de l'appareil. La bande défilait lentement et le plus âgé prenait note de points précis.

Les micros avaient fait du bon travail, les voix étaient nettes et bien audibles et donnaient l'impression aux deux hommes qu'ils étaient dans le living-room avec Dany et Pierre. Le jeune agent avait toujours le casque d'écoute sur la tête et continuait d'écouter les paroles provenant de la maison de la rue voisine, pendant que l'autre écoutait la bande.

Ce magnétophone pouvait enregistrer tous les bruits, toutes les paroles prononcées et même les murmures. Les deux hommes n'avaient pas à être toujours présents dans l'appartement, l'appareil pouvait enregistrer sur une durée de sept jours entiers. Des micros avaient été cachés partout dans la maison et toutes les pièces en étaient munies, sauf le bar et le garage.

La conversation enregistrée s'arrêta sur les mots « on verra,» et l'homme aux cheveux gris sembla satisfait en relisant ses notes.

— C'est bien Charlie, cette fois nous tenons une piste. Je dois m'absenter, reste à l'écoute et appelle-moi sur mon portable si tu as du nouveau. Il fit une copie de la bande enregistrée et quitta la pièce.

John prit sa voiture et se rendit directement au bureau parisien de la C.I.A.. Il était tard dans la soirée mais Mathews y était toujours, à compiler les informations obtenues à l'aide de micros, dans les résidences d'autres fonctionnaires de l'Union et du Conseil européen.

Il y avait aussi, les rapports de filatures de ses agents et ils étaient nombreux ces rapports, emplis de détails, d'heures, de lieux et d'impressions personnelles. Mathews tenait à connaître ces impressions et ces sentiments bien humains, qui donnaient quelque fois, une toute autre image des situations. Tout ce que ses agents observaient, devait être noté avec précision, même les détails les plus anodins, pouvaient être utiles.

John Weiser arriva en trombe et entra sans frapper dans le bureau de Mathews.

— Qu'y a-t-il John, tu sembles pressé.

— Je crois que nous avons une piste sur cette Rouzier, il s'agit d'un petit disque, qu'elle utilise pour communiquer avec ses supérieurs immédiats, viens, on va écouter la bande ensemble, c'est intéressant tu verras.

— O.K., allons dans la salle d'écoute, à cette heure–ci, tu ferais bien de ne pas me déranger pour rien, j'ai eu une dure journée et j'allais quitter, je suis épuisé.

— Tu verras, cela en vaut la peine.

John Weiser actionna la commande à distance et la bande se mit à tourner lentement, faisant entendre la conversation de Dany et Pierre. Les deux hommes s'étaient assis à une table et écoutaient en silence.

Une fois la copie de l'enregistrement terminée, Mathews la fit redémarrer une seconde fois et l'écouta entièrement à nouveau. Il était soucieux et à certaines étapes du déroulement de la bande, il fronçait les sourcils. John le regardait sans rien dire, il savait que Mathews analysait tous les mots prononcés et que dans ces conditions, il détestait être interrompu dans ses pensées.

Il recommença une troisième fois, en stoppant la bande à des moments précis et en prenant des notes, sa phobie des détails le reprenait de nouveau. John restait toujours silencieux et attendait que Mathews ait terminé, bien conscient qu'il décèlerait certains détails que lui John, aurait laissé passer, sans les remarquer.

Mathews classa les passages en les numérotant par priorité avec un crayon de plomb. Parfois, il changeait la disposition des bouts de phrases et les numérotait différemment puis une fois terminé, il s'adossa à son fauteuil en mettant le bout du crayon sur le bord de ses lèvres. Son regard allait de ses notes à John et revenait, les yeux réduits à de petites fentes.

John, je veux que tu appelles Charlie à l'instant et demande lui de rester à l'écoute toute la nuit s'il le faut, il devra nous communiquer dans les secondes qui suivent, tout ce qui peut sembler intéressant. Nous, on va discuter des meilleures façons d'utiliser cette information.

— Je le préviens tout de suite.

LA MENACE

LA MENACE

CHAPITRE 21

Le même soir.

Ils étaient au lit avec chacun un bouquin à la main, tout comme ils le faisaient souvent les soirs avant de s'endormir.

— Mon chéri, il faut que je te dise quelque chose.

— Tu veux me parler de ce disque ?

— Non. Ce que je voudrais t'annoncer c'est ce que j'ai appris ce matin à Strasbourg.

— De quoi parles-tu ?

— Je dois me rendre en Chine bientôt pour environ deux semaines. J'ai du travail qui m'attend à Beijing.

— En Chine ? Tu ne penses pas que c'est un peu loin de l'Europe ?

— Je sais mais je n'ai pas le choix, cela fait partie de mon travail.

LA MENACE

— Tu m'avais dis que tu ne voyagerais plus à l'extérieur de l'Europe, je suis un peu désappointé tu sais. Nous en avions discuté, tu te souviens ? Dit Pierre avec un ton de voix rempli de déception.

— Oui je me souviens mon chéri, il ne faut pas m'en vouloir, c'est presque terminé et après, je n'aurai presque plus à voyager.

— Tu dis presque plus, mais il arrive toujours quelque chose et tu repars encore.

— Je serai absente seulement deux semaines, ce n'est pas si terrible. Allons, on ne va pas se disputer pour si peu.

— Si au moins je savais ce que tu fais comme travail, je pourrais peut-être comprendre.

Dany se tourna sur le côté et le regardant dans les yeux, pensa que sans lui donner trop de détails, il était peut-être temps qu'il en apprenne un peu plus sur ses activités. Elle avait bien promis de voyager beaucoup moins mais les priorités de l'Union européenne l'obligeaient à continuer.

Ses voyages fréquents créaient des frictions dans leur couple et Dany ne voulait surtout pas briser l'harmonie qui y régnait. Pierre l'aimait profondément et le lui prouvait tous les jours, il était toujours présent près d'elle et répondait à ses attentes. Depuis leurs études, il s'était passé plus de vingt années pendant lesquelles, ils n'avaient pas pris le temps, pour s'arrêter et se parler.

Dany se rendait compte que garder le silence, n'arrangerait pas les choses mais comment lui dire, sans trahir le serment fait au Conseil. C'était à son tour de trouver les mots justes, les mots qui l'aideraient à comprendre, dans quelle situation elle se trouvait.

— Écoute-moi Pierre, dit-elle. Je vais tenter de t'expliquer en quelques mots, quelles sont mes fonctions au sein du Conseil.

LA MENACE

— Tu n'es pas obligée tu sais, mais cela pourrait m'aider à comprendre et nous éviter ces petites disputes à l'avenir.

— Bon, d'accord pour essayer. En fait cela va te paraître compliqué mais au fond, cela ne l'est pas du tout. Je travaille pour le Conseil européen depuis 2018 et mon travail consiste à convaincre les grandes sociétés européennes à négocier toutes leurs transactions avec les pays étrangers, en monnaie européenne c'est-à-dire, en euro.

Pierre fut tout à coup très intéressé par les propos de Dany, pendant des années, il avait établi des contacts dans des pays étrangers afin d'y développer des échanges commerciaux et se rappelait qu'à l'époque, il était impensable d'imaginer un autre outil d'échange, que le dollar U.S.. Les choses avaient changés depuis, l'euro avait fait son chemin et même dépassé le dollar par sa stabilité, était-ce en partie à cause du travail de Dany ?

— Tu imagines chérie, la lourdeur de ta tâche.

— Au début oui, j'étais seule mais avec les années, d'autres comme moi ont été ajoutés à l'équipe et nous sommes maintenant environ une vingtaine, qui nous partageons le travail.

— Et la disquette, tu as dis que c'est un moyen de communication avec le Conseil ?

— Nous en avons tous un. Jusqu'à présent, ce disque à été et est encore le moyen le plus sûr d'entrer en contact avec le conseil pour faire rapport et recevoir des instructions, sans avoir à nous déplacer et aussi éviter d'attirer l'attention.

— C'est sûrement ce qu'ils cherchaient au moment du cambriolage mais qui sont-ils, vous avez une idée ?

— Logiquement, ce doit être les américains ou la C.I.A., plus nous avançons dans le temps, plus l'euro pourrait devenir une menace pour le dollar. Essaie d'imaginer qu'un jour, l'euro soit la seule monnaie utilisée dans le monde du commerce international et que le dollar soit confiné à l'intérieur des frontières des États-Unis, ils pourraient devenir très malins.

— Pour te dire ce qu'ils cherchaient, je serais plutôt portée à penser qu'ils l'ignoraient précisément, probablement des informations ou des indices qui les auraient amenés à une piste sérieuse et je suis persuadée, qu'ils ne connaissent pas l'existence des disques ainsi que leurs utilisations propres.

— Ils doivent se douter de quelque chose, ils sont très intelligents et je suis certain qu'ils observent ce qui se passe dans le monde de la finance internationale et qu'ils vont réagir avant le désastre.

— Nous nous y attendons mais nous continuons en misant sur le fait que plusieurs pays répugnent à travailler avec les américains, ils sont hautains et imbus d'eux-mêmes mais dans le passé, il n'y avait pas d'alternatives, les pays d'Europe avaient des monnaies différentes qui fluctuaient fréquemment. Les seules monnaies fortes du temps étaient le franc, le mark allemand et la livre sterling et aujourd'hui, tout a changé avec l'avènement de l'Union européenne et de l'euro.

— Vous vous attaquez à un monstre, vous le savez ?

— C'est justement ce dont nous avons discuté cette semaine à Strasbourg. Les américains savent maintenant, qu'ils ne sont plus les seuls et que le dollar a un compétiteur féroce sur les marchés.

— Comment sont-ils arrivés jusqu'à toi Dany et pourquoi toi précisément ?

— Le Conseil pense que c'est un pur hasard et que les américains doivent fouiller partout chez les fonctionnaires afin d'en apprendre plus. Je ne suis plus

LA MENACE

la seule enfant dans la photo de famille et surveiller tous les fonctionnaires est quasiment impossible pour eux, ils y vont au hasard nous en sommes certains.

— Comment peux-tu savoir que tu n'es pas surveillée dans tes déplacements ou même ici dans la maison, ils ont tous les moyens électroniques modernes pour trouver ce qu'ils veulent.

— Tu me fais rire lorsque tu dis cela, les américains ne sont pas les seuls à posséder des outils de haute technologie, nous avons les nôtres et crois-moi, ils sont aussi efficaces.

Dany pensa soudain à sa voiture, qui était équipée des plus récents gadgets de détection et au même moment, elle eut comme un flash qui traversa son esprit. Pierre venait de mentionner la maison, elle se rappelait la porte arrière, qu'elle avait trouvée entrouverte à son arrivée un certain soir. Elle repoussa rapidement la couverture et se leva du lit en enfilant sa chemise de nuit.

— Où vas-tu Dany ?

-S eulement à la toilette, tu veux mettre un peu de musique ? Dit-elle en posant un doigt sur sa bouche, pour qu'il ne dise rien de plus.

— Quoi ?

— Chéri, dit-elle en se retournant et en posant une seconde fois son doigt sur ses lèvres, écoutons un peu de musique avant de dormir, nous avons assez parlé tu ne crois pas ?

— Comme tu veux chérie, dépêches— toi, je t'attends.

Pierre prit la manette sur la petite table de son côté du lit et appuya sur un bouton, la maison toute entière fut soudainement inondée de la douce musique de Strauss. Dany n'alla pas à la toilette mais plutôt dans son bureau, alluma la lampe, y prit quelques feuilles de papier et sur la première page, elle griffonna :

LA MENACE

« Ne parle plus de mon travail Pierre, il se peut qu'il y ait des micros dans la maison, je t'expliquerai. »

Après avoir éteint la lampe sur son bureau, elle revint à la chambre en apposant de nouveau le doigt sur ses lèvres et en lui faisant lire les mots qu'elle avait écrit. Il lut la courte phrase et la regarda un peu ébahi. Il allait dire quelque chose mais Dany mit la main sur la bouche de Pierre en lui faisant des signes pour lui faire comprendre qu'elle parlerait la première, elle voulait elle-même, prendre la suite. Il était vingt-trois heures et s'il y avait vraiment des micros d'installés chez elle, ce qu'elle en avait maintenant l'intuition, elle devait communiquer ses craintes au Conseil au plus tôt.

Dany se reprochait maintenant d'avoir donné tant de détails à Pierre, la pensée d'avoir été entendue, la fit frémir. Volontairement, elle n'avait pas mentionné certains points importants, comme les représailles auxquelles le Conseil avait du recourir dans les cas de refus des sociétés, d'apporter leur collaboration, ainsi que les raisons de son prochain voyage en chine.

Elle prit une feuille et y inscrivit. *Laisse-moi parler la première et ne fait pas de cas de mon attitude après, j'ai un petit travail à faire et s'ils nous écoutent, tout doit paraître normal pour eux.* Pierre fit signe que « oui » de la tête.

— Elle est belle cette musique de Strauss, laisse-la jouer un peu, tu sais que j'aime m'endormir au son de la musique classique.

— C'est d'accord, dit Pierre en s'approchant pour l'embrasser bruyamment sur la joue en riant. Bonne nuit ma chérie.

— Bonne nuit mon amour, je ferme l'éclairage. Oh ! non dit-elle, j'ai oublié la lumière dans la salle de bain.

Dany se leva de nouveau, prit la disquette qu'elle avait machinalement apportée dans la chambre à coucher et laissée sur sa table de chevet. Elle passa dans le bureau où elle alluma la lampe qu'elle avait éteinte plus tôt, puis ferma délicatement la porte de la pièce et vint s'asseoir en face de son ordinateur.

S'il y avait des micros, elle ignorait où ils les avaient dissimulés mais la musique diffusée partout dans les pièces, étoufferait les petits bruits. Dany alluma l'appareil, y inséra la disquette et le drapeau bleu de l'Union apparut à l'écran.

« Mot de passe. »

De ces doigts agiles et sans faire de bruits, elle tapa *9HDM#0371—0157* et cliqua sur le mot message puis une fenêtre s'ouvrit à l'écran. Elle hésita quelques secondes et se mit à penser que ses craintes n'étaient peut-être pas fondées puis, les mots vinrent naturellement à son esprit.

« Je crois qu'il peut y avoir des micros installés chez moi. C'est peut-être seulement une intuition, mais je n'ai pas l'appareil nécessaire pour m'en assurer.

Il y a un certain temps, j'ai remarqué que la porte arrière de ma maison, avait été laissée entrouverte et à l'époque, je ne pouvais pas me souvenir si cela avait été mon erreur et à ce moment, je n'avais pas cru bon de vous en informer.

J'attends instructions.

Dany.

Fin de transmission. »

Dany attendit deux minutes, en se demandant si à cette heure tardive, quelqu'un là-bas, pourrait lui répondre. Un tableau rectangulaire apparut à l'écran, elle fut alors certaine qu'elle aurait la réponse à son message. Les lettres et les mots se succédèrent rapidement et Dany commença à lire.

« Merci de nous communiquer vos craintes, même si vous croyez qu'elles ne s'avèrent pas fondées et qu'elles peuvent seulement être basées sur une intuition, il ne faut prendre aucun risque.

LA MENACE

En passant, vous auriez du nous mettre au courant de l'incident de la porte laissée ouverte, ceci n'est pas un reproche mais seulement une question de sécurité.

Pour ce qui est des prétendus micros, nous allons nous occuper du problème et envoyer une équipe technique. Ne vous en faites pas, ils iront chez vous au moment où vous et votre conjoint n'y serez pas, ils seront discrets et personne ne remarquera leur passage.

Bon voyage en Chine et bonne chance.

Soyez prudente. »

Fin de transmission.

Sans bruit, Dany retira la disquette et ferma son ordinateur. Elle éteignit la lampe et retourna dans la chambre tout en retirant sa chemise de nuit en chemin puis alla s'étendre près de Pierre qui dormait déjà. Profitant de la musique, elle prit la télécommande de la radio, remarqua sur quel bouton elle devait presser pour arrêter la musique, coupa l'éclairage qui fit un petit déclic à peine audible et pressa le bouton de la manette.

Un silence total s'installa dans la chambre et le calme revint. Dany s'approcha de Pierre, se colla contre lui et lui donna un doux baiser sur l'épaule puis ferma les yeux. Demain serait un autre jour et son voyage en Chine, demandait plusieurs jours de préparation. Elle se tourna de l'autre côté, émit un long soupir et s'endormit

rapidement.

—

LA MENACE

Charlie déposa le casque d'écoute sur le bureau puis prit le téléphone pour appeler Weiser. Ce qu'il venait d'entendre, apportait beaucoup de réponses à leurs questions, son supérieur serait heureux de découvrir ce qu'il y avait sur la bande.

— Ici Charlie, je voudrais parler à John Weiser, c'est urgent.

— Un moment, je vous le passe. Dit une voix féminine un peu endormie.

— Oui Charlie. Weiser à l'appareil, tu as du nouveau ?

— Oui monsieur, vous voulez que je vous apporte la bande enregistrée, je crois qu'elle vous intéressera.

— Il se fait tard Charlie, ils doivent dormir à cette heure ?

— Affirmatif monsieur, tout est calme jusqu'à demain matin je crois bien.

— Bon, envoie la bande par le S.C.S (secured communication system), et vas dormir, tu dois y retourner tôt demain.

— Bien monsieur, c'est parti. Bonne nuit monsieur.

— Bonne nuit Charlie.

Au moment même où la communication se coupa, le contenu de la bande arriva à l'antenne de la C.I.A. à Paris et se copia sur une disquette reliée à un ordinateur. L'opérateur qui vit arriver le message électronique, retira la disquette et l'apporta directement à Mathews.

— Tiens John, dit Mathews en lui tendant la disquette, allons voir ce que ce bout de matière plastique a à nous révéler. Les deux hommes se levèrent et quittèrent la pièce pour se rendre dans une salle de projection,

LA MENACE

bourrée d'ordinateurs et d'un écran de 2 mètres carrés, fixé sur le mur du fond de la pièce.

La bande passa lentement en audio et le texte de la conversation apparaissait à l'écran. Les deux hommes lisaient et écoutaient les paroles enregistrées par Charlie, quelques minutes plus tôt. Un immense sourire de satisfaction, se dessina sur les lèvres de Mathews, il a valu la peine d'avoir été patients se disait-il. Ils repassèrent la bande une autre fois, conscients que le français n'était pas leur langue maternelle et qu'ils devaient s'assurer, d'avoir bien compris le sens des mots et des expressions de la langue de Molière.

La bande sonore se termina, mais les dernières phrases du texte, restèrent affichées sur l'écran. Maintenant, ils en savaient plus qu'ils n'en n'avaient espéré. Le fameux puzzle de détails que Mathews avait accumulé avec le temps, commençait à s'assembler et donner une image plus claire de ce qu'il croyait être une immense conspiration, imaginée par le Conseil européen pour faire chuter le dollar U.S..

Mathews réfléchissait naturellement en américain, il ne s'arrêta jamais à penser que les européens voulaient que l'influence de l'euro dans le monde, contribue à conserver la stabilité de leur monnaie, tout en réduisant l'influence américaine dans leurs vies quotidiennes et dans leurs institutions.

Le premier à parler fut Weiser, il lisait et comprenait mieux le français que Mathews car il vivait en France depuis plusieurs années.

— Nous avons ce que nous cherchions je crois, dit-il.

— Je suis d'accord pour dire que nous en savons plus, c'est la façon dont ils communiquent ensemble qui me tracasse et aussi, ce qu'elle va faire en Chine.

— La Chine n'est pas en Europe, dit Weiser.

— Justement, la Chine ne fait pas partie de l'Europe et les États-Unis ont des accords à long terme avec les chinois alors, que va-t-elle foutre en Chine.

LA MENACE

— Semer la pagaille, lança Weiser.

— C'est ce que je crois, mais je me demande comment elle va s'y prendre et d'abord il nous faut découvrir qui elle doit rencontrer et de quoi ils vont discuter. Je dois prévenir Washington, ils alerteront notre bureau de Beijing.

— Vous avez raison et pendant ce temps, nous allons mettre la main sur ce disque.

— Si je me fie à l'autre bande, elle le cachera mieux, cette fois. Je me demande, comment le Pentagone, avec tous nos satellites de détection et les moyens techniques dont nous disposons, n'ont jamais capté ces messages.

— Ils étaient certainement brouillés ou cryptés.

— Brouillés peut-être mais pas cryptés, nous les aurions déjà catalogués et le code qu'ils utilisent aurait été déchiffré depuis longtemps. Bien que je ne sois pas un expert en communications, je pencherais pour le brouillage, c'est plus difficile à détecter.

— Je mets des hommes là dessus dès demain matin.

— En passant Weiser, choisissez le bon moment et attendez qu'elle soit en route pour la Chine, cela nous donnera plus de temps pour analyser la disquette avant qu'elle n'en découvre la disparition. Mais j'y pense, vous allez apporter ce qu'il faut pour en faire une copie et remettre l'original à sa place. Vous direz à vos hommes de ne pas tout chavirer cette fois, elle ne doit pas se douter que nous l'avons trouvé.

— Ce disque est certainement en matière plastique, ils apporteront les nouveaux instruments pour le détecter, nous gagnerons du temps.

— Parfait Weiser, allons dormir, c'est suffisant pour aujourd'hui.

LA MENACE

LA MENACE

CHAPITRE 22

Aux États-Unis, les indices boursiers fluctuaient dangereusement. Les hausses et les baisses, comportaient de plus en plus d'écarts. À plusieurs reprises, les baisses avaient duré près de quatre trimestres et le taux d'inflation avait grimpé de plusieurs points, signe évident d'une récession prochaine mais à chaque fois, les choses se replaçaient et l'économie américaine, reprenait une tangente ascendante.

Le gouvernement en avait vu d'autres et poursuivait ses politiques de gestion sans trop s'y arrêter mais certains analystes financiers américains s'inquiétaient. Ceux de l'opposition critiquaient sévèrement mais les autres, les supporteurs du parti au pouvoir, hésitaient à contredire ces politiques et en publique, se taisaient et gardaient pour eux leurs inquiétudes.

Plusieurs entreprises américaines avaient perdu des clients en Europe, ils avaient refusé d'être payés en euro mais ils considéraient qu'il s'agissait de cas isolés, les marchés étaient tellement vastes, qu'ils se reprenaient ailleurs, dans d'autres pays dont ceux d'Amérique Latine et d'Asie. Ces entreprises gardaient pour elles ces pertes de marchés car la compétition était féroce et dans ces conditions, le silence était toujours de rigueur.

Par le truchement des banques américaines, le gouvernement n'ignorait pas que des sociétés transigeaient en devise européenne, dans le passé il y avait eu tellement de devises étrangères en sol américain, qu'ils ne se rendaient pas compte de la progression de l'euro. Malgré les nombreux avertissements des experts, le moment n'était pas encore venu d'intervenir.

Les européens continuaient à investir partout dans le monde, principalement dans les pays avec lesquels ils avaient des affinités et lentement, l'euro faisait son chemin. La majorité des pays d'Europe avaient suivi le pas, même les anciens pays de l'Est qui reconnaissaient la proximité des marchés mais il était encore tôt pour le Conseil de crier victoire, il y avait encore beaucoup de travail à faire.

—

Beijing, Chine.

Dany quitta l'aéroport de Beijing en taxi. Les formalités douanières furent simplifiées par les instructions données aux douaniers, par un fonctionnaire du ministère des affaires étrangères chinois. Elle était attendue, le Conseil européen avait demandé que cette visite se déroule dans la plus grande confidentialité, sans déploiement de protocoles et de voitures officielles.

LA MENACE

Le taxi roulait en direction de l'ouest, sur Chaoyangwai Dajie, Dany regardait les nombreuses lumières qui éclairaient les rues de Beijing, il était vingt heures. Le vol de la Lufthansa avec escale à Frankfurt, avait été épuisant et elle avait hâte d'arriver à l'hôtel pour prendre une douche et dormir, la journée du lendemain serait longue, non pas en temps mais en patience. Dany connaissait bien la Chine et les chinois, pour y avoir séjourné à plusieurs reprises dans le cadre de ses recherches pour ses études d'histoire chinoise.

Les chinois n'étaient jamais pressés et Dany savait que pour en arriver au point précis de sa visite, elle aurait à répondre à plusieurs dizaines de questions qui n'avaient aucun rapport avec sa mission en Chine.

Le taxi passa devant la Place Tiananmen et Dany se rappela le soulèvement des étudiants qui s'était soldé par l'intervention musclée de l'armée et de la police, au début des années 1990.

Après avoir roulé plusieurs minutes dans une circulation dense, parmi les voitures et les vélos et le tintamarre des clochettes de vélos et les coups de klaxons des voitures, le chauffeur tourna à gauche sur Dongsibei Dajie, le Novotel Peace était à un pâté de maisons à droite sur une petite rue du nom de Jinyu Hutong.

Le Conseil lui avait suggéré de choisir un hôtel discret, loin si possible des grandes chaînes hôtelières appréciées par les touristes étrangers. Dany avait fait la réservation du billet d'avion ainsi que celle de sa chambre d'hôtel par Internet, en se servant d'une carte de crédit. Elle s'était refusée d'utiliser le téléphone, craignant dévoiler son horaire aux gens qui possiblement, pouvaient écouter sa conversation. Ce qu'elle ignorait, s'était que la C.I.A. avait ,depuis plusieurs années, développé un système sophistiqué, qui leur permettait de retracer toutes les transactions possibles, effectuées aux moyens de cartes de crédit, peut importait la banque émettrice. Ce nouvel outil, avait été gardé secret, même le F.B.I et les corps policiers américains en ignorait l'existence.

La C.I.A. possédait en mémoire informatique, tous les numéros de cartes émises et en circulation dans le monde et les agents, n'avaient qu'à entrer les numéros dans le système, pour connaître les noms des utilisateurs, les transactions récentes et même les plus anciennes. Dans le cas de Dany, ils connaissaient sa destination et il avait été facile de prendre note de son horaire et du nom de l'hôtel où elle descendrait.

Nul avait été besoin de la filer à partir de l'aéroport de Beijing, ils n'avaient qu'à l'attendre gentiment à son arrivée. Depuis l'explosion industrielle et son ouverture sur le monde, la Chine permettait beaucoup de choses, autrefois interdites et les américains en avaient profité pour convaincre des chinois de travailler pour eux. Il était facile de reconnaître le visage d'un occidental dans la foule mais un chinois, passait inaperçu parmi tant d'autres.

Dany était montée à sa chambre, c'était samedi soir et elle aurait toute la journée du dimanche pour flâner un peu dans les rue de Beijing. Elle prit une douche et mit des vêtement sports puis descendit au lobby.

Elle avait un peu faim et se rendit à l'entrée de la salle à manger. Les portes étaient ouvertes et la couleur rouge mandarin des tables, des fauteuils et des tentures, lui sautèrent aux yeux. Il y avait peu de gens, principalement des couples étrangers qui mangeaient à la lueur des petites lampes à l'huile posées sur les tables.

Comme une très belle chinoise s'approchait d'elle, Dany tourna les talons et décida plutôt d'aller au bar, où elle pourrait peut-être commander quelque chose de léger. Le voyage avait duré plus de neuf heures, elle était fatiguée et son estomac était un peu chaviré, elle ne voulait pas d'un grand repas avant d'aller dormir.

Dany se rendit au bar et commanda une *Tsingtau,* une bière chinoise qu'elle appréciait et qu'on pouvait trouver dans les restaurants chinois de Paris. Elle regarda machinalement autour d'elle, il y avait quelques touristes et des chinois aux tables mais seulement trois autres personnes accoudées au bar, des occidentaux vêtus de tenues sports eux aussi.

LA MENACE

Sur le mur derrière le comptoir, il y avait un grand miroir et des tablettes de verre remplies de bouteilles de boissons de grandes marques connues et importées spécialement de pays étrangers, pour les hôtels et les grands restaurants.

Une musique très douce provenait de haut-parleurs au plafond de la pièce, Dany se regardait dans la glace devant elle, les traces de fatigue apparaissaient clairement dans ses traits. Un chinois de petite taille, qu'elle vit arriver s'installa à une table derrière elle. Il était seul, en tenue de ville. Dany remarqua par le truchement de la glace, qu'il la regardait mais n'y apporta pas vraiment d'attention et interpella le barman, elle voulait voir le menu du bar.

> — S'il vous plaît monsieur, est-il possible de manger quelque chose au bar ? Elle s'exprima dans un mandarin sans accent.

> — Certainement madame, je vous apporte le menu, dit le barman chinois, surpris de voir une touriste parler sa langue.

> — Merci.

Le chinois l'observait toujours discrètement en buvant son whisky et lorsqu'il voyait qu'elle s'en apercevait, il détournait la tête. Le barman lui apporta le menu et elle commanda un sandwich, ce serait assez, pensa-t-elle, après elle irait dormir.

Le chinois derrière elle termina son verre et quitta le bar en direction de l'accueil. Dany le vit partir et continua de manger son sandwich en buvant quelques gorgées de bière *Tsingtau,* elle commença à sentir que son épuisement s'atténuait.

Elle quitta le bar et traversa le lobby en direction des ascenseurs lorsqu'elle croisa du regard, le chinois qui était au bar et qui l'observait du coin de l'œil, appuyé à l'une des grandes colonnes qui décoraient le lobby. Dany hâta le pas vers les portes de l'ascenseur le plus près. Une fois à l'intérieur, elle appuya sur le bouton du seizième étage et les portes se fermèrent sur le regard du chinois qui n'avait pas bougé.

LA MENACE

Arrivée à sa chambre, elle se dévêtit et se jeta sous les couvertures, il sera bon de dormir jusqu'au lendemain matin, se dit-elle.

—

Le chinois alla à la cabine téléphonique, composa un numéro.

— Elle est là, dit-il seulement.

— Bien, tu as réussi à connaître le numéro de sa chambre ?

— Pas encore mais je vais essayer, j'ai pu voir qu'elle se rendait au seizième. Je ne crois pas qu'elle sortira de sa chambre avant demain matin.

— Soyez-là tôt demain, il ne faut pas la perdre de vue. Si je ne fais pas erreur, elle ne doit pas rencontrer ses contacts demain dimanche mais on se sait jamais. Gardez le contact avec votre portable, je vous enverrai un autre agent pour vous aider, elle ne doit surtout pas vous remarquer.

— Très bien monsieur, mais je crois qu'elle m'a aperçu dans le lobby.

— Vous en êtes certain ?

— Je ne peux pas répondre de façon positive mais de l'aide sera appréciée.

— Je donne les ordres nécessaires.

— Bonsoir monsieur.

Le chinois raccrocha et quitta l'hôtel, satisfait d'apprendre qu'il ne serait pas seul le lendemain, il était toujours plus facile d'être deux pour filer une personne, surtout lorsque l'on croit que cette personne ait pu être entraînée à déjouer les suiveurs éventuels.

LA MENACE

Ils ignoraient que Dany n'avait jamais suivi de formation en ce domaine, elle agissait par instinct et surveillait ses arrières, comme on le lui avait conseillé, après tout, elle se disait toujours qu'elle n'était pas une espionne dans le vrai sens du mot mais seulement une fonctionnaire qui accomplissait une tâche bien spécifique.

Le lendemain matin, Dany s'éveilla reposée et après une douche, elle s'habilla d'un jeans et d'un pull, mit des souliers de marche et après avoir regardé par la fenêtre le soleil qui brillait, elle descendit au restaurant *Le Coffee Shop*, pour prendre son petit déjeuner. La journée s'annonçait belle et elle voulait se rendre au Musée du Palais Impérial, près de la Cité Interdite. Dany l'avait déjà visité mais cela faisait plusieurs années et elle se disait qu'elle y découvrirait peut-être de nouvelles choses exposées. Elle avait visité d'autres musées en Chine dont le Musée National du Palais Impérial à Taipei lequel, renfermait des trésors culturels inestimables, des poteries anciennes et de peintures typiques à l'art chinois du temps des Empereurs Hung-Wu et Sung Jen-Tsung,

Lorsqu'elle sortit de l'hôtel, elle tourna à droite en direction du musée, situé à trois pâtés de maisons plus loin, elle ne remarqua pas le chinois de la veille, qui la suivait dans la foule de piétons, de vélos et de voitures. Dany ne se retourna pas et marcha d'un pas régulier, regardant ces gens qui allaient librement dans les rues, vers leurs occupations quotidiennes. Quelques uns parmi eux qui étaient plus âgés, vivaient encore dans le passé, et s'attendaient toujours à être interpellés, par la police communiste qui n'existait plus depuis longtemps.

Les autres, les plus jeunes, qui n'avaient pas vécu ces temps de discipline stricte et de répression, souriaient et le vent de la liberté les animait. La Chine avait évolué de façon incroyable, entraînant inexorablement, ses milliards de citoyens, vers la modernisation et le libéralisme politique.

À deux pas d'elle, un américain muni d'une minuscule caméra vidéo attachée à la poitrine et qui pouvait être activée par une télécommande qu'il tenait dans la main. Il passa inaperçu comme une centaine d'autres touristes qui hantaient les environs de la Cité Interdite pour capter des images autrefois inaccessibles à l'époque du communisme.

Dany monta les marches qui menaient à l'entrée du musée et les deux hommes se regardèrent en se demandant s'ils devaient la suivre à l'intérieur. L'américain fit signe au chinois d'attendre à l'extérieur, pendant qu'il grimpa les marches derrière elle. Lui aussi se doutait que rien ne se passerait un dimanche mais les ordres étaient de la filer et il ne détestait pas la visite des musées en fait, il était féru d'histoire des anciennes civilisations, c'était comme joindre l'utile à l'agréable.

Dany déambulait dans les allées, s'arrêtant ici et là, à admirer les costumes somptueux des empereurs disparus, ainsi que les majestueux chapeaux qui paraient leurs têtes impériales. Il y avait des tissus de soie ornés de nombreux fils d'or qui représentaient des paysages ou des fleurs de lotus entourées de longues pousses de bambous.

L'américain suivait toujours mais sans sa caméra vidéo, il avait du la laisser à l'entrée, tous genres de caméras ou appareils photographiques étaient interdit à l'intérieur du musée et lentement, s'approchait de Dany.

Elle s'arrêta devant une cage de verre, renfermant un magnifique vase de porcelaine avec des dessins peints d'un bleu très tendre. Il était maintenant derrière elle, admirant le vase de soixante centimètres de hauteur et d'environ vingt de diamètre et s'approchant, se plaça à ses côtés.

— Est-ce un vase de la dynastie Ming ? Lui demanda t-il avec l'air d'un élève qui s'adressait à son professeur.

Un peu surprise dans ses pensées lointaines, elle se tourna pour savoir qui lui posait cette question dans un anglais du Sud des États-Unis. Il était grand et séduisant, dans la quarantaine. Habillé en touriste avec un pantalon beige, il portait une chemise d'un brun clair et d'un coupe-vent léger, de couleur noir. Ses Cheveux étaient blond avec une petite mèche qui retombait sur son front et ses yeux, d'un bleu Arien.

— Oui en effet, dit-elle en reportant son regard vers le vase. C'est bien de l'époque de la dynastie Ming. Ils y en a peu qui sont restés intacts comme celui-ci, bien d'autres ont été retrouvés brisés et assemblés par des experts.

— C'est fascinant, qu'il ait été si bien conservé après tant d'année.

— Regardez sa forme et cette couleur bleue, ce sont les deux éléments qui aident à les reconnaître. Il existe beaucoup de copies dans le monde mais très peu de personnes mis à part les musées, possèdent des originaux.

— Il y avait de grands artistes en Chine à cette époque, dit l'homme blond.

— En Chine, il y a des millions d'artistes de toutes sortes et les arts sont des moyens d'expression essentiels depuis des millénaires. L'avènement du communisme en avait éloigné ou découragé plusieurs mais depuis le début de ce siècle, l'art a repris sa place et le gouvernement encourage les chinois à s'y adonner.

— Excusez-moi de vous avoir importuné madame, je suis fasciné par la culture chinoise et je voulais être certain que c'était bien un Ming.

— Il n'y a pas de mal monsieur, j'aime aussi l'histoire des peuples et c'est probablement pour cette raison que les gens comme nous se retrouvent dans les musées. Vous êtes américain ?

— Je crois que mon accent m'a trahi, je suis de la Virginie— Occidentale, mon nom est Phil Bratten et vous, si je puis me permettre ?

LA MENACE

— Je me nomme Dany Rouzier et disons que je suis française, mais j'ai tellement voyagé dans ma vie, qu' il y a des moments que je me questionne sur mes origines, dit-elle en souriant.

Ils marchèrent ensemble en admirant les œuvres de grands maîtres, exposées dans plusieurs salles. Phil était intéressé par tout ce qu'il découvrait et posait des questions à Dany, qui semblait bien s'y connaître en culture chinoise. Elle répondait à ses questions de façon simple, sans trop donner de détails d'histoire, elle aurait pu en parler pendant des heures mais le temps passait et elle voulait tout voir et ne s'attardait pas trop longtemps à chacune des œuvres.

— Vous êtes touriste aussi ? Lui demanda Phil. Une question bien normale dans les circonstances et Dany n'y porta pas attention.

— Pas vraiment, je suis en voyage d'affaires mais j'en profite pour visiter un peu.

Phil Bratten était un fin renard et l'occasion se présentait d'en savoir plus sur cette femme qui causait tant de remous au Bureau.

— Ah ! La Chine, un pays attirant pour les touristes et les investisseurs depuis son ouverture sur le monde. Ces milliards de gens qui se déplacent dans les rues, où vont-ils et que font-ils pour survivre dans cette masse humaine ?

— Comme vous l'avez si bien mentionné, son ouverture sur le monde, a changé le cours de leurs existences. Maintenant qu'ils peuvent voyager à l'étranger, ils découvrent toutes sortes de possibilités d'affaires qui peuvent contribuer au bien être de la Chine.

— Dans quelles genres d'affaires êtes vous ?

La question était directe et Dany ressentit en elle, comme un signal d'alarme qui se déclenchait. Elle ne s'y attendait pas et devait penser vite et trouver une réponse plausible. Ils étaient devant une exposition de tissus aux couleurs indéfinissables et le mot qu'elle cherchait lui vint aux lèvres.

LA MENACE

— Je suis dans les textiles, dit-elle. La mode est un sujet dont on discute tous les jours en occident et la Chine produit des tissus très fins, qui peuvent s'adapter parfaitement à notre style de vêtements et les possibilités sont là, il n'y a qu'à savoir où chercher.

— Très intéressant comme métier, vous devez beaucoup voyager ?

— Oh ! Je voyage de moins en moins maintenant, avec le temps on acquiert de l'expérience et on évite des pas inutiles. Les moyens de communications ne sont plus les mêmes et rendent les recherches moins fastidieuses.

Phil avait écouté son explication et bien qu'il n'en croyait pas un mot, il pensa qu'il se trouvait devant une femme extrêmement intelligente, pas facile à manipuler.

Dany était satisfaite de sa réponse improvisée, bien que cet homme pouvait être un vrai touriste, elle n'en prenait pas moins des précautions et était sur ses gardes. La visite du musée tirait à sa fin et Dany regardant sa montre, vit que l'heure du déjeuner approchait.

— Il se fait tard monsieur Bratten, dit-elle en lui tendant la main. Je dois partir, je vous remercie de m'avoir tenu compagnie.

— C'est moi qui vous remercie, vous êtes charmante de m'avoir si bien guidé parmi ces grands trésors de la culture chinoise. A quel hôtel êtes vous descendue ?

— Je suis au Novotel Peace, dit-elle sans hésitation.

— Quelle coïncidence, c'est à cet hôtel que je suis descendu, nous nous reverrons sûrement. Au revoir madame Rouzier, dit l'homme blond. Il lui serra la main et partit devant elle vers la sortie du musée.

Dany déjeuna à l'hôtel et l'après midi, elle flâna dans les rues de Beijing, regardant les passants et les boutiques, sans remarquer le chinois qui la suivait à cinquante mètres.

LA MENACE

LA MENACE

CHAPITRE 23

Il était huit heures lorsque Dany regarda sa montre. Elle était prête pour sa rencontre avec le ministre du Développement Économique de Chine qui avait lieu dans une heure. Elle portait un costume de couleur bleue avec un chemisier blanc à col et sa jupe était aux genoux, de la classe s'était-elle dit. Elle n'avait pas à impressionner monsieur le ministre, mais simplement le convaincre, dans des termes simples et directs

Il avait été entendu, qu'elle prendrait un taxi pour se rendre à un édifice gouvernemental situé dans *Nanchang Jia* ,face au lac *Zhonchai.*

Elle prit l'ascenseur et descendit au Coffee Shop, prendre son petit déjeuner, elle avait à peine le temps. À cette heure, le restaurant était rempli de gens qui parlaient à voix basse ou mangeaient en silence. Au fond à droite, il y avait un buffet assez simple, où les gens choisissaient ce qu'ils désiraient. Dany prit un café, un morceau de pain et de la confiture et vint s'installer seule à une table. Elle achevait son petit déjeuner, lorsqu'elle sentit une main sur son épaule près de son cou. Dany se retourna vivement et aperçu Phil Bratten qui lui souriait.

— Bonjour madame Rouzier, désolé de vous avoir effrayée, ce n'était pas mon intention.

— Ah ! Bonjour monsieur Bratten, je n'ai pas été effrayée mais surprise, dit Dany en se levant de sa chaise capitonnée.

— Vous êtes matinale, vous travaillez aujourd'hui je présume ?

— Il le faut bien, je ne suis pas à Beijing en vacances, dit-elle en souriant. Excusez-moi, je suis déjà en retard, il faut que je file.

Elle lui serra la main et le salua d'un signe de tête. Il était inutile de s'attarder, le temps passait. Dany monta à sa chambre, prit son attaché-case et descendit les seize étages par l'ascenseur de service, pour quitter l'hôtel par la porte destinée aux employés. Une fois dans la rue, elle héla un taxi et s'y engouffra rapidement.

Dans le lobby de l'hôtel, un chinois et un américain discutaient fermement en regardant de tous les côtés.

— Mais où est-elle, tu crois qu'elle est toujours dans sa chambre ? Dit le chinois.

— J'en doute, je viens tout juste de faire téléphoner à sa chambre par la jeune fille de l'accueil, aucune réponse, dit l'homme blond. Je n'ai pas perdu de vue les portes des ascenseurs, elle doit avoir trouvé un moyen de quitter l'hôtel en douce.

— Tu connais le numéro de sa chambre ?

— Non, elle a refusé de le dire, c'est la consigne qu'elle dit.

— Il faut la trouver, on ne sait pas où elle va.

— Peu importe si on l'a perdue, il est moins important de savoir où elle va que d'apprendre ce qui se dira.

LA MENACE

— Comment pourrait-on connaître ce qu'elle fera si on ignore où elle est ?

— Ne t'en fait pas Rhaii, j'ai placé un mouchard sous le col de son costume, allons au bureau, on pourra entendre leur conversation sans se déplacer.

Le taxi passa devant la Place Tiananmen où est la tombe de Mao et Dany se rappela le soulèvement étudiant qui s'était soldé par l'intervention musclée de l'armée et de la police, au début des années 1990. La voiture stoppa devant un édifice moderne à plusieurs étages. Dany paya la course et descendit rapidement pour passer les portes de l'entrée principale.

Elle s'identifia au garde de sécurité qui était assis à un petit bureau sur la droite.

— J'ai rendez-vous avec monsieur le ministre Wong Su, dit Dany en chinois.

L'homme tapa des touches sur le clavier de son ordinateur puis lui rendant ses papiers, il lui fit un large sourire.

— Vous prenez l'ascenseur à gauche et vous montez au huitième, on vous attend.

— Merci, dit Dany en replaçant ses papiers dans sa bourse.

Le ministre Wong Su était un homme plutôt petit et assez maigre, avec de grosses lunettes rondes à verres épais. Il portait un costume gris à fines rayures blanches et une chemise d'un gris plus foncé, attachée au cou, sans col. Il la reçut avec un sourire en s'adressant à Dany dans un excellent français, en penchant légèrement le torse.

— Je vous souhaite la bienvenue madame Rouzier.

— Je suis enchantée de vous rencontrer monsieur le ministre, dit Dany en chinois.

Le petit homme fut un peu surpris, il était plutôt rare que des occidentaux parle le mandarin puis, il l'invita à s'asseoir dans un fauteuil non loin du sien, tout comme s'ils allaient avoir une discussion entre amis.

Naturellement, les meubles étaient de fabrication chinoise et les murs étaient presque nus, à l'exception de quelques photos de dirigeants chinois et à droite, une immense carte géographique de la Chine, visiblement achetée en Europe. On pouvait y discerner le relief des montagnes à l'extrémité ouest,

Pendant plus d'une heure, le ministre lui posa des questions sur l'Union européenne et sur l'attitude des européens, face au remplacement de leur monnaie respective par l'euro.

Dany lui expliqua qu'au début des années 2000, il y avait eu un vent d'inquiétude face au changement mais que maintenant, les européens ressentaient une grande fierté à faire partie de l'Union et les rivalités d'antan, avaient été remplacées par la coopération. L'utilisation de la même devise, les avaient rapprochés.

Monsieur Wong Su, revenait toujours avec de nouvelles questions, sur ses études et ses voyages, auxquelles Dany répondait avec une grande facilité mais elle avait hâte d'en arriver au but de sa visite et attendait patiemment de saisir l'occasion

> — Je vois que vous avez beaucoup voyagé madame Rouzier, je n'ai pas pour ma part souvent l'opportunité d'aller en Europe. J'aimerais bien pouvoir visiter la France, l'Angleterre et l'Allemagne mais mon travail me retient ici.

> — Monsieur le ministre, dit Dany, l'Europe regarde avec un grand étonnement, tout ce chemin fait par la Chine depuis les vingt-cinq dernières années et nous considérons que plusieurs pays du monde, auraient intérêt à suivre de plus près l'évolution de votre pays et calquer certaines de vos politiques de développement.

> — Nous pourrions progresser plus rapidement vous savez, mais nous manquons d'infrastructures qui nous permettraient d'avancer. Les revenus de la Chine sont bien modestes, madame. La Chine est un grand pays,

plusieurs régions sont très éloignées et se sentent délaissées, nous devons les relier aux grandes villes par des routes plus rapides.

Dany attendait ce moment. Le ministre venait de toucher un point sensible et les instructions qu'elle avait eues du Conseil avant son départ, étaient claires et précises, le moment était venu.

— Peut-être que l'Union pourrait aider la Chine en ce sens.

— Que voulez-vous dire ? Dit Wong Su.

— Je disais que l'Union européenne serait en mesure d'aider votre pays à construire certaines des infrastructures dont vous avez besoin.

Le chinois la regarda avec surprise. Beaucoup d'entreprises étrangères venaient investir des dollars en Chine mais aucunes d'entre-elles ne contribuait aux coûts des effets secondaires que ces investissements faisaient naître. Les villes éloignées subissaient une érosion de leurs meilleurs cerveaux au profit des grands centres et le gouvernement pourrait voir d'un bon œil, l'aide que l'Union semblait vouloir apporter mais cette femme, avait-elle le pouvoir de faire de semblables propositions ?

— Je comprends madame, que vous êtes venue en Chine à la demande du Conseil européen mais il s'agit de sommes astronomiques, permettez-moi de douter que l'Union européenne soit prête à débourser de telles quantités de dollars.

— C'est justement le but de ma visite, monsieur le ministre. Je suis mandatée par le Conseil pour offrir à la Chine, les sommes nécessaires pour la construction d'une autoroute et de tous les ponts qu'elle nécessitera.

— Une autoroute ?

— Oui monsieur le ministre, une route à quatre voies qui relierait le Nord et le Sud de la Chine, en passant près de toutes les grandes villes. Naturellement, votre gouvernement serait le maître d'œuvre des travaux et du choix du tracé.

— Est-ce que le Conseil européen est conscient des coûts astronomiques de tels travaux ?

— Monsieur le ministre, nos experts en génie civil ont étudié tous les tracés possibles et les coûts en ont été approuvés. Les sommes nécessaires pour les études de faisabilité seront disponibles dès que votre gouvernement aura donné son accord.

— Mais c'est une idée fantastique, imaginez toutes les grandes villes de Chine reliées entre elles, cela pourrait signifier que tous les habitants des villages éloignés bénéficieraient de cette nouvelle route. Il y a très longtemps, les chinois utilisèrent des pistes qui sont devenues des chemins et ensuite des routes mais seuls les grands axes routiers sont en bitume, les autres routes sont encore en terre battue, nous n'avons tout simplement pas les moyens de les rendre plus praticables.

— Ce serait un grand pas en avant pour la Chine, la question que je me pose est, je suis certain que vous vous y attendez, pourquoi l'Union européenne ferait-elle cela pour la Chine, et que demanderez-vous en échange ?

— Le moment était venu d'aborder le sujet de cette rencontre, Dany voulait utiliser des mots clairs, sans s'enliser dans des termes à consonance diplomatique.

L'offre de l'Union était raisonnable pour le Conseil mais démesurée pour la Chine, il fallait que Dany réussisse à convaincre cet homme, de la sincérité du Conseil.

— Monsieur le ministre, je comprends votre étonnement devant l'ampleur de cette proposition mais je peux vous assurer monsieur, qu'il n'y aurait pas de contrepartie à caractère déraisonnable et de plus, cette offre ne serait pas un prêt comme les américains l'on négocié, il n'y aurait aucun remboursement à effectuer, l'Union européenne a besoin de la Chine comme partenaire majoritaire et elle considère que cette autoroute, serait sa contribution.

Depuis l'ouverture de la Chine sur le monde, votre pays s'est fortement industrialisé et les pays qui forment l'Union européenne d'aujourd'hui, sont pour ainsi dire devenus des partenaires importants dans les échanges commerciaux avec la Chine. Avec les développements des nouvelles technologies de communication et de transport de marchandises, ce qu'il était impossible d'imaginer il y a encore trente ans, s'avère maintenant une réalité, nous sommes voisins. L'Asie si lointaine, est aujourd'hui à courte distance de l'Europe.

Le chinois assis près d'elle, décroisa les jambes et mit ses mains sur ses genoux ses petits yeux dont il était difficile de discerner l'expression derrières le verre épais de ses lunette, devinrent plus petits et interrogateurs.

— Et que pourrait être cette... contrepartie, madame Rouzier ?

— Nos échanges commerciaux, représentent annuellement, plusieurs centaines de milliards de dollars U.S.. La devise chinoise, le *Renmibi Yuan* (RMBY), n'est pas encore négociable sur les marchés mondiaux mais vous utilisez toujours le dollar U.S. pour vos transactions à l'étranger. Ce que le Conseil souhaiterait, c'est que nos échanges soient effectués en euro.

— Il est vrai que la devise américaine constitue la monnaie d'échange avec l'étranger mais, notre dette extérieure est en dollars. Nous avons besoin de dollars, les américains ont beaucoup investis en Chine et certains prêts doivent être remboursés sur de longues périodes.

LA MENACE

— Ces prêts, dont vous mentionnez l'existence, sont de nature publique, vous savez très bien que nous en connaissons les formalités et les délais de remboursement qui ont été négociés.

— Je sais madame, de nos jours il est bien difficile de conserver le caractère confidentiel de telles transactions mais, vous comprenez notre position, j'en suis certain.

— Vous savez monsieur le ministre, le Conseil n'a nullement, par cette proposition, le but de bouleverser radicalement vos méthodes de financement ; mais il pense que nos deux pays en sont maintenant arrivés au point, d'envisager cette possibilité, du moins pour les produits que l'union importe de Chine.

— Je vous répète que notre dette extérieure est très élevée, nous avons besoin de dollars autrement, comment pourrions-nous rembourser, notre économie pourrait en souffrir.

Dany s'était bien doutée, que cette démarche du Conseil ne serait pas une chose facile et le Conseil avait prévu un autre argument qui celui-ci, était de taille. Elle possédait une carte cachée dans son jeu, le prix à payer serait très élevé, mais elle allait devoir la jouer, elle en avait reçu le pouvoir.

Le ministre semblait inconfortable, assis sur son fauteuil et bougeait continuellement, se grattait du bout du doigt le coin de l'œil gauche tout en ne sachant plus s'il devait croiser les jambes ou bien laisser ses deux pieds par terre, il réfléchissait intensément. Il y eut un certain moment de silence, où les deux personnes se regardaient droit dans les yeux. Dany savait qu'elle ne devait rien précipiter, les Asiatiques sont des gens lents de nature et ils analysent toujours longuement les choses avant de prendre des décisions. Cette fois-ci, la proposition était extrêmement intéressante mais l'enjeu était de taille et le ministre ne voulait surtout pas présenter au Premier Ministre, un projet qu'il savait qui représentait un certain danger pour l'économie de la Chine.

LA MENACE

— Bien que la grande générosité de l'Union semble sincère dit-il, j'ai de grands doutes que mon gouvernement l'accepte, elle comporte des risques bien évidents et il n'est nullement le cas, de mettre en danger les efforts déployés depuis tant d'années.

— Nous comprenons vos inquiétudes, monsieur le ministre. Le remboursement de ces prêts en dollars U.S., qui porte échéance dans vingt ans, semble être l'obstacle majeur à ce que votre gouvernement puisse examiner notre offre de plus près.

— En effet madame, dit le ministre un peu plus détendu.

— Dans ce cas monsieur le ministre, le Conseil serait disposé à vous faire une proposition additionnelle, qui pourrait assouplir votre position et vous faire reconsidérer notre suggestion.

— Et que serait cette nouvelle proposition ? Dit le ministre, soudain touché.

— Eh ! Bien, nous croyons avoir trouvé un moyen d'apaiser vos craintes portant sur la stabilité de l'économie de la Chine mais me permettez-vous monsieur, de vous poser d'abord une simple question ?

— Bien sûr madame, vous êtes tenace et cela me plaît beaucoup, je suis un combatif de nature, je vous écoute.

— Le remboursement du prêt sans intérêts que les américains ont bien voulu accorder à la Chine et si je fais erreur corrigez-moi, s'élève à dix milliards de dollars annuellement ?

— C'est à peu près la réalité, mais où voulez vous en venir madame ?

— Supposons maintenant, dit Dany en pesant bien ses mots, que pendant les dix prochaines années, la Chine n'ait pas à rembourser ces dix milliards de dollars, cela pourrait représenter une injection totale de l'équivalent de cent milliards de dollars dans l'économie du pays. Les retombées économiques de cette opération sur une période de dix années, ne permettraient-elles pas, d'atténuer les impacts du remboursement du prêt sur les dix années suivantes ?

— C'est tout naturel madame Rouzier, dit le ministre. Ces sommes seraient investies dans des domaines qui sont pour nous des priorités et généreraient des revenus substantiels, la Chine gagnerait dix ans sur son programme de développement. Naturellement, tout comme votre question, ma réponse est hypothétique, mais dans la réalité, les américains ne nous permettraient jamais de suspendre les paiements sur dix ans et ils nous pénaliseraient ailleurs.

Dany avait réussi à l'amener sur son terrain, elle avait l'appât dans la main et il ne lui restait plus qu'à la tendre. Le ministre avait répondu à la question basée sur une hypothèse mais si cela pouvait s'appliquer dans la réalité, il en avait lui-même décrit, les bénéfices que la Chine en retirerait.

— Je crois monsieur le ministre, que nous avons là, un début de solution.

— Expliquez-vous madame, je n'arrive pas très bien à saisir le lien avec une situation réelle .

Dany touchait presque au but, mais après deux heures qu'elle était assise sur ce fauteuil, elle sentait le besoin de se dégourdir les jambes et faire quelques pas.

— Vous permettez que je me lève de mon fauteuil un instant, j'ai bien peur que si je reste encore assise quelques minutes de plus, je ne puisse plus me servir de mes jambes.

-Bien sûr chère madame Rouzier, je comprends. Détendez-vous quelques minutes, je vais nous faire apporter du thé et après, nous poursuivrons cette discussion, vous commencez à m'intéresser

LA MENACE

— Je vous remercie, dit-elle en se levant.

Wong Su prit le téléphone, pendant que Dany allait vers la fenêtre. Du neuvième étage, la vue sur *Beihai Park*, était superbe. Il y avait de grands arbres tout autour, dont elle avait oublié les noms et au-delà des arbres, elle pouvait apercevoir le Palais Impérial, et le Musée, tout près de la Cité Interdite. La Chine avait tellement changé depuis le début du siècle, elle s'était modernisée et mis à part quelques détails architecturaux, beaucoup d'édifices qu'elle voyait de la fenêtre, ressemblaient étrangement à ceux qu'on retrouvait dans les grandes villes d'occident. On frappa à la porte, le thé arrivait, Dany regagna son fauteuil.

— Vous disiez donc, madame Rouzier ?

-Je disais qu' en contrepartie des futures transactions en euro, l'Union proposerait de vous fournir sans autres conditions, les dix milliards annuels nécessaires au remboursement de votre dette extérieure avec les États-Unis, pour les dix prochaines années.

Le chinois s'adossa à son siège et prit une gorgée de thé brûlant en regardant la théière de porcelaine, posée devant lui, sur une petite table de couleur noire et décorée de fleurs de lotus peintes à la main.

Dany l'observait, les chinois avaient le don de dissimuler leurs sentiments derrière un sourire de façade. Elle ne doutait pas que ses propos avaient atteint leurs buts. Les milliards de dollars que l'union européenne offraient, représentaient beaucoup pour la Chine mais, les transactions en euro iraient rapidement en augmentant, et atteindraient des niveaux dépassant de plus de dix fois les montant investis par l'Union.

Wong Su reposa sa tasse de thé sur la table noire et son regard se tourna vers Dany avec un sourire qu'elle pouvait juger sincère. Il ne parla pas tout de suite, tout comme une personne qui allait dire quelque chose mais qui n'avait pas encore terminé de rassembler tous ses mots. Ce moment de silence, sembla interminable pour Dany, allait-il demander autres choses en plus des cents milliards ou bien, simplement refuser cette proposition, qui lui semblait peu ordinaire ? Se demandait-elle.

> — Vous dites une autoroute, madame Rouzier ? Dit le chinois.

> — Oui, monsieur le ministre, dit-elle soulagée. Du Nord au Sud, de Qigihar à Taipei,

> — Très intéressant madame, dit encore Wong Su, mais la Chine est un pays immense, qui comporte de grandes villes situées plus à l'ouest et qui seraient encore très éloignées.

> — Tenez, venez jeter un coup d'œil sur la carte. Vous voyez ici au Sud, que la ville la plus éloignée est Nancheng tout comme Kunming qui est très loin au Sud-ouest. Si nous construisons une autoroute Nord-Sud, il faudrait aller au-delà de Taipei et atteindre Nancheng.

> — Je suis conscient que la ligne droite, avec des écarts de quelques kilomètres pour toucher plusieurs grandes villes au passage, est la plus logique, mais si, grâce à la générosité de l'union européenne, la Chine dispose de plus grands budgets pour les dix années à venir, elle développera les régions éloignées afin d'éviter une migration vers les grandes villes de l'est du pays et les routes actuelles sont étroites et ne sont pas en très bonne condition. Pour être franc avec vous madame, votre exposé sur les revenus anticipés de ces dix années, comporte des failles qui rendrait vos prévisions irréalisables car notre pays est pauvre et ne possède pas les moyens financiers nécessaires à la reconstruction et au bitumage de ces routes secondaires.

Dany examinait la carte et savait que le chinois avait tout à fait raison. Contrairement à l'Europe, où les villes possédant un bassin de population important, n'étaient pas très éloignées les unes des autres, les agglomérations situées à l'ouest de la Chine, étaient très éloignés des grands centres nerveux de la Chine.

Le Conseil européen, avait prévu toutes sortes de scénarios pour contrer les objections possibles des chinois. Les estimations des coûts de construction de l'autoroute, comportaient d'importantes réserves de fonds, suffisantes à la réfection des routes secondaires et Dany en avait été avisée. Les instructions qu'elle avait reçues, étaient d'attendre et d'utiliser cette dernière carte qu'elle avait dans son jeu, qu'en cas de refus de la part des chinois. Elle revint à son fauteuil, il fallait savoir être patient avec les chinois et leur laisser l'impression, qu'ils avaient bien obtenu raisons dans leurs négociations.

— Monsieur le ministre, personnellement, je ne crois pas que le Conseil européen accepte de défrayer les coûts additionnels que représentent la mise en chantier de ces routes secondaires, c'est une proposition que nous croyons alléchante et la construction de l'autoroute pourrait selon nos experts, être complétée dans les prochains dix-huit mois.

— Sans le financement de la construction de ces routes secondaires, je doute sincèrement madame, que mon gouvernement accepte d'aller plus avant dans ce dossier toutefois, je dois en référer au conseil des ministres, avant de vous donner une réponse définitive. Qu'elle est la durée de votre séjour en Chine madame Rouzier ?

— Je repars vendredi de la semaine prochaine, j'ai prévu de visiter certains endroits avant de quitter votre magnifique pays.

— Voici ma carte. Vous prévoyez voyager quelques jours en Chine, alors il nous sera difficile de vous joindre, je me permets de vous proposer d'appeler ma secrétaire à ce numéro, en milieu de semaine prochaine, disons mercredi, cela vous va ?

LA MENACE

— Parfaitement monsieur le ministre, j'espère que nous en arriverons à une entente, bénéfique pour la Chine et l'Union européenne.

— Je le souhaiterais aussi madame, mais je connais bien notre Président et les autres ministres et j'ai à l'avance le pressentiment, qu'ils refuseront la proposition de votre gouvernement. Je vous donnerai sa réponse mercredi prochain en fin de matinée.

L'entretien était terminé. Ils quittèrent leurs fauteuils et se serrèrent chaleureusement la main, en ayant tous les deux le même réflexe, de pencher le torse de quelques centimètres.

— Au nom du Conseil européen, je vous remercie monsieur le ministre, de m'avoir accordé de votre précieux temps.

— Je vous remercie aussi pour votre visite en Chine, madame Rouzier.

Dany sortit de l'édifice, héla une voiture taxi qui passait et se fit conduire à son hôtel. Arrivée dans sa chambre, elle ôta ses souliers qu'elle laissa sur le tapis près du lit enlevant ses vêtements, elle les lança un à un sur une commode près de la fenêtre.

Elle crut entendre un bruit métallique lorsque le haut de son costume atterrit sur le meuble de bois. Dany vérifia le contenu des poches du vêtement, il n'y avait rien de métallique. Elle souleva ses vêtements, rien non plus sur la commode. Le bruit qu'elle avait entendu, était bien un bruit de métal au contact du bois mais elle ne voyait rien de suspect. Elle décida d'accrocher son costume à la penderie. Prenant le vêtement par le haut, près du col pour le mettre en place, elle sentit au bout de ses doigts, comme un objet métallique accroché sous le col. Dany examina l'objet qu'elle avait dans la main, elle comprit à l'instant, qu'on lui avait placé un micro.

Son cœur se mit à battre très fort, et ses mains tremblèrent. Revenant de ses émotions, elle se rendit à la salle de bain, ouvrit le couvercle du cabinet de toilette, laissa tomber l'objet dans l'eau puis tira la chasse, le micro disparut dans les remous de l'eau.

LA MENACE

Dany passa sous la douche, en se demandant qui, avait bien pu lui apposer ce micro. Elle ne doutait pas que sa conversation avec Wong Su, ait pu être entendue et tentait d'analyser l'ampleur du problème et ses conséquences. Elle s'habilla d'un jeans et d'un pull de laine à col roulé et alla à la commode, prendre son sac à main.

D'un un petit compartiment de son sac, presque invisible à l'œil nu, elle sortit son petit disque et le mit dans le creux de sa main. Devait-elle contacter le Conseil, avant d'avoir obtenu la réponse des chinois et les informer de la découverte du micro ? Elle hésitait. Qu'elle les informe maintenant, cela changerait-il quelque chose à la situation, peu importe qui ils étaient, ceux qui avaient placé le micro, connaissaient maintenant, la raison de son voyage en Chine.

Elle s'étendit sur le lit et réfléchit aux événements depuis son arrivée à l'hôtel. Lorsqu'elle était retournée dans sa chambre la veille en soirée, tout semblait normal et rien n'avait été touché. Elle avait ouvert sa valise, pour en ressortir le costume qu'elle allait porter le lendemain, pour sa rencontre avec le ministre, celui-ci était toujours bien plié et rangé au même endroit où elle l'avait placé avant son départ de Paris.

Elle ferma les yeux et essaya de se souvenir des gens qu'elle avait côtoyés depuis son arrivée en chine. Dany se rappela que la journée précédente, elle avait été bousculée à quelques reprises, lorsqu'elle flânait dans les rue de Beijing. La foule était si dense que les gens devaient marcher en zigzagant pour éviter de heurter les personnes qui venaient à contresens, mais elle ne portait pas son costume et il fallait exclure ce moment.

Plus tard, il y avait eu sa visite au musée et la rencontre avec ce touriste américain qui était si gentil. Ce matin, il y avait beaucoup de gens dans l'ascenseur lorsqu'elle descendit prendre son petit déjeuner, peut-être que l'un d'eux aurait placé le micro, se demanda-t-elle.

Elle s'arrêta à penser à l'arrivée soudaine du touriste américain derrière elle, au Coffee Shop. Dany avait sursauté

LA MENACE

lorsqu'il avait mis la main sur son épaule, tout près de son cou, ce ne pouvait qu'être lui. Bratten se disait touriste et habitait l'hôtel, elle le croiserait sûrement avant son départ pour Paris. Allait-elle lui en parler, lui dire qu'elle avait trouvé le micro par hasard ? Non, il valait mieux l'éviter et si c'était bien lui, il était fort probable qu'il aurait déjà quitté l'hôtel.

Dany descendit au lobby et s'approcha du comptoir de l'accueil. Il était midi et de nombreuses personnes circulaient ou attendaient de régler leur note et Dany du attendre son tour. Elle regarda autour d'elle, croyant voir passer Bratten, mais tous ces visages lui étaient inconnus.

La chinoise avait un sourire magnifique, ses cheveux étaient longs, d'un noir d'encre. Elle avait une taille de jeune fille portait un uniforme de couleur rouge avec une jupe très courte.

— Bonjour madame, je peux vous aider ?

— Oui, s'il vous plaît. Vous disposez d'ordinateurs pour les clients de l'hôtel ?

— Certainement madame, au premier étage à la salle 124, vous trouverez les moyens de communication les plus récents. Vous vous servez de la clef de votre chambre pour y accéder.

— Je vous remercie. À propos, mademoiselle, y a t-il un certain monsieur Phil Bratten qui habite l'hôtel ?

— Attendez, dit la chinoise. Je vais vous le dire à l'instant.

L'employée tapa quelques touches de l'ordinateur devant elle pendant que Dany, jetait un second regard circulaire dans le lobby.

— En effet madame, il y a bien un monsieur Phil Bratten qui habite l'hôtel, je ne peux vous dire le numéro de sa chambre, c'est contre le règlement mais je peux l'appeler pour vous au téléphone.

— Ce ne sera pas nécessaire, je vous remercie, dit Dany. Elle prit l'ascenseur et monta au premier.

LA MENACE

Elle ouvrit la porte vitrée de la salle 124, il n'y avait personne, elle serait tranquille pour envoyer son message, se dit-elle. La disquette une fois insérée, le drapeau bleu de l'Union apparut et Dany tapa son mot de passe.

Message.

Ma rencontre avec le ministre Wong s'est bien déroulée, mais je crois que nous devrons comme prévu, accepter de défrayer les coûts des voies secondaires. J'aurai une réponse mercredi prochain et vous tiendrai au courant des développements.

Important.

Je crois bien que notre proposition au chinois, est maintenant connue par d'autres personnes, j'ai découvert un micro qui avait été placé sous le col de mon costume par un touriste américain.

Me donner instructions.

Dany.

Une petite étoile jaune clignotait à l'écran, Dany savait que le message avait été bien reçu et que la réponse ne se ferait pas attendre mais quelquefois, c'était plus lent et dépendait de la complexité des réponses qu'elle attendait. Plus de quatre minutes passèrent puis un tableau apparut.

Communication.

Bonjour Dany.

Pour le micro, il fallait bien s'y attendre qu'un jour ils trouveraient un moyen de nous piéger, mais pour le moment, agissez tout comme si de rien n'était et terminez votre travail. Nous présumons que vous avez avec vous, la petite caméra que nous vous avions remise à Strasbourg et si c'est possible, prenez une photo de cet américain, elle pourra toujours nous servir. Si l'américain vous approche, jouez le jeu..

Deuxième point.

LA MENACE

Bien joué avec le ministre. Notre stratégie était bien la bonne et vous avez bien fait d'attendre et de les laisser réfléchir, les chinois vont en principe accepter notre proposition, dès qu'ils connaîtront notre dernière offre pour les voies secondaires.

Dès que vous aurez la réponse des chinois, il vous faudra communiquer avec nous, afin que nous préparions les documents nécessaires pour la prochaine rencontre de nos deux ministres des affaires étrangères. Les détails de l'entente seront finalisés à ce niveau.— Message terminé.

Dany récupéra la disquette et la plaça dans la pochette de son sac.

LA MENACE

CHAPITRE 24

Le mercredi suivant, après avoir séjourné quelques jours à Shanghai et Taipei, Dany était de retour au Novotel Peace et attendait dans sa chambre, le moment venu d'appeler le ministre. Elle n'avait jamais revu l'américain, ni essayé de le contacter. Il était évident, qu'il n'avait pas traîné dans les parages et avait quitté l'hôtel le lendemain. Comme elle mettait la main sur le téléphone, celui-ci sonna, ce qui la fit sursauter légèrement.

— Hello !

— Bonjour, vous êtes bien madame Rouzier ? Dit une petite voix féminine en chinois.

— Oui, c'est elle même.

— Je suis la secrétaire de monsieur le ministre Wong Su, monsieur le ministre demande s'il vous serait possible de venir le rencontrer à son bureau cet après-midi ?

LA MENACE

— J'y serai avec plaisir mademoiselle, à quelle heure monsieur le ministre désire-t-il que je sois à son bureau ?

— Vers quinze heures, cela vous irait ?

— Oui, quinze heures, c'est noté. Remerciez monsieur le ministre de ma part.

— Bien madame, au revoir.

— Au revoir.

Dany croyait que le gouvernement de la Chine ne pouvait pas laisser passer une telle offre, mais avec les chinois, il fallait s'attendre à tout, ils étaient vraiment imprévisibles. Le Conseil avait prévu cette éventualité et était prêt à bonifier la première offre, l'enjeu en valait la peine.

Elle regarda sa montre, il était midi trente, juste le temps de prendre un bain et de se préparer pour la rencontre avec le ministre. Cette fois, se dit-elle, il n'y aurait plus de dizaines de questions préalables, ils iraient directement au but de la réunion.

Le taxi la déposa devant le bureau du ministre Wong Su. Le garde à l'entrée la reconnut et la salua en lui indiquant l'ascenseur. La secrétaire du ministre était à l'accueil et lui sourit en la voyant arriver.

— Bonjour madame Rouzier, monsieur le ministre vous attend. Si vous voulez bien me suivre, c'est par ici.

— Merci mademoiselle, je vous suis.

Elles longèrent un petit couloir et la porte s'ouvrit sur le chinois qui se leva pour venir à sa rencontre.

— Bonjour madame, je suis enchanté de vous revoir.

— Moi de même monsieur le ministre.

— Venez vous asseoir. Vous avez pu faire un peu de tourisme durant votre séjour ?

LA MENACE

— J'en ai bien profité monsieur, peu de gens ont eu comme moi la chance, d'avoir visité la Chine dans le passé et c'est toujours un plaisir renouvelé.

-Vous voulez du thé ?

— Non merci monsieur, j'ai déjà pris quelques tasses de thé depuis ce matin.

Le chinois vint s'asseoir près d'elle, le large sourire qu'il arborait à son arrivée, s'atténuait quelque peu et Dany comprit que le moment était venu. Ils se regardèrent brièvement dans les yeux, elle sentait qu'il n'était pas à son aise, mais attendait qu'il parle le premier, comme le voulait la coutume chinoise.

— Chère madame, j'ai bien peur d'avoir de mauvaises nouvelles pour vous. La réunion du conseil des ministre fut bien longue et agitée, votre proposition en a étonné plusieurs car une offre d'une telle ampleur, n'est pas chose courante.

— Le gouvernement de la Chine remercie l'Union européenne pour cette offre alléchante, mais dans les conditions actuelles, notre pays ne dispose pas des budgets nécessaires au parachèvement des routes secondaires qui relieraient les villes éloignées à cette autoroute.

— Vous comprenez madame, que même si l'Union épongeait notre dette extérieure avec les États-Unis pour une période de dix ans, les sommes ainsi économisées, devraient être consacrées au développement de nouvelles industries dans les régions et il s'avérerait presque impossible d'y arriver, sans ces routes secondaires.

Dany l'écoutait patiemment. Le ministre évoqua toutes sortes de raisons pour justifier le refus de la Chine mais, il en revenait toujours à l'aspect financier des travaux et au manque de moyens pour les réaliser. L'homme semblait un peu gêné mais Dany connaissait bien les chinois, ils étaient féroces en affaire, de fins négociateurs et elle savait que ce refus, n'était pas définitif et qu'ils laissaient la porte ouverte aux enchères.

> — Monsieur le ministre, l'Union européenne est réaliste et comprend la position de la Chine devant l'importance des sommes à investir dans ses infrastructures. J'ai fait rapport au Conseil, des résultats de notre première rencontre et ils en sont venus à la conclusion que vous aviez entièrement raison. Sans ces routes, il serait impossible à court terme, de réaliser les projections de développements industriels de la Chine.

> — C'est bien cela madame, dit le chinois. La Chine doit rembourser cette dette, quitte à ralentir sa progression dans ce monde de changements rapides.

> — Et si le Conseil approuvait votre demande et votait les budgets additionnels pour ces routes, votre gouvernement accepterait-il notre proposition ?

Wong Su se redressa sur son fauteuil et son large sourire, revint sur sa figure. Dany savait maintenant, qu'elle avait gagné, tout le reste était question de minutes mais elle devait lui laisser l'impression que lui, avait gagné.

> — Vous voulez dire que l'Union européenne assumerait le coût total de l'autoroute et des routes secondaires ?

> — Oui monsieur le ministre, j'ai l'accord de mon gouvernement pour vous le confirmer.

> — Mais c'est tout simplement merveilleux, dit le ministre en se levant. Et le tracé, bien que nous en ayons une bonne idée, nous aimerions savoir ce que l'Union avait imaginé.

> — L'union européenne avait pensé que la construction pourrait relier les villes de Qigihar au Nord et Kowloom tout au Sud, en passant par Shanghai. Naturellement, les villes lointaines de Chengdu, Guiyang et Kun Ming, seraient desservies par les routes secondaires.

LA MENACE

— Excellent, c'est ce que nous avions imaginé nous aussi.

Washington D.C.

-Vous me dites quoi! Ils veulent payer en euro, tous ce qu'ils importent de Chine?

— Il semble bien que c'est ce qu'ils tentent.

— Les chinois ont-ils donné leur accord?

— Aucune entente n'a encore été conclue, dans la conversation que nous avons enregistrée, mais le chinois a dit qu'il devait en référer au conseil des ministres et probablement au président de la Chine.

Les deux hommes étaient seuls dans un petit bureau de l'un des édifices du gouvernement à Washington. La traduction de la conversation entre Dany et le ministre Wong Su, leur était parvenue la veille et ils l'avaient écouté à plusieurs reprises, afin d'être certains qu'ils en avaient bien saisit la teneur.

L'un d'eux était Jeff Tyson, responsable des opérations de la C.I.A. en Europe. Tyson avait soixante-deux ans, et occupait ses fonctions depuis dix ans. A la fin de ses études en droit international à Harvard, il avait été choisi par les recruteurs gouvernementaux, pour faire partie de l'équipe d'agents, chargés de suivre de près, l'évolution de l'Union européenne. Il connaissait bien l'Europe et ses peuples aux coutumes si étrangement similaires. Ses rapports étaient concis et toujours accompagnés de son analyse personnelle.

Il était de taille moyenne avec des cheveux blancs et son dos était en peu voûté mais il avait la réputation de faire un travail impeccable et Jim Nugget, le chef de la C.I.A. à Washington, vérifiait toujours les faits avec lui, avant d'en aviser le Président des États-Unis.

LA MENACE

Jeff Tyson avait sonné l'alarme à plusieurs reprises auprès de ses supérieurs de Washington mais ceux-ci s'étaient toujours refusés à en aviser les Présidents qui s'étaient succédés. La situation devenait plus sérieuse et l'incursion de l'Union en Chine, signifiait un danger à moyen terme.

— On voit bien qu'ils continuent à étendre leur influence, dit Nugget. Aujourd'hui la Chine et demain, ils iront plus au Sud, vers l'Asie du Sud-Est. S'ils réussissent et avec le temps ils y arriveront, le dollar américain pourrait connaître des fléchissement sérieux et notre économie en serait affectée. Nous ne devons pas les laisser continuer, il nous faut savoir à l'avance, où ils frapperont la prochaine fois. Nous ne pouvons pas placer des micros partout en Europe, on doit découvrir quels sont leurs moyens de communication, cela nous permettrait de prévenir les coups. Qu'avez-vous de nouveau à ce sujet.

— J'ai mis Mathews sur l'affaire à Paris. Ils semblent qu'ils se servent de petits disques pour communiquer entre eux ses hommes doivent au moment où l'on se parle, fouiller la maison d'une certaine Dany Rouzier. Nous avons capté une longue conversation entre elle et son mari, il a été question de ce disque et nous essayons de mettre la main dessus. C'est le seul élément, le seul indice que nous ayons pu découvrir jusqu'à maintenant, ils sont plutôt discrets.

— Tenez-moi au courant, je vais aviser le président, de la situation entre la Chine et l'Union européenne.

Paris, Le même jour.

Mathews était furieux, ses hommes étaient revenus bredouilles de la fouille de la maison. Ils avaient découvert que les micros qu'ils avaient dissimulés dans toutes les pièces de la maison, avaient disparu et ils en avaient placé d'autres, à des endroits différents.

Les plus récents détecteurs avaient été utilisés mais en vain, la disquette demeurait introuvable, peut-être qu'elle l'avait apportée avec elle en Chine, se dit Mathews. Toutes les tentatives pour en apprendre plus, qui avaient été faites auprès d'autres fonctionnaires de l'Union, avaient échouées. Décidément, l'efficacité de l'antenne de Paris, était mise à rude épreuve. Comment allait-il annoncer son échec à Jim Nugget?

Il prit le journal France Soir, qu'il avait sur son bureau et chercha dans les pages financières, la valeur des différentes devises des grands pays du monde. Ses yeux allèrent directement à la devise américaine, versus l'euro et remarqua que le dollar avait encore perdu plus de six pour cent de sa valeur, dans la dernière année, il était maintenant à 0,8700. Il ne vérifiait pas le journal tous les jours mais il savait que la dégringolade du dollar continuait, inexorablement.

LA MENACE

LA MENACE

CHAPITRE 25

Dany revint chez elle le samedi suivant en fin de matinée, après un voyage vraiment épuisant. Pierre était à la maison et la reçu, les bras grand ouverts et la serra contre lui. Elle se laissa aller et appuya la tête sur son épaule, les bras pendants, exténuée par la fatigue.

— Bonjour ma chérie, j'avais hâte que tu reviennes à la maison. Tes yeux sont rouges, le voyage a été long?

— Trop long mon amour, mais je suis enfin de retour, j'avais moi aussi hâte de te revoir. Tout c'est bien passé durant mon absence, rien de neuf?

— Tout m'a semblé normal sauf que plus tôt cette semaine, en revenant du travail, je me suis aperçu que la porte arrière n'était pas verrouillée.

— Tu l'avais vérifiée en partant le matin?

— Bien sûr que oui, je le fais tous les jours.

— Tu crois que quelqu'un aurait pénétré dans la maison?

LA MENACE

— Je n'en suis pas certain Dany, c'est seulement une
impression, je n'ai rien trouvé de déplacé mais je
pourrais jurer que quelqu'un est entré. C'est du moins
la sensation que j'ai eu, en revenant à la maison.

— C'est peut-être le département de sécurité du Conseil
qui a envoyé une équipe pour vérifier s'il y avait des
micros, mais ils ont les clefs de la maison, je vais
vérifier avec eux lundi matin. Pour le moment,
j'aimerais bien prendre un bain chaud et dormir
quelques heures.

— Tu as raison, tu as besoin de te reposer.

Après le bain, elle se jeta sous les couvertures du lit et
s'endormit en pensant, qu'elle avait réussi à convaincre les chinois,
ce qui permettait à l'Union d'étendre ses tentacules en Asie.

Dany s'éveilla dans la soirée, mangea quelque chose de léger
puis, retourna dormir, elle avait besoin de récupérer le décalage
horaire. Lorsqu'elle s'éveilla le lendemain matin, Pierre dormait
près d'elle. Elle se colla doucement à lui mais ne chercha pas à le
réveiller et se leva pour descendre faire du café.

Son porte-document était resté sur le plancher près de
l'entrée, là où elle l'avait laissé glisser de sa main. Elle le ramassa,
prit son sac à main qui était sur la table du living-room, l'accrocha
par la lanière de cuir à son épaule et la tasse de café dans l'autre
main, monta à l'étage. Dany ferma doucement la porte de la
chambre à coucher où Pierre dormait encore et alla à son ordinateur.

À Beijing, elle avait communiqué avec le Conseil pour lui
faire part du résultat de sa deuxième rencontre avec le ministre Su
et après l'avoir félicité pour son excellent travail, ils lui avaient
demandé de les contacter à son retour à Paris.

Elle prit la disquette dans son sac, l'inséra dans la fente et
tapa son mot de passe. Le drapeau bleu de l'Union apparut une
autre fois et elle commença son message.

Message. : *Bien arrivée à Paris. Il semblerait qu'il y a quatre
jours, quelqu'un aurait une fois de plus pénétré chez moi. Si c'est*

LA MENACE

l'équipe technique que vous avez envoyé pour découvrir l'emplacement des micros, il n'y a pas à s'inquiéter mais je voulais m'en assurer. Bien vouloir confirmer s'il vous plaît.

J'attends vos instructions pour le prochain travail que vous allez me confier.

Dany.

Elle attendit deux petites minutes, puis la réponse arriva sur l'écran.

Bonjour Dany.

Nous sommes heureux de vous savoir de retour en Europe. Encore une fois, nous vous remercions pour les résultats obtenus en Chine.

L'équipe technique est allé chez vous, le jour suivant votre départ pour la Chine et ils ont découvert des micros partout, la maison en était truffée. Si vos doutes sont fondés, nous devrons y retourner et cette fois, nous installerons un système d'alarme et des caméras qui ne fonctionneront que durant votre absence. Soyez prudente si vous parlez au téléphone, ne dites que le strict nécessaire, ils peuvent écouter.

Vous prendrez une semaine de vacances, vous en avez besoin après ce voyage en Chine. Nous vous attendons à Strasbourg dans dix jours. — Message terminé.

Dany était un peu contrariée de constater que les techniciens devaient revenir chez elle. Entre-temps, Pierre et elle allaient devoir faire très attention à ce qu'ils diraient à voix haute. Elle reprit la disquette, la regarda dans le creux de sa main. Devait-elle la garder sur elle, ou bien la cacher quelque part dans la maison, elle hésita un moment, il fallait réfléchir.

Soudain, deux mains touchèrent à son cou et glissèrent lentement sur sa poitrine, en écartant le léger vêtement de soie qu'elle avait négligemment laissé entrouvert Il caressa ses seins, aux mamelons dardés. Pierre s'était levé en pleine forme et il voulait le lui prouver. Dany laissa aller sa tête vers l'arrière et lui offrit ses lèvres.

Pierre s'avança à son côté et se redressa près de Dany toujours assise. Elle déposa la disquette sur le meuble devant elle et sa main descendit lentement vers les genoux de Pierre et monta doucement vers son sexe gonflé de désir. Elle le prit dans sa main et de l'autre, elle défit le cordon de sa robe de chambre maintenant grande ouverte sur son membre. Il était dur, droit comme un mât et une douce chaleur envahit sa main.

Pierre était grand et elle plus petite et assise, elle n'eut qu'à pencher légèrement la tête. Elle se tourna sur sa chaise et des deux mains aux doigts agiles, elle le caressa en approchant sa bouche avide qui se referma sur son pénis grossi, pendant que Pierre lui caressait les cheveux et sentait monter des bouffées de plaisir. Il ferma les yeux et se laissa aller, Dany bougeait la tête de haut en bas et de sa langue, enveloppait son gland dans un mouvement de rotation incessant.

Dany ressentait une jouissance immense et y prenait un plaisir fou, elle adorait envelopper de sa langue, ce sexe qui savait si bien l'exciter. Pierre bougeait son bas ventre et accompagnait les mouvements de sa bouche qui augmentait le rythme.

— Arrête chérie, pas ici, je te veux moi aussi….

Elle ne l'écouta pas ou ne l'entendit pas et continua à profiter de ce moment qui lui avait manqué pendant quelques semaines. Dany émettait de petits grognements de plaisir, et voulait à tout prix, qu'il lui donne ce qu'elle voulait et continua de le sucer gloutonnement.

Pierre sentait que quelque chose en lui se préparait à exploser et il tenta un léger mouvement de recul mais Dany le retint fermement et l'attira encore plus près, enfonçant son pénis plus profondément dans sa bouche. Il avait la sensation que son membre se vautrait dans un tunnel de velours qui se balançait sans cesse et s'abandonna à ses caresses.

LA MENACE

Elle connaissait bien son Pierre, elle savait que les bruits de succion qui provenaient de sa bouche l'excitaient et elle sentit qu'il se raidissait. Tout à coup, il cessa de bouger ses hanches et émit un long râle, le flot de sa semence quitta l'abysse de son corps et monta vers son pénis, qui le déversa par longs jets, dans la bouche de Dany. Le moment qu'elle attendait était arrivé, un interminable gémissement de satisfaction, s'échappa de sa gorge, lorsque le chaud liquide inonda sa langue.

LA MENACE

LA MENACE

CHAPITRE 26

2033

Plusieurs autres pays d'Europe avaient joint la grande famille de l'Union européenne. Nombre d'entres eux, avaient dû attendre des années avant que leur économie se stabilise. Leur venue affecta quelques peu les marchés boursiers européens et l'euro se mit à vaciller. Les européens se rendirent compte qu'il aurait mieux fallu attendre encore quelques années.

Le Japon avait réussi à convaincre d'autres pays asiatiques de s'unir à lui et d'adopter une monnaie commune. Certains d'entre eux, comme la Malaisie dont l'économie oscillait y avaient trouvé un certain avantage mais les deux Corées, maintenant réunies en une seule Corée, le Vietnam, le Cambodge et le Japon, commencèrent à réaliser qu'ils avaient à conjuguer avec les problèmes qu'apportaient avec eux, ces nations plus petites et leur nouvelle monnaie, le Yum, se mit à fluctuer dangereusement.

En Amérique, les indices boursiers chancelaient et les grandes entreprises firent des mises à pieds massives, entraînant la remontée du taux de chômage. Les États-Unis commencèrent à connaître des moments difficiles qui selon les experts, amèneraient le pays vers une grave récession et les taux d'intérêts se mirent à grimper.

Les canadiens n'y échappèrent pas, la Banque du Canada suivit le pas aux américains et haussa graduellement les taux d'intérêts pour stopper la poussée inflationniste des prix à la consommation mais il en résultat un ralentissement économique important, la récession était à leurs portes. Leur plus grand partenaire commercial qui était les États-Unis, diminua ses importations en provenance du Canada et plusieurs usines dont les opérations en dépendaient, durent fermer leurs portes.

Aux États-Unis comme au Canada, les gouvernements forcèrent les fonctionnaires à accepter des réductions de salaires afin de réduire les coûts. Les syndicats de la fonction publique, répliquèrent avec des grèves rotatives et des lois furent votées pour les forcer à rentrer au travail, ce qu'ils refusèrent. Vint les menaces de la part du gouvernement, de faire respecter ces lois mais les syndicats qui comptaient des millions et des millions de membres, s'en moquèrent et incitèrent leurs membres à défier ces lois.

Les grèves, bien que rotatives, affectèrent l'appareil de l'état à un tel point que le président passa à l'action et chacun des syndiqués, reçu une lettre personnelle, l'enjoignant de cesser ces grèves et de retourner au travail sinon, il risquait le congédiement.

Ces lettres envoyées directement à leurs membres, furent dénoncées par les syndicats et ils enjoignirent les fonctionnaires à ignorer ces menaces et à augmenter le rythme des grèves, qui touchèrent alors, tous les secteurs de l'activité gouvernementale.

Les syndicats américains avaient oublié, que de nombreuses années auparavant, les contrôleurs aériens, après avoir fait une grève qui avait alors paralysé tous les aéroports du pays, avaient tous étés congédiés sur le champ par le président d'alors, Ronald Reagan.

Voyant que les pressions exercées par le gouvernement ne donnaient aucun résultat, un décret présidentiel fut émis dans les jours qui suivirent. Le lundi suivant, tous les fonctionnaires qui n'étaient pas à leur poste de travail, furent congédiés. Plus de cent cinquante milles personnes allèrent grossir les rangs des millions de chômeurs américains.

Les grandes sociétés qui voyaient leurs activités réduites par cette récession, emboîtèrent le pas et tentèrent de négocier des réductions de salaires avec leurs employés. La grogne s'installa chez les travailleurs, et des grèves furent déclenchées à la grandeur du pays. Les taux d'intérêts élevés et les prix à la consommation qui ne cessaient pas de grimper, eurent des effets négatifs en Amérique. Les ventes de voitures chutèrent de façon brutale et la construction de nouvelles maisons cessa, tout ce qui nécessitait une certaine forme de financement bancaire, était soudain devenu prohibitif.

Les nord-américains n'achetèrent plus de produits de luxe et réduisirent les dépenses au strict minimum, entraînant la fermeture de centaines d'usines au Mexique et au Canada. Le taux de chômage atteignit près de vingt-cinq pour cent et naturellement, les gouvernements qui avaient réussis à éponger les déficits accumulés, se remirent à dépenser des milliards de dollars, en espérant faire redémarrer l'économie, mais en vain.

Les destinations vacances et les grands hôtels souffrirent du manque de visiteurs, plus personne ne pensait à s'amuser, l'incertitude créée par un long ralentissement économique, rongeait toutes les couches de la société.

Les grand pays industrialisés incitèrent les populations à réduire la consommation d'énergie sous toutes ses formes et les grandes sociétés pétrolières qui avaient profité de l'explosion économique mondiale du début du siècle, durent réduire leur production de façon significative.

Afin de combler les manques à gagner causés par une évidente récession, les pays producteurs, s'entendirent pour augmenter de trente pour cent, le prix du baril de pétrole. Après l'annonce de cette désastreuse nouvelle dans les médias, d'énormes bouchons de circulation se créèrent devant les postes d'essence, autant en Europe qu'en Amérique. Tous tentaient de faire des réserves avant l'augmentation des prix à la pompe, mais ces minces réserves, fondirent rapidement. Les gens cessèrent graduellement d'utiliser leurs véhicules et se ruèrent vers les transports publics et le co-voiturage.

La Chine et ses voisins, virent leurs exportations coupées de plus de la moitié, les acheteurs n'étaient plus là, la demande avait disparu. L'Asie du Sud-Est subit le même choc et là aussi, la production cessa devant l'arrêt de la demande.

Le Japon qui avait longtemps été le principal partenaire économique des États-Unis, n'échappa pas aux effets de la crise mondiale qui se dessinait. Le gouvernement américain, qui voyait le taux de chômage se maintenir à des nivaux élevés, vota des lois qui interdirent les importations de produits étrangers, incluant les très populaires voitures japonaises, coréennes et chinoises. La puissante Général Motors, dû se plier aux nouvelles lois et cessa toutes activités avec ses partenaires en pays étrangers et se concentra sur la production en sol américain.

Les dirigeants des plus grands pays industrialisés, se réunirent à maintes reprises, dans le but de trouver des solutions, mais la situation empirait chaque jour, le spectre de la grande dépression de 1929, hantait les populations du globe, les cinq continents étaient touchés.

L'Amérique Centrale subit les contrecoups de la crise que vivaient ses voisins du Nord et faute de nr plus pouvoir faire traverser les frontières à leurs produits, ils fermèrent aussi, des centaines d'usines et mirent à pieds des millions de travailleurs.

Au Brésil, les fréquentes périodes de sécheresse du Nord du pays, s'étendirent vers le Sud et les populations se précipitèrent vers les grandes villes, désertant leurs maisons et leurs champs. L'autosuffisance du Brésil en matières d'agriculture, atteignit un point critique et la famine se mit à faire des ravages dans plusieurs régions. Le président brésilien demanda l'aide internationale mais les autres pays du monde connaissaient eux aussi des difficultés majeures et toutes les réponses s'avérèrent négatives.

LA MENACE

Les grandes banques étrangères, qui avaient dans le passé, connus de mauvaises expériences avec le remboursement des prêts accordés au Brésil, refusèrent catégoriquement d'avancer d'autres sommes. Le pays se tourna vers la Banque Mondiale mais les demandes répétées furent ignorées.

Dans les mêmes années, l'Argentine connu une mystérieuse épidémie, qui s'attaqua à son cheptel bovin et des millions de bêtes durent être abattues. Le pays vivait une économie stagnante depuis près de vingt années, et ce drame vint accentuer les effets négatifs de la crise mondiale.

De grandes catastrophes climatiques, se produisirent à la chaîne. L'Angleterre qui avait été le plus souvent épargnée, vit ses activités quotidiennes, affectées par de nombreuses tempêtes de neige qui paralysèrent les entreprises sur de longues périodes, les travailleurs ne pouvaient plus se rendre au travail. Toutes les routes étaient bloquées par les amoncellements de neige et le gouvernement ne possédait pas les équipements nécessaires aux déneigements d'une telle ampleur, seuls les trains pouvaient encore rouler.

Le Nord de la France fut aussi touché par ces tempêtes mais au Sud, les nombreuses inondations atteignirent des niveaux critiques et plusieurs routes du pays devinrent inaccessibles. Les camions qui approvisionnaient les grands centres, durent effectuer des détours de plusieurs centaines de kilomètres pour arriver à destinations. Certains produits alimentaires commencèrent à se faire rares et malgré les interventions des autorités, les prix grimpèrent avec rapidité. Devant les coûts prohibitifs de ces denrées, la population modifia ses habitudes de consommation et se nourrit de produits dont les prix étaient encore abordables.

2039

La situation empirait partout sur la planète et les pays tentèrent tant bien que mal de survivre ,mais ils se sentaient tous isolés les uns des autres, préoccupés qu'ils étaient par le chômage élevé et l'inactivité de la vie industrielle, sur leur sol respectif.

Devant l'inefficacité des dirigeants à résoudre les problèmes économiques qui s'accumulaient, des voix s'élevèrent un peu partout dans le monde, pour dénoncer la situation et les populations commencèrent à parler de révolte. Des manifestations furent menées dans plusieurs grandes villes du monde, les gens se massèrent devant les édifices gouvernementaux et crièrent leur détresse. La violence apparu, et certains en profitèrent pour saccager les commerces et s'emparer de tout ce qui leur tombait sous la main. Les policiers firent de nombreuses arrestations mais n'arrivèrent pas à contenir les foules en colère et durent demander l'aide de la garde nationale et de l'armée.

Les marchés boursiers s'effondrèrent en catastrophe, des billions de dollars et d'euros, furent complètement perdus, la situation était pire qu'en fin des années 1920 et rien ne comptait plus que la survie.

Les pays étaient refermés sur eux-mêmes et à bout de souffle, la nourriture se fit de plus en plus rare et le marché noir réapparut. Les gens marchaient dans les rues en demandant du secours, ne sachant pas où aller afin de trouver du travail pour nourrir leurs jeunes enfants.

Quelques grands cerveaux du monde, se réunirent pour tenter de dénouer la crise qui sévissait et de l'une de ces nombreuses rencontres, naquit une idée, mais comment l'appliquer ? Des consultations furent menées auprès du Secrétaire Général des Nations unies L'idée qui apparaissait loufoque et inconcevable au départ, fut soumise à l'assemblée générale où tous les pays du monde étaient représentés. Les réactions furent diverses et inattendues, quelques ricanements se firent entendre puis, le silence prit place dans la grande salle de réunion. La question avait été posée, était-ce la solution ?

Le représentant de l'Amérique rompit le silence et demanda la parole.

LA MENACE

— Monsieur le Secrétaire Général, la question que vous nous posez à tous, demande réflexion et je dois en référer à mes supérieurs.

— Nous nous y attendions et dans les circonstances, c'est tout à fait normal, dit le Secrétaire général.

Les représentants de l'Asie, de l'Union européenne et de plusieurs grands pays comme la Chine et l'Australie, eurent les mêmes propos. Le moment était venu, d'analyser cette proposition, laquelle était peut-être le début de la solution aux problèmes des populations du globe.

Pendant près d'une année, des rencontres de chefs de gouvernements eurent lieu et l'idée fit son chemin, le temps passait et la situation dans le monde, continuait à se détériorer.

LA MENACE

LA MENACE

CHAPITRE 27

BRUXELLES, 2040, Siège des Nations unies.

Assemblée générale,

Il était quinze heures ce lundi d'octobre et dans la grande salle, de tous les sièges on entendait des murmures. Les uns étaient penchés vers les autres et discutaient à voix basses, le vote était terminé depuis plus d'une heure et tous attendaient le retour à son fauteuil, du Secrétaire Général. Le résultat était déjà connu puisque le vote n'avait pas été secret. Il n'y avait pas eu abstentions et aucun pays n'avait voté contre la proposition.

À l'extérieur de l'édifice, une centaine de milliers de personnes s'étaient massée devant les écrans géants installés la veille. Là aussi, l'atmosphère était au calme, les gens regardaient l'écran en échangeant des murmures. Toutes les télévisions du monde rapportaient l'événement, même dans les coins les plus reculés de la planète. Partout les yeux étaient braqués sur les téléviseurs, et regardaient ces hommes et femmes qui avaient décidé de leur avenir mais, ils attendaient l'annonce officielle qui serait faite par le Secrétaire Général en personne.

Tout en haut de la salle, dans les sièges réservés aux observateurs, un couple était assis et se tenait la main. L'homme avait les cheveux grisonnants et la femme les cheveux noirs et ses yeux aussi étaient noirs. L'homme la regarda tendrement dans les yeux et serra sa main dans la sienne et vit une larme qui coula sur la joue de la femme qui avait maintenant soixante et un ans.

> — C'est arrivé Dany, tout ce que tu avais pressenti depuis tant d'années, est arrivé.

Finalement, deux grandes portes s'ouvrirent, laissant entrer le Secrétaire Général des Nations unies qui prit place à son fauteuil. Les murmures firent place au silence le plus complet et chacune des personnes qui représentait son pays, plaça dans son oreille, le petit récepteur sans fils, qui lui permettrait d'écouter les mots dans sa langue respective.

> — Mesdames et messieurs, dit le Secrétaire d'une voix chargée d'émotions. Vous avez tous voté et aucune personne ne s'est abstenue, c'est donc dire, que le résultat a été obtenu à l'unanimité. À partir ce cette minute, tous les peuples de cette planète ne font plus qu'un et font partie d'un seul pays. Après une décision unanime de l'assemblée, une seule monnaie sera dorénavant utilisée dans le monde, *Le Terra*.

FIN

Sainte Thérèse, Québec, Canada – décembre 2002.